老舍及其他

写信的人

傅光明 著

中国出版集团 东方出版中心

图书在版编目（CIP）数据

写信的人：老舍及其他 / 傅光明著. - - 上海 ： 东
方出版中心 , 2025.5. - - ISBN 978 - 7 - 5473 - 2709 - 8

Ⅰ . I267

中国国家版本馆 CIP 数据核字第 20254ZN992 号

写信的人：老舍及其他

著　者	傅光明
筹　划	刘佩英
责任编辑	冯　媛
装帧设计	钟　颖

出 版 人	陈义望
出版发行	东方出版中心
地　　址	上海市仙霞路345号
邮政编码	200336
电　　话	021- 62417400
印 刷 者	上海盛通时代印刷有限公司

开　　本	890mm×1240mm　1/32
印　　张	11
字　　数	230千字
版　　次	2025年5月第1版
印　　次	2025年5月第1次印刷
定　　价	68.00元

序

见证一个美丽而凄凉的灵魂

——序傅光明著《写信的人：老舍及其他》

　　光明兄的新著《写信的人：老舍及其他》（《书信世界里的赵清阁与老舍》一书的增订本）是一部奇书。我说它"奇"，倒也不是指它内容有什么特别，而是指它的书写形式。最初，它是一份学术采访——一个正在撰写《老舍传》的著作者向另一位童年时代与老舍（舒公公）和赵清阁（赵姨）有过交往、后来又一度成为赵清阁忘年交的美国作家（韩秀）请教有关传记的细节；一个虚心请教，一个坦率相告，如此而已。这两位通信人都是文字工作者，他们的交流是用书信（电子邮件）的形式进行的，而这些书信又不似一般的电子邮件简短而直接，两人在书信里交流的内容逐步深入，远远超出了学术采访的内容，发展成为对人生、历史、社会、文学等方面广泛而有趣的交流，真挚、坦率、友谊，竟建构起了这个纸上的"书信世界"。

再发展下去，书信变成了目前的散文叙事：光明成为这部书的叙事人，他给韩秀的书信内容经过他的叙述，转换为散文叙事；而韩秀——那位会说一口京腔的美国作家，她给光明的信件经过收信人的精心编辑整理，成为散文叙事中的一个特殊文本。这就是我们正在翻阅的这部"奇书"——从学术采访到书信再到目前的叙事形式，文体所发生变化的同时也蕴含了内涵的变化：关于赵清阁与老舍的故事，在书信里已经变得不很重要。

这本书让人感动的地方在于：就在我们生活的周围，从 2009 年底到 2011 年初这一年多一点点的时间里，它见证了一种普通人之间能够坦诚相见、互相信任、惺惺相惜进而发展起来的感人的忘年友谊。那时，两人还没有见过一次面，仅仅是为了讨论老舍传记里的一个细节而建立起来的信任和友谊，在今天到处流行着为争夺利益而分分合合、斤斤计较，不择手段的利用、欺骗、攻击、背叛、造谣、匿名信以及人际的冷漠和隔阂等等恶俗风气下，这部散文叙事产生的人与人之间真诚交流的故事，愈加显得珍贵和清爽。读了这部书稿，我第一个感受就仿佛在清晨步出户外，深深呼吸了一口清新的空气，听到了第一声欢乐的鸟鸣，看到了沉沉天云外一道微微的金色晨曦。

这两位通信者并非生活在君子国或者温柔乡，他们在各自生活中都遇到难以言说的困境。韩秀两岁时从美国到中国接受中文教育，一直到中学毕业，上山下乡运动时到山西农村插队落户，"文革"中又亡命新疆，一个外国人不远万里来到中国吃尽苦头，直到"文革"结束后回到美国，后来又随着外交官的丈夫游走于世界各地，也包括在 1980 年代重返北京，与居住在上海的赵清阁重新续上童年时代的情缘。在她的中国经验里肯定有许多不愉快的记忆。而光明兄虽然小韩秀近二十岁，生活在比较幸运的"太平犬"时代，但他的发展似乎也不是世俗眼睛里的"很顺"，尤其在 2008 年他从复旦做完博士后研究报告出站以后，可能是原先有些期待落了空，腹中自有块垒，这在他给韩秀的信中也略有倾吐。但是他们都没有因为有不愉快的经验而影响了世界观——我指的是对于这个世界上的人与事的真诚信任。韩秀的经验成就了她的创作，而光明兄在某些方面的失落，已转换成另外一些方面的精神财富，这未必不是好事。

我们现在的世道里，所有的人伦关系似乎都可以转换为物质利益进行等价交换，所以，能在致命而炫目的权欲、物欲以及各种感官享乐的诱惑面前，要坚持知识分子的人文理想及其内在操守变得非常困难。我试着想，假如光明兄少年得志，名利双修，整天作为一个名流这里开会演讲，那里宴席招待，满耳都是阿谀赞词，到处都是重酬邀约，顺顺利利，也许会享受到一些人生精彩的荣耀，但是这样的话，他绝不会有时间安心下来写一部《老舍传》，就是写了，也没有足够的时间和精力为查阅一个细节而远隔重洋反复写信求教，更不会有时间在上班、写作、家务之余，静静地坐在计算机前与一个不相识的异国友人倾吐各种各样的人生感受。谁都说这是一个快餐时代，手机短信可以取代一切，但是表述感情的形式改变了，人类复杂而丰富的感情世界就会变得单调而粗陋，会慢慢失去品嚼、体会、倾吐和表达内心感受的能力，如果一个民族对感情的表达仅限于电视娱乐搞笑节目或者宴席上闹酒的水平，那是一种多么可悲的现状。所以我答应为光明兄这部书稿写序，看重的是光明兄这种化委屈为淡定、化块垒为清流的人生态度，而在这种内心转化过程中，异国的韩秀的温馨关爱和侠义支持，起到了关键性的作用。

这部散文叙事中讲述到的老舍与赵清阁之间的感情故事，本来就不是秘密，只是同代人出于对当事人的尊重不愿意去谈论。记得近二十年前，诗人牛汉正主编《新文学史料》，一次他来上海看望我恩师贾植芳先生，我在场陪着两个老人聊天，牛汉先生曾经说起过老舍准备在新加坡买房接赵清阁出去团聚的事情，牛汉说当时老舍给赵清阁的有些信件是通过文协梅林转的，所以梅林都了解其中的曲折。我当时年轻，觉得这一代知识分子有些不可理解，既然两人相爱，老舍也主动提出移居海外的方案，而且连梅林都知道这个方案，可见也不是什么秘密，但为什么赵清阁不能接受，反要督促老舍回国呢？他们都不是左翼作家，也没有承担什么必须留在国内的义务，老舍的朋友如林语堂等都在国外，老舍本人无顾忌，反倒是赵清阁犹豫了。直到这次在书稿中读了赵清阁的散文《落叶无限愁》，才有了一点点理解赵清阁的性格。从这个角度看，韩秀回忆中外婆对老舍的指责，其实是有误解的。

但是谁也没有想到，这件事竟然会成为后来老舍被迫害致死的原因之一。我在为光明兄的另一本著作《老舍之死口述实录》写的序里曾经含蓄地提出过这一点，老舍在"文革"发生前不久对巴金说自己是个"正派"人，隐含了当时有人诬陷他"不正派"的威胁，但这样的威胁肯定不是来自家庭的倒戈，因为家庭矛盾不可能影响到社会层面，只有当这样的"威胁"在社会层面上损害了好面子的老舍的声望，才可能使他感到严重性和真正的沮丧。在一个大的残酷时代里，个人的某些行为可能会直接导致周围人的命运改变，但是真正的原因仍然在社会大环境，甚至连这些个人行为本身，也是这个残酷时代的产物。要不，40年代的导火线怎么会在60年代才爆发？如果不认识到这一点，仅仅把注意力放在个人的行为作用，那反倒会转移了对时代责任和真正元凶的追究。

我不想对赵、舒之恋做什么评论，只能说，在今天这样一个不尊重个人隐私、只会炒作揭秘之类的文化环境、对人类丰富而复杂的感情既缺乏同情理解、更不可能用审美态度去接受的社会里，对待这样的事情，出于对当事人的尊重，最好还是沉默相守，因为两个人的情事只有两个当事人自己最清楚，好与不好，应该与不应该，都由他们自己来决定，旁人无从评说，更何况我们都属于后来者，与当时的时代、环境、条件都发生了大变化，我们根本就无权评论这些历史现象。当然，从人的感情世界的进化历程而言，可能真正的变化并不大，所以我们还是可以理解前人的感情世界。那么，就让我们用美好的心灵去接近他们，从历史人物的感情世界中，获取我们自己所需要的精神营养吧。

还有一点体会，赵清阁晚年与韩秀通信，以及最后两人还是以隔阂而沉默相待，活生生地揭示出赵清阁这一代老知识分子晚年的现实处境、精神追求以及风骨所在，他们通信的这段时期，正是我的学术成长期，我接触过不少老知识分子在大劫以后，壮心不已，执笔奋起的精神状态，但是随着时代风气和社会风气的变化，真正能够在晚年获得社会承认并且走红的老人（后来有一个名词来形容他们：文化老人）并不多，大多数还是在寂寞中默默奉献，了此一生。我的忘年交老人、翻译家毕修勺晚年曾经守着一大堆无法出版的译稿，只说了八个字：只知耕耘，不问收获。而赵清阁晚年不断写作，力求开拓，希望海外出版她的著作，也可以看作是一种可贵的精神追求。她晚年几次与病魔顽疾作生死搏斗，最后一封给韩秀的信里说："我去年因患肾功能不全病住院八月之久，一度严重，经治疗，病情稳定，今年春出院，在家疗养。虽不见大好，总算还能起坐，又给你写信了。不过岁逾八旬，也衰老不堪了，写作已停，视力、体力不济，写信也很维艰！为让你知道我还活着，勉强书此短笺。以后可能联系少了！"读之让人动容。

"为让你知道我还活着"，这是老人最后对这个世界的遗言。她没有失望，光明兄这本散文叙事就是一个"活着"的证明，同时赵清阁为文坛所奉献的许多剧本、小说、诗歌本身，仍然会继续"活"下去，见证一个美丽而凄凉的灵魂的传奇。

陈思和

2011 年 6 月 26 日于鱼焦了斋；2025 年 3 月小改

目 录

C O N T E N T S

第二部分 往 来

第三部分 书 信

附 录

第一部分

缘起

韩秀与那并不遥远的"太平湖畔的孤影"

　　这篇文章[1]缘起于我与韩秀的通信。

　　韩秀这个名字即便在国内文学圈里，知道的人也不一定多。倒是有些学者有所了解，并称其为"奇女子"。韩秀，是她1983年在台北发表第一篇文字时开始使用的中文名儿。她的英文姓名且为西方人所认识的是 Teresa Buczacki。她1946年9月19日出生于美国纽约市，就是人们时常说到的那个叫曼哈顿的地方，父亲是位祖籍荷兰的美国人。

　　韩秀两岁时来到中国，她在中国期间曾使用的中文名字是赵韫慧。在北京东城米市大街小学读书，1958年被保送北京女十二中学（即从前的贝满女中），1961年又被保送进北大附中。1964年获优良奖章毕业，却因"家庭成分问题"不得升学，上山下

1　指发表于《现代中文学刊》2010年第4期的文章《书信世界里的赵清阁与老舍》。

乡，插队在山西省曲沃县林城公社林城大队落户。1967 年转赴新疆生产建设兵团农三师四十八团五连，直到 1976 年返回北京。1978 年元月回到美国，随后即任教于美国国务院外交学院，担任中文讲师并参与编写、制作中文教材。这个教材内容丰富、实用。至今仍为美国、加拿大、瑞典等国家政府，也包括布朗、耶鲁等十所著名美国大学所使用。80 年代初，兼职约翰斯·霍普金斯大学国际关系学院，教授中文与中国文学。1982 年与美国外交官 Jeffrey Buczacki 结婚，开始中文创作。用她的话来说，"嫁给外交官，生活环境虽然动荡不定，但不必为五斗米操劳了，一是有了时间，二是视野开阔，三是出版顺利，这便是我写作的好条件，算是促成我创作的三要素。"

作为外交官夫人，韩秀得以随其夫婿先后驻节北京美国大使馆、纽约联合国美国使团、美国在台协会高雄分处、雅典美国大使馆等地，参加当地各种文学活动。20 世纪 90 年代初，加入海外华文女作家协会，成为永久会员，同时加入世界华文作家协会，曾两度（四年）担任华府作家协会会长。

1983 年 6 月 14 日—16 日，署名韩秀的一篇纪念老舍先生的散文《太平湖畔的孤影》在台北《联合报》副刊连续刊出，她也自此开始了与《联合报》及台北各大副刊的长期合作。

韩秀堪称一位经历过沧桑坎坷、勤奋笔耕、四海为家的作家，且是文坛不可多得的多面手，小说、散文、传记、评论，样样当行，曾为中国台湾和美国报刊撰写过二十多个专栏。

韩秀的代表作有以其个人经历"折射"中国特殊岁月时代故事的长篇小说《折射》《团扇》、小说集《生命之歌》、文学散记《重叠的足迹》《与书同在》《风景》《雪落哈德逊河》《寻回失落的美感》、传记《俄罗斯的大橡树——小说天才屠格涅夫》《暴风中的孤帆——列夫·托尔斯泰》《科西嘉战神——拿破仑》等。其中《折射》《生命之歌》中的部分文字被译成英文。

韩秀做人为文均力求完美，真诚、简约、节制是其文不变的风格。她的人生和文学理念是："人在世上走一遭，最起码应当对得起自己，创作是一种方式。没有童年的书写者，通常都会对真善美展开无尽的追求，创作本身正是这种追求。""永远只听从内心的呼唤，从来不受任何文艺理论的束缚。"

台湾诗人侯吉谅评价韩秀时用了这样一个令我意外的形容词"活得强悍"。还说："认识她的好处之一，是重新感受人的善良与热诚，而就是这样的人格特质，才会产生她那样的文学风格。"

关于海外的华文文学书写，韩秀有源自心底的感念，那就是：

"优秀的文学作品无一不是认真书写的结果。于许多写手而言，将内心的呼喊或是心绪的低回倾注于文字是一种必要。甚而，是写手存活的部分意义，或全部意义。当写手生活在一个可以自由思考、可以自由写作、可以自由发表与出版的环境中的时候，书写对写手的要求基本上只是勤奋而已。

"海外华文文学的书写者正是生活在这样一种环境里，而生活环境中的其他语文应当正好是丰富与滋养了母语，社会生活中不断出现的各种思潮应当正好是激发了写手的思考，使得华文书写充满了无数的可能性。

"至于母语本身的持续丰富与纯净，依靠的便是巨量的阅读。数量与质量并重，持之以恒，自然在书写中萌生效果。

"海外华文文学的书写者各自为战，聚少离多，相互鼓励与支持更显珍贵。然则，响彻云霄的孤寂却是海外华文写手生活的常态。在这样的生活常态中，保持昂扬的热情，拥抱人生，书写用以滋养人类心灵的文字，便是对人间世的贡献。"

图 1　在书房写信的韩秀

韩秀记忆里的清阁姨与舒公公

幸运的是，我竟能承蒙王培元先生的引荐，得以亲领她的"强悍""善良"与"热诚"。我想，应是心底共同的"善良"和"热诚"，使我们忘年的推诚相与超越了时空。然而，令我这须眉汗颜的是，我生命的坚韧还远够不上她这巾帼的"强悍"。

2009 年 11 月 4 日，我给韩秀发出第一封电子邮件，告诉她我正在写作长篇传记《老舍：他这一辈子》（这个书名，也是培元兄的点子）。事实上，我在许多年前，就听说过韩秀这个名字，听说她对老舍的晚年岁月有所了解，对老舍与赵清阁的交往有独家的资料并富于洞见，只是一直没读到过相关的文字，包括上面提到的那篇《太平湖畔的孤影》。

在我从 1993 年开始从事"老舍之死"口述史实录采访之后，一直都想联系到她。不想，在时隔 16 年之后，当复旦大学出版社新版的《老舍之死口述实录》面世后，我们开始通信。

在我第一封主题为"问候并讨教"的邮件里,开头儿自然少不了客套寒暄,然后啰啰唆唆地自我介绍,最后是真诚希望得到她的不吝支持与赐教。

她没有收到我这封电子邮件。

一个多月过去了。

图2　老舍赠予赵清阁的照片(1938年)

2009年12月9日,我再次发出主题为"求教"的邮件,继续的寒暄客套之后,便直接提出几个问题:您是什么时候认识老舍及其家人的?您所知道和了解的老舍与家人的感情、关系是怎样的?对老舍在1966年8月23日于北京市文联挨斗挨打回家后的情形是否有所了解?对老舍投湖后家里的情形是否了解?如何看待和评价作家老舍和他的死?

令我喜出望外的是,次日即收到回复。韩秀在信中写道:

1948 年 9 月,在我刚满两岁的时候,自美国来到中国,在上海接船的两个人是我的外婆谢慧中与她的远房侄女赵清阁。这就使得多年来,我必然地站在清阁姨一边。

从我记事的时候起,我的生活中就有"舒公公"这样一个人,他来我家,外婆客气地称呼他舒先生,有大事发生的时候则直接叫他舒庆春。比方说 1959 年,上海的电影制片厂逼迫清阁姨写一部歌颂三面红旗的剧本,不写就要停工资。停工资,清阁姨只能饿死。这封来自上海的信,是我送到舒家,在与舒公公一块儿浇花的时候悄悄递给他的。舒先生告诉他太太我外婆病了,他必须去探病,然后进屋加了一件衣裳就拉着我的手出门了。我们在八面槽储蓄所停了一下,他关闭了一个活期存款,取出了八百元人民币。他永远没钱,我们两人在胡同口儿吃炒肝,我掏出来的蹦子儿都比他多。他总是很羞愧,于是送给我许多好玩的东西,陶瓷寿星、文房四宝、字与画。经过无数浩劫,我手边还有一只他送给我的小水壶,铜的,是日本作家送给他的礼物。

所以那天我问他,这许多钱是从哪儿来的?他说是一笔稿费,他自己悄悄存起来的。回到家,他见了我外婆,马上掏出钱,请外婆寄到上海去。

外婆那天直呼他的名字,并且说,你骗了清阁,让她以为她能够有一个归宿,要不然她早就走了,也不会吃这些苦头。

图 3　韩秀一直把老舍送她的这把小铜壶放在《老舍文集》前。现在，小铜
　　　壶边上又多了一只猫头鹰。它是我在菲耶索莱一个罗马古迹博物馆
　　　买的

　　我早就知道，清阁姨是为了舒先生才留在大陆的，否则，就她与林语堂等人的友谊，就她与民国政府的良好关系，她没有任何理由一定要留下。

　　舒先生无语，面容哀戚。那是我所看到的舒先生最无助的一个画面。

　　那笔钱，是我到邮局寄到上海去的。清阁姨撑过了那一段日子，没有写违心的剧本。

　　读完这封信，心绪异常复杂，倒也没顾上太多想，即刻再去信，致谢并继续求教，又问了一连串的问题：您在北京居住的年份是从何时到何时，在何地？ 1959 年时您住在哪里？清阁

先生与老舍之间有书信往来，胡夫人是否知晓？态度如何？在
您的记忆里，类似 1959 年这样的事，是否还有其他？清阁先生
本人是否跟您具体讲过与老舍的感情？ 1949 年老舍到底是在怎
样的一种情况下回国？对清阁先生是否有过承诺？

图 4　1939 年老舍赠予赵清阁的照片

晨昏一炷香，遥祭三十年

12月11日，韩秀回复一封长信。

  1950 年，外婆带着我住在北京东城米市大街的一个小三合院里，离红星电影院很近，我也在米市大街小学上学（1952 年—1958 年），学校也很近。两三年之后，搬到了干面胡同，后来，史家胡同开了大门，于是，我去舒家便走史家胡同，经过我的中学十二女中（1958 年—1961 年），迺兹府就在前边了。我是 1964 年北大附中毕业，当年就被送到山西插队的。我最后一次见到舒先生是在 1964 年的夏天，他非常难过，要我再次念普希金的诗给他听。他不懂俄文，但是他喜欢听，那时候，我的心情也不好，所以我念 1816 年普希金写的《欢乐》。舒先生老泪纵横。"吃饱穿暖"是他最后送给我的四个字。

1966 年，我在山西。舒先生的死，先是外婆告诉我的。1967 年初，我亡命新疆之前悄悄回北京看外婆，她告诉我，舒先生被文联整过之后，落到了街道造反派手里，被打得死去活来，据说是为了煤。街道上的人嫉妒舒家有上级特别照顾的无烟煤，所以下手特别狠。外婆说，舒先生将血衣和一封给周恩来的信交给胡絜青之后就出门了。外婆说，那是很明显的事情，但是胡并没有拉住他。那时候，我们熟悉的人正在一个一个死去，我不可能去了解这一切是不是完全真实。但是，我特意走到了舒家附近，在舒家门外看到了胡絜

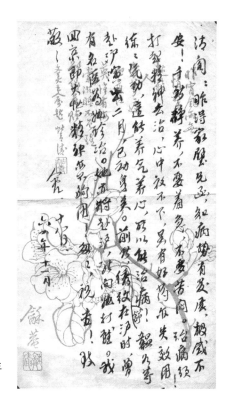

图 5　老舍致赵清阁信（1964 年
11 月 18 日）

青，她正在走回家。她也看到了我，假装不认识。她推开院门走了进去，然后在我面前关上了门，那是1967年年初，我最后一次看到她。

1983年，我与外子被派驻美国在北京的大使馆。幸存下来的老人们都在告诉我们舒家的故事。吴祖光先生是头一个用了"后院起火"这个词语来形容舒先生的处境，他也证实了我外婆得到的信息。后来是汪曾祺先生，我们在沈先生家，汪先生说，与舒先生打太极拳的老人们看到了最后的事情，他们没有拦他，因为他"生不如死"。[此处有删节] 当时，沈从文先生非常难过，拿下眼镜擦拭泪水。

1983年—1986年，我们在北京三年，多次与清阁姨见面。她说，朋友们都没有告诉她舒先生的死讯，是造反派的人拿这个消息来消遣她，她才知道的。她说，她知道得很早，从此晨昏一炷香纪念着舒先生。我相信，在中国，只有一个地方会三十年如一日，晨昏一炷香纪念着这个受尽委屈的人。

从前，清阁姨跟我说到舒先生，只说，你舒公公。到了这个时候，她直呼老头儿怎样怎样，好像老夫老妻。我们在北京的外交公寓、在上海的锦江饭店一直在讲舒先生的趣事，从抗敌协会讲到我如何为他们传送信件，等等。1986年是我们最后一次见面，之后继续通信，我也帮助她将稿子送到台北《联合报》发表。直到她去世。

据我所知，1959年的事情就这一次。后来，无声无息，估计胡并不知道。

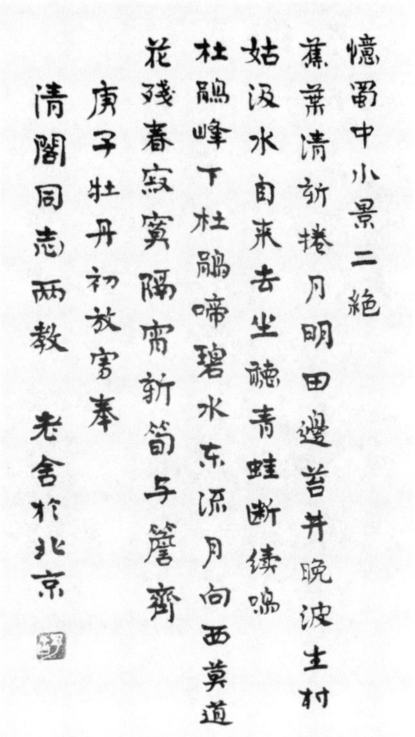

忆蜀中小景二绝

蕉叶清新捲月明田边苫井晚波生村
姑没水自来去坐糡青蛙断续啼
杜鹃峰下杜鹃啼碧水东流月向西莫道
花残春寂寞隔窗新笋与簷齐
庚子牡丹初放窗奉
清阁同志两教 老舍于北京

图 6　老舍书赠赵清阁的诗《忆
　　　蜀中小景二绝》（1960 年）

　　我传送信件时，都是在花丛中将来信递出去，回信便是夹在舒先生给我的大字小字中间，从未被发现。回家之后，由外婆写了信封，封好，贴了邮票，我送到邮局，从来不经过那个大院的传达室。那些信的上款都是清阁，并非清阁弟，那些以弟相称的信件想必是通过另外的通道。

　　舒先生的回国相信是周恩来的召唤，他对清阁的承诺，是他在美国时给她的信中所说。他在美国三年，感觉有机会离婚，但是一回到中国就知道完全没有希望。这是我的估计。

图 7　赵清阁与王莹（1937 年）

难言之剧痛，一死可了之

　　韩秀告诉我，她手头有我在台湾文史哲出版社 2004 年出版的《老舍之死及其他》。我说那只是我研究老舍的一部分文字，随后海运寄给她拙著《口述历史下的老舍之死》和与妻子郑实合作采写的由复旦大学出版社新出版的《老舍之死口述实录》。

　　我们几乎每天都在互相写信，互联网把跨越太平洋的遥远距离拉得很近。彼此之间的友谊和信任与日俱增。

　　12 月 13 日，韩秀在信中说：

　　　　1984 年 4 月 26 日，清阁姨寄我她的散文集《行云散记》时里面附了一封信，最后一段说，《老舍戏剧全集》出版了，里面将和某人合作的两个剧本当"附录"收进了，我虽不同意，也无可奈何。

　　　　这无可奈何，自 1950 年就开始了。洪深女儿洪铃写清阁先生在上海第一次文代会上就被迫当众做自我检查，她满腔委屈，一边讲一边流泪。之后，她的友人张爱玲去了香港，她留在上海承受生活、工作、经济、感情的压力……董桥先生在为林青霞新书作序时这样写：清阁的日子这样难过，舒先生如何快乐得起来？

图 8　赵清阁与茅盾（右一）、阳翰笙（左三）等

所以，冰心老人的话实在是离舒先生的心境太远太远了。他受不得委屈？他真是受尽了委屈！打个比方，他的脚上穿着小鞋，人人都说那鞋子真漂亮。却不知，脚疼得流血化脓，他如何笑得出来？在我的观察里，他是一个非常不快乐的人。我到了他的身边，听他说故事，我的反应才会让他脸上浮起微笑。我在念初中的时候，念契诃夫和普希金的诗

给他听，他才会笑得温暖起来。但是那与中国的现实、与他的生活是毫无关系的，那是他与一个洋娃娃之间的情谊，纯朴自然没有半点违心之处。

但是，在实际生活里，他得做多少他不乐意去做的事情！他得藏起多少东西！

他对政治运动自然是能回避就回避的。回避不过去只好敷衍，敷衍不过去，只好让人家作践。被作践到他无法忍受的时候，他还可以去死。

关于他的死，我拜读了您的两个演讲之后有些疑问，这容我下次再谈。

今天，我想问的是，草明怎么知道所谓卖版权的事情？

我是最近才弄清楚，所谓在美国打官司，根本不是舒先生能够办到的事情。《骆驼祥子》出现了恶浊的英文版，正好舒先生到美国，是赛珍珠亲自上门找那侵权的出版社，那出版社自知理亏，将英文版版权费交与舒先生。舒先生在美国不富裕，怎么可能打官司？赛珍珠毕竟是诺奖得主，又相当富有，她出手帮朋友，合情合理。

这件事情，少有人知，难不成是舒先生在50年代忠诚老实运动中自己交代的？这种交代又如何让草明他们知悉？或者，1966年运动初期有人揭发？那揭发者又是谁？是谁知根知底？当然不是舒家的人，因为他们并没有跟舒先生去美国。胡的大字报不过是揭发赵清阁而已。

您有答案吗？

对不起，您的书勾起我太多的想法。您对历史的态度又让我觉得可以与您讨论许多问题。希望您不介意。

图 9　1939 年赵清阁于重庆北碚

无法还原的历史真实

海运慢，寄书的同时，我也将以上两书的电子稿传上，并在去信中说：

历史上的许多事情，文学史上的很多内容，有许多都是以讹传讹的口述，而我们并不知晓。包括像老舍的许多事情，也来自各种主观的口述，这自然会给学术研究带来困扰。我多年致力于此，也是想尽绵力多留下一些原生态的史料，并试图接近历史的真实。

关于老舍卖版权的事情，据北京文联的人透露，老舍在回国之后不久，就向组织坦诚报告了他的个人情况，包括与清阁先生的交往。所以在"文革"前就有人攻击他不正派。那时若说一个人不正派，基本是指生活作风上有问题。也因此，老舍才会对巴金老友等似乎突兀地表明态度说："我是一个正直的人，我是一个正派人。"

图 10　青年时期的赵清阁

　　关于胡写大字报揭发老舍与清阁先生，我问她是怎么得知的。事实上，我也听到还有其他一些说法，但都只是听说，没人亲眼见过。我也曾试图直接向老舍家人正面核实，但一直没张开口。

　　然而，无论从什么角度，老舍先生最后的悲剧都是令人无限感慨和反思的。这也是我从事这一研究的初衷。另外，我是在北京土生土长的，对老舍的语言有着天然的亲近感。

　　12 月 14 日，韩秀的来信依然写得很长：

　　　　你比我小得多，但是我觉得和你谈事情比与同龄人谈事情容易。你的研究方法是正确的，你不相信演义，努力追求的是历史的真相。

　　　　50 年代初的忠诚老实运动是将被审查的人隔离开来，让他们对着白纸将自己的交代写下来。很多人在后来的运动里再写交代的时候前后不一致，便有了漏洞，便被追问，便丧失自信，便被人家玩弄于股掌之上，万劫不复。老实说，舒先生的英文有限，关于版权事宜，他说不清楚。对这事的首尾真正清楚的是万家宝。所以我在前一封信有此一问。

在你们的采访中，读者当然可以看得出来，事隔一年，被采访者已经不记得自己说的细节，这便是你所说的真空地带。儿子说他母亲根本没有到湖边去，母亲却说她去了，而且是她自己将老舍先生的遗体送往八宝山。那么，没有在湖边出现的是谁呢？再说，那天晚上不是也没有下雨吗？

当年，自杀的人可以送往八宝山吗？据我所知是不可能的。火葬地点多半是东郊火葬场。所以，老舍"消失"了。

现在我们回到 23 日。看得到的事情是文联、孔庙、文联。文联的最后一场批斗不可能进行到深更半夜。舒先生如果从文联就到了派出所，也不可能在派出所待到深夜。文联之后还有街道，在时间上就有了可能性。街道不同于其他地方，街道是一个极其恐怖的存在，街道上的人对各家各户的实际情形了如指掌，他们的折磨才是会将人的精神摧垮的。而且，人在街道上受折磨，派出所出手援救的可能性最大。1966 年秋，我的外婆被人出卖。她只是国民政府统计部的职员，出卖者却说她是中统，街道上将她吊起来打，那时候，她已经 70 岁了。是派出所的民警老王将她救下来的。1983 年，外婆才把当年的详细情形告诉我们。

不只是从我外婆那里，我听到许多有关街道折磨舒先生的事情，可能是演义，也可能不是。你找不到当初的派出

图 11 1943 年，谢冰莹（左一）、程梦莲（右一）与赵清阁

所，我想很可能是当年的丰盛胡同，现在的丰富胡同所属的东华门派出所。顺便一提，丰盛胡同在灯市西口而非东口。现在的灯市口西街便是当年的洒兹府。

最少，从胡的两次说话里，可以知道舒先生死于 24 日。从湖边直接去了火葬场的时间大约应当是 25 日。更重要的是，绝非只有一拨人通知了舒家。如何举措，颇费思量。至于找不到地方，两个人错过了之类，只能姑妄听之。胡说得明白，家里的孩子们贴大字报划清界限，她自己自然也是要表态的。当年，那是很自然的事情。

许多人记忆犹新。我听到这些大字报的事情是来自杜实甘，他是杜运燮的儿子，和我同在山西曲沃林城插队。他得到消息，舒先生已死，舒家老小贴出大字报。相关内容只是简略提到，我关心清阁姨，所以关于她的部分便牢牢记住了。

图 12　1947 年赵清阁与戏剧家协会同仁于上海，前排左一为田汉，前排右
　　　　一为吴祖光，三排右一为阳翰笙

一种别样的真实

我们的通信像打乒乓球，来回频率很快，我去信说，我是
1965 年生人，是她去山西插队之后才出生的。我觉得我们这样的
交流非常好，非常难得，也非常富有成果。这无论对于我写作《老
舍传》，还是自己的人生，都是一段难忘的经历和记忆。我对从小
到大所接受的许多已固化成历史知识和常识的叙述，充满质疑。做
老舍之死的口述史，以及研究老舍，又刚好为我思考和认识历史提
供了一个绝好的契机，也使自己的历史观得到一次大洗礼。

同一天，即 12 月 14 日，韩秀又写了下面这封长信。她说我
的名字非常好，非常阳光，让她觉得这是中国土地上的希望。接
着，她说：

> "充满了质疑"！这是多么难得的精神。我在那块土地
> 上生活了三十年，真正是遍体鳞伤、肝肠寸断。我的书写与

图 13　老舍在美国时赠予赵清阁的照片（1947 年）

慕勒很接近，我们都属于不肯忘怀的那一类。

　　终于，我看到了萧耘的谈话，好一位血性女子。从她的谈话里，我更觉得有一个问题似乎一直没有解答。文化局的两次批斗之后，他们把萧先生拘押起来了，其他二十多位被批斗者，都让他们"滚蛋"了。那时候只是傍晚而已。舒先生离开文化局之后，那关键的几个小时，他去了哪里？他不可能自己找到派出所去啊！[……]

　　那纸死亡证明，说的是"自绝于人民"，这样的人不管他是谁，在当时都是进不了八宝山的。更何况，文联的人让舒家赶快把尸体"处理掉"。这"处理"也应该与八宝山无涉。

　　再说，至亲之人死于非命，那是怎样的血恸，先是"坐三轮车去湖边的"，然后变成了"平板三轮"，最后又成了"坐

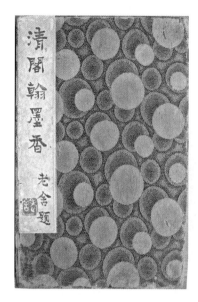

图 14　老舍为赵清阁自制的画册，题写"清阁翰墨香"

火葬场的车"。这细节难道不是椎心泣血，不可忘怀的吗？

　　我好高兴，你们忠实地做了记录。

　　这让我想到，1981 年，曹禺来美国，在华盛顿有一场演讲，他得意忘形，张口就来，说他自己三岁就念莎士比亚。英若诚给他掩饰，在翻成英文的时候，说成是他三岁就念莎士比亚的故事。他们不知道，听众里有多少人的汉文是非常出色的。那天，我在约翰·霍普金斯的研究生也坐在那里。当曹禺说道，我写方珍珠的时候……我的一位研究中国戏曲的学生拍案而起，直接用中文说，方珍珠不是你写的！到现在，我还记得会场上那如雷的掌声。万家宝会感觉羞耻吗？完全没有，活动结束之后，还满脸堆笑地拉着我的手，Ah! Dear Teresa!

　　我不知道，你听到这样的事情，会作何感想。

图 15　老舍赠予赵清阁的照片（1952 年）

忘年逢知己，岁月遥相忆

韩秀航空寄给我她的几本著作，还有简历。

2009 年 12 月 14 日，我给韩秀写信。告诉她，看了她的简历，令我生出许多感慨。首先，她在两个时间的经历，就与另两位作家有时空上的关联，曾带给我无限的爱与温暖的冰心先生当年读的是贝满女中；而她插队的山西曲沃，70 年代初，与我忘年交厚、情同父子的从维熙在那里劳改挖煤。2008 年，我还曾与他一起回到那里重温苦难地。而这也都是中国现代作家、知识分子心灵史的记录。

其次，我知道了，她 1964 年—1976 年，在一个少女最美好的青春年华插队在了山西、新疆。我说，这样的经历对一个作家来说，是一笔无法估量的财富。可是恐怕没有人愿意为了能把自己成全为一个作家而甘愿受一种非常的苦难。我一直想写一部长篇小说《救赎》，来写在这样的苦难下知识分子怎样以各异的方

图 16　傅抱石与赵清阁（1961 年）

式完成自我救赎。我说我内心一直都没有熄灭写小说的冲动，也始终觉得作家就该首先是个小说家，诗人是诗人，散文家是散文家。她信里提到的李白、王维、但丁、屠格涅夫、巴尔扎克、福楼拜、雨果、沈从文，也都是我所喜爱的诗人、作家。

图 17　老舍赠赵清阁手书扇面

由她信中提到的曹禺，我想到曹禺的女儿万方写过关于父亲的文章，意思是说父亲经常莫名其妙地就使自己处在一种戏的状态中，他在不知觉间就入了戏，这时，真实的曹禺变成了戏中的曹禺。即他在戏里，是从 3 岁就开始读莎士比亚了；即是在戏里，那《方珍珠》自然也可以是他写的了。假如这样的解释可以成立，倒也可以为曹禺此举做一种开脱。（不过，这样的解释恐怕一般人是难以接受的。）否则，留下的只能是笑柄。

12 月 17 日，韩秀在信中说：

你说得对，我才不愿意用那么痛苦的经验去换取写作素材。如果可以选择，我宁可好好念书，踏踏实实做一名造船工程师。

所以，我看到你求学之路一帆风顺就开心不已，年轻的时候有机会念书是多么幸福的一件事。我为你高兴。

对于我来说，生活的艰困从来不是最大的困扰，最大的痛苦是失学。我得用一生的时间来消受这失学之苦。所以，我读书，不分日夜。然则，大量阅读仍然难填那失学造成的黑洞。

图 18　1960 年代的赵清阁

我们就这样真诚地交流交往着。我传给她看我写美国博物馆的长文《感受美国博物馆文化》，她以为是真正抓住了美国博物馆的精神，即为民众服务的精神。

一种逃家男人的况味

韩秀回信说，她正在写一部新的长篇小说，虽进度慢，但那"浓得化不开的氛围却是我喜欢的。希望在两年之内写完它"。接下来就是告诉我，"要学会保护好自己。不要工作得太辛苦，衣食住行都要当心，健康第一，平安第一"。

这封 12 月 17 日的来信，带给我一股浓郁的温暖，就这样一句简单的话语，看得我禁不住流下眼泪。

我将有朋友从网上传给我的一篇《沈从文与老舍的疏离与遥望》，转去请她看。同时，我告诉她我的看法，认为此文中所说沈从文是主动疏离政治的提法，是不准确的，原因当然是因为作者并没多元的了解。关于此，多年前，我写过一篇长文《萧乾与沈从文：从师生到陌路》谈沈与萧乾的恩怨，说的就是这个话题。也一并传上了。我由衷的感到，我们对于历史人物太容易被既定的盖棺论定支配和左右。

图 19　赵清阁画作"泛雪访梅图"（1966 年）

12 月 21 日，看过两篇关于写沈从文的文章，韩秀来信。她说：

> 舒先生和沈先生，我都长时间近距离接触过。但是，我
> 不知道的事情还很多。
>
> 我想，他们有一个共同点，他们都是随时准备逃家的
> 男人。
>
> 抗战是一个多么堂皇的理由，他抛妻别子，跑了，去为
> 抗敌协会奔走，认识了一辈子爱他的女子。他们两人都告诉
> 过我，那时候他们住在林语堂的房子里，也就是抗敌协会的
> 办公处。林语堂的女儿林太乙是我的好朋友，她也告诉我
> 同样的话。虽然男女授受不亲，但是每天得以见面，也是
> 幸福。
>
> 沈先生亲自告诉我，1949 年，他去找过丁玲，问说自

己应该何去何从，丁回答说，他应该洗心革面，接受思想改造，重新做人。沈先生便明白，文坛上没有他什么事了。巫宁坤先生也住华府，他曾经告诉我，张兆和极为进步，也要求沈先生认真解剖自己，沈先生受不了便自杀。我在沈家，兆和姨在面前的时候，与她不在面前的时候，沈伯伯的表情与言语是不完全一样的。

你与金介甫熟，他大约也告诉过你同样的经验。

有一段时间，因为住房不好解决，沈先生得以不与家小住在一起，我想那是难得的快乐，他当然不要别人帮忙。萧先生不但帮忙解决房子问题，而且只有张兆和知道，这实在是一件非常尴尬的事，萧先生大约绝对没有想到，沈先生不想回家。

关于舒先生，沈先生很感谢他，在琉璃厂看到沈先生的书盖了沈先生的藏书印，便买下来，亲自送到沈家。那是"文革"前不久的事。至于写作，沈先生认为自己与舒先生大不相同，是乡下人与京城人的不同。他说那抗敌协会也没有什么意思，涉入政治太深。这话也没有错。

图20　赵清阁的画"晚荷逸趣"

Love and Peace
（"爱与和平"，也可理解为"爱与宁静"）

　　12 月 26 日，为筹备中国博物馆学会文学专业委员会的成立，我来单位加班，收到韩秀寄来的书，还有一张贺年卡。我致信韩秀，诚挚地告诉她，回首我的 2009 年，与她结识是最大的幸运与幸事。我说自己经历了一些郁闷的事，好在很快从郁闷中解脱出来，因为我深切地感受到，一个人只要自己不毁灭，没有人能打倒你；一个人只要内心足够强大，也没有人能真正打败你。

　　细心、做事追求完美的韩秀，在送我的每本书上都有题签，使我心下顿觉温馨，眼角竟湿润起来，感觉她一下子就像我的亲人一样。再仔细看她写给我和妻子的贺年卡，这是我们 2009 年岁末收到的最充满亲情又充满一种力量的贺卡。她在贺卡上写道："这张卡片很美，谈的是爱与宁静。那便是文学最终的追求了。欧洲人文主义之精髓，便是驯化兽性，激发爱心。每念于

图 21 2009 年岁末韩秀致笔者
　　　 的信卡：这张卡片很美，
　　　 谈的是爱与宁静⋯⋯

此，我们就会觉得，一切的努力都不是白费。"我与妻亦特别心
仪于此，遂想到现在流行市面的文学，有太多缺少了"爱与宁
静"，多的是欲与喧嚣。文学的精神淡漠了，文学的理想匮乏了，
文学正成为功利主义的福音书。顾彬先生的"垃圾说"，并非完
全没有道理的。无论人还是文学，如果失却了精神和理想，它的
生命力就会脆弱。

　　贺卡的封面是两只小鸽子，一行英文是 Love and Peace。
（"爱与和平"，也可理解为"爱与宁静"。）看着贺卡封面那两只
小鸽子，我忽然想，其实"爱与和平"是多么简单的人类生命的
理想，可现在这个世界似乎大缺的反倒就是这个简单的理想，见
到的每每是人与人之间的缺乏信任与理解，见到的是社会的浮躁
与喧嚣，见到的是大学的行政化与机关的官僚化，更不用说打着

"爱与和平"的名义的战争。

我继而跟韩秀说，我的女儿马上 11 岁了，上小学五年级。在她的生命成长过程中，作为父母的我们，努力给她一种欧洲人文主义精神的熏染，尤其是母亲，她引导女儿看了大量体现这样精神的纪录片，让她从小了解欧洲音乐、绘画、建筑等。同时，我们还教她背诵了大量的中国古典诗词文赋。她的记忆力也真是好，现在已经"满腹诗书"了。我甚至鼓励她说，现在大学读中国古典文学研究生的，都不见得有你背得多。她不仅背得多，而且许多都是很长很长的，像杜甫的《壮游》、白居易的《长恨歌》、王勃的《滕王阁序》，等等，都烂熟于心。最近，她要让我教她背诵屈原的《离骚》。

12 月 28 日，韩秀回信。

看到你的来信，证实了我的猜测。像你这样的知识分子，在你的生活和工作环境中，都不会如鱼得水。但是，那也没什么。我们的强大正好就在于我们的独立思考与自由意志。

你那样愉悦地谈到你的女儿，我非常地为你们高兴。在这里，我可不可以提供一点点建议？我殷切希望，这聪慧美丽的女孩不但熟读古典文学，而且认识正体字，不但能读，而且能写。1956 年，颁布简化字的时候，我已经十岁，早已会读会写了。而且，几十年来，从来没有放下正体字。中国的文字不但美好而且气韵深长。将形态优美、涵义丰富而清晰、笔画繁多的中国字纳入九宫格内，单单这样一件事就是陶冶性情的极佳训练。我四岁开蒙，读写便是三字经、百家姓、千家诗。潜移默化的影响，一生受用不尽。文字本身带来的温柔敦厚成为叙事方式的主调，文章的风格自然舒缓、柔韧，更有力度。让孩子写正体字吧！这个阅读与书写的过程本身就是极为美好的。

我的理解，和平源于我们内心的静谧与祥和。我回到美国三十一年了，我心中传统文化的美好是我在这块新大陆站稳脚跟最重要的因素。我背后的那座文化与艺术的山峰给了我无比的自信。这一切的具体表征正是中国的传统文字。

这种话，很多人是完全听不得或者完全听不进去的。但是，我觉得你与一般人大不相同。你的睿智一定使你心胸开阔，容得下百川学海。

2009 年岁末的最后一天，我给韩秀写信，告诉她，我觉得，在某种程度上可以说正体字就代表了中华文化。我是能读能写的，许多年前，我还专门练过篆书、隶书，也临摹和刻过不少印。

2009 岁末感言：祝福善良的人们健康平安

我们之间的通信，让我在岁末颇生出些人生感慨与感悟，写了散文《岁末感言》（发表在《散文世界》2010 年第 1 期）。开头是这样写的：

回首今岁，最令我难忘和感动的一件事发生在年末。如果不是有这样的意外之喜，一年中至少有近一半的时间是郁闷且辛劳着。其实照理说，在许多人眼里，我是不该有郁闷的理由的。静下心来仔细想，问题出在"自扰之"。何尝不可以滋润洒脱呢？人非神，在真遇到事的瞬间是绝难洒脱起来的。现在似乎是做到了，因为世上本无绝对的公平，何必非要按己之所想求得所谓的公平呢？包括有许许多多的公正，不也都是人工制造出来的吗？不去想那些浮云似的身外之物，对一个人来说能埋头做着自己喜欢的事，已是莫大的福缘幸运。在这个意义上，我已经算福运高照了。

　　不曾想这位新结识的年龄大我许多的忘年交"老"朋友会带给我如此怡人的温馨和浓郁的温暖，她是一位在特别年月经历过中国的苦难的作家，现在居住在美国。她在邮件中告诫我："要学会保护自己。不要工作得太辛苦，衣食住行都要当心，健康第一，平安第一。"如此简单的一句话，竟让我眼里盈满了泪。人生本苦短，而现实人生又常常是，一个敬业之人越是工作勤恳，会越发觉得疲惫不堪。有时真想能学得会"混事儿"或"汤事儿"，却居然发现这样的本领，我是学不来的。老话说，木秀于林，风必摧之。不过，我们倒真的是有摧折秀木的传统，这大概也就是时下常说的"逆向淘汰"，即一个具有优秀素养的贤能之人，最后被铁板一块的或行政或体制无情过滤掉；学术资源也常为权力所垄断。

　　不去杞人忧天吧，那天本就不该是你所忧的，忧的结果是激愤而愤激而悲剧，这文人之宿命也是自古而然的。努力去做自己真正喜欢的觉得还有价值、有意义的事，足矣了！简单做人，从容做事，襟怀坦荡，有何惧哉。

　　这位"老"朋友，寄来了她的作品，有小说、有散文，她在每本书上都题了一句话，我一下子感觉她成了我的亲人一般。还有一张新年贺卡，是写给我和妻的，她说："不能说真的认识你们。但是，我已经透过文字看到了你们的精神。2009 年的岁末，却知道了这样一个事实：在中国，有你们这样的学人。那是极大的鼓舞。"

　　这位"老"朋友，是韩秀。文章最后，我借她送我的那四个

图 22　赵清阁画作"清流空谷风萧萧"
（1972 年）

字祝福善良的人们，健康平安！

2010 年 1 月 5 日，雪后的华盛顿，阳光明媚，积雪消融。韩秀在来信中说：

> 看了你的《岁末感言》，真想跟你说声谢谢，几封短信而已，就让你写出这样的文章来，我怎能不感动呢？讲句老实话，与你们结识，让我对中国生出了希望。
>
> 你的朋友王培元在努力出版《折射》的简体字本，本来我觉得这怎么可能？但是你的书写、你的信件都让我觉得许多事还是有着可能性的，这种可能性就埋伏在你们这样的知识分子的不懈的努力之中。

那是一份怎样的美好与凄婉

2010 年 1 月 16 日，我以主题"美好与凄婉"写信告诉韩秀，我在复旦大学的博士后指导老师陈思和教授说，如果当人们意识到人类的感情世界比道德世界更崇高更重要时，像老舍跟清阁先生之间的事情，也就没什么好遮蔽的了。确实如此，他们的感情是美好的，却也是悲剧。若不是在那样的时代氛围，两人或许就能在一起了。想想老舍去世以后的清阁先生，直到临终，都是那么的凄婉。听北京市文联的人说，清阁先生曾讲，她除了有老舍在三十年间写给她的信，什么也没有。而这些信在"文革"时被北京市文联的红卫兵抄走了。但"文革"结束后，当清阁先生到北京打听这批信的下落时，被告知，这些信当年就返回给了上海的红卫兵。

我问韩秀是否知道或听说过这些信的下落，手头儿是否有清阁先生写的信。关于清阁先生与老舍的感情，坊间的各种传闻太

沧海泛忆往事真，记著书风尘浮生若梦诗文；洄不堪回首老病身。昨立春偶以七绝一首句中嵌进余之散文集名尚觉自然贴切统有意趣。丙年新正赵清阁於上海

图23　赵清阁手迹"沧海泛忆往事真"

多了。

1月18日，我收到韩秀回信：

关于舒先生与清阁姨之间的通信，你来信中所说的情况就是我们都知道的情况。80年代，我与清阁姨见面，只有一次谈到这些信，清阁的伤痛无法用言语来形容，她断然地说，信件都被掠走，销毁了。

我手上有一些信件，从80年代末到1997年的最后一封。这些信件都是清阁姨在手术前后，体力极差的情形下断断续续写的。有的信需要两三天才能完成。我挑出一些直接提到舒先生的，做个副本寄给你。

现在，先提醒你一件事，湖南文艺出版社1989年10月

出版了清阁先生编的《皇家饭店》，里面收了她自己的小说《落叶无限愁》。这篇小说写的便是这段凄婉的爱情。大战结束之时，清阁知道了舒家的情形，悄悄离开重庆返回上海。舒先生跟着逃家，追到上海。一个月后，舒太太带着孩子也追到上海。于是，就有了他们之间的离别，这离别早于舒先生1946年的赴美讲学。换句话说，从那时候起，清阁就再也没有见过舒先生。

这篇小说写于1947年，最少，从结尾的"三十六年于春申江上"，可以看得很清楚。"民国"三十六年正是1947年。

1981年12月，清阁先生又写了《落叶小析》，收录在她的回忆录《浮生若梦》中。这本书由华岳文艺出版社于1989年10月出版。这篇文章分析了《落叶无限愁》这篇小说。

香港董桥先生在来信中提到洪深的女公子洪钤的文章《梧桐细雨清风去》，这篇文字是谈清阁姨的。不知能否找到。

1月20日，韩秀在信中告诉我，她给我寄出了赵清阁写给她的八封信的影印件，其中有一份是赵清阁1966年的画作。每一封信内，她都加了注释。她顺便提及，董桥先生已给她寄了洪钤的文章来。洪文说，清阁先生80年代末就断绝了与境外友人的联络，这自然不确切，因为仅她收到的最后一封信就是1997年夏天写的。所以，洪钤也有许多不知道的事情。人是很复杂的。但是，她还是很高兴，清阁先生晚年身边有洪钤这样好的一个人。

此恨沧海事，绵绵无绝期

1月22日，我去信问韩秀，不知是否看过清阁先生编的《沧海往事——中国现代著名作家书信集锦》，上海文艺出版社 2006年 10 月版。内收老舍的四封来信。这本《集锦》原是清阁先生于 1996 年底编竣，10 年后才得以出版，出版前由上海大学史承钧教授加了许多编注。以这四封信为例，清阁先生最初抄录原信时，将抬头称谓和信末署名抄为"清弟"和"舍"。史先生在出版时，对照原信改回，即"珊""克"，并在信旁加注："据赵清阁先生说，'珊'和'克'是她据英国小说家勃朗特的《呼啸山庄》改编的剧本《此恨绵绵》中的两位主人公安茁珊和安克夫的简称，40 年代至 50 年代，她和老舍在通信中常以此相互称呼。"我也由此再次表示，太值得写一写老舍与清阁先生了，而且也到写一写的时候了。只是不知是否有能力，但愿能写出这真情的美好与凄婉。

1月29日，韩秀回信说，《沧海往事》太重要了！在这本书的编写过程中，清阁先生曾有信给她，但那时她自己尚不知道书何时能出版。所以，韩秀也没有看到过这本书。随即她发感慨说：

> 这些天，看到一些人不知天高地厚，以不读书为傲，说出些荒谬狂妄的话来，深深为他们羞耻。他们来自大陆，十二万分地看不上大陆作家，又十二万分地鄙视台湾作家，自视甚高，却又眼高手低，十年未见一文。而这样的人却在念着诺奖，计算着获得奖金之后的风光……
>
> 不说了，我们有我们的人生态度。

图24 清阁先生1991年3月7日致韩秀信中附赠的照片

1月29日，我将从当当网上购得的《沧海往事》航空寄出，并就她信中所提有关中国作家（无论是大陆的还是台湾的）的诺贝尔文学奖情结，特写信告知，我曾写过一篇，题目就叫"中国作家的诺贝尔文学奖情结"，还专门就老舍是否在1966/1968年与诺贝尔文学奖失之交臂，作了考证澄清，以为是子虚乌有。附件传上了。信的最后，我亦感叹，人各有志，我们只求能静下心来读书写作，以获得心灵的宁静。

2月1日，看过了谈及诺奖情结的拙文，韩秀来信说：

> 我把你写的文章打印出来，仔细看过了。你说的对，有奖自然是好，没有也完全不要紧。最重要的事情是把手里正在写的东西写好。诺奖的中心，还是文以载道。这个道便是人文主义的核心精神。文不能或者不愿载道，那文字便失去了重量，很快就被风吹散了。

> 每年十月，大家瞎猜一气。其实，那不是大事，每天的书写才是大事。

此信还提到一位早从国内出去的名字与我只一字之差的傅正明先生，在台湾出版了一本专门研究"诺贝尔奖"的专著《百年桂冠》。我问不知是否方便请韩秀在台湾的朋友寄赠一册，以便若再写有关诺贝尔文学奖话题时，引证更为丰富而确实。另外，我告诉她，在最近一期的《中国现代文学研究丛刊》编委会，见到王培元先生，我告诉他，与韩秀跨越太平洋的友情正与日俱增。他微笑着连声说羡慕不已。

老舍生日那天，
我收到韩秀寄来的清阁先生的信

　　人生的事有时会奇妙到出乎想象，2月3日，是老舍先生的生日。就在这一天，我收到韩秀寄来的清阁先生八封书信的复印件。令我感动的是，细心、认真、严谨的韩秀，为每封信都写了"谨识"，真是太珍贵、太宝贵了！致谢"感激不尽"之余，我说我会先把信同"谨识"录入成电子稿，然后再请她校勘一遍。还是在这一天，韩秀有信来，说，我们所谈人与事，都容易动感情。一碰触到情感，人与人之间的距离瞬间就缩短了，小小一个太平洋当然就不在话下了。

　　2月13日，农历除夕，我去信拜年贺岁，谨祝新春合府吉祥，健康平安。愿虎年添翼生风。并把清阁先生书信的电子文档传上。

　　2月15日，韩秀即把校勘后的书信传回。在2月17日的来信中，韩秀说，昨天她同时收到我海运寄出的五本书和航空寄出的《沧海往事》。马上看，看得让人心酸。

　　韩秀的校勘非常仔细，改了一些我因录入而造成的字的误植，她说相信星座和血型的人都认为，处女座和 AB 型都是完美主义者，或者说，这些人最"难弄"，不容易满意。韩秀开玩笑说自己不但是处女座也是 AB 型。不太"难弄"，追求完美倒是真的。因书信中提及台湾著名诗人痖弦先生，故韩秀也给他传去了改过的版本，请他看有没有什么错字，以放心。还问我是否嫌"啰唆"。

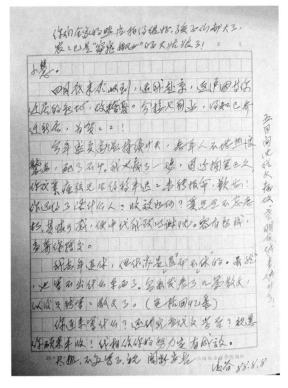

图 25　赵清阁致韩秀信（1988 年 8 月 8 日）

2月19日，我收到寄自台北的傅正明先生的著作《百年桂冠——诺贝尔文学奖世纪评说》。

2月21日，我去信告知，恩师萧乾先生在世时，曾介绍我与痖弦先生通过信。那时，他还在主持"联副"。

2月28日，我在信中说，不仅丝毫不会嫌她啰唆，相反，是极为欣赏与敬重。因我时常觉得国人做事多好大喜功，追求表面光鲜。我说自己在做事上倒是注重细节、力求完美，但我这个金牛座B型血遇到了她这样的处女座AB型血，也完美不起来了。该是我过意不去的。

不经意间，韩秀在信中谈及她与林海音先生是好朋友。她说住高雄的时候，早上六点钟，电话铃响，准是海音大姐。她进办公室就会打电话给她，聊上几句，她就高兴地说，"听到你这一口京片子，整个儿一个大晴天"！她们常在台北聚，很舒畅的。她编书，也邀韩秀写稿，有过非常愉快的合作经验。

我告诉韩秀，我与海音先生交往有年，感情笃深，叫她林奶奶的。她去世以后，应出版社之约，还写过一本小书《林海音：城南依稀梦寻》。并将电子稿传了过去。韩秀读后说，看你写你的林奶奶，真是情感充沛。海音大姐为人做事都大气，没有那许多小鼻子、小眼睛，我还真是想念她。

从信里得知，韩秀与不明原因的面部神经痛不即不离地纠缠了八年。春天，尤其难解难分。我问候说，冬春交替，大气还阳，本易肌理变故，须多调理才是。

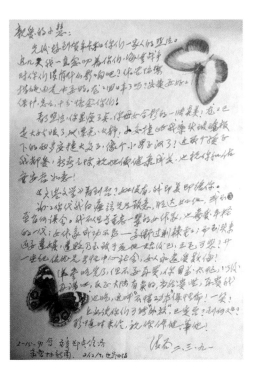

图 26　赵清阁致韩秀信（1991 年 2 月 3 日）

写信就是在写历史

3月15日，我以"春天来了"为邮件主题致信，征求意见说想将那八封珍贵的书信发表出来，同时会配发一篇文章，但题目和从什么角度来写还没有想好。还说正编自己的第三本散文集，想就把那篇《岁末感言》作代序。真的，她的一些简单的话语，那张贺卡，对我即意味着冬日里的春天，它帮我走出了心绪的阴霾，胸襟也一下子豁然开阔起来。"要学会保护自己""健康第一，平安第一"，这话时时就在耳畔萦回，带来的永远是一份温暖，一份感动。

3月17日，韩秀回信：

> 如果你没有写舒先生这个专题，如果你没有关心到清阁先生所受到的委曲，如果你没有请培元先生和我联络，如果你不是那么坦诚地和我互通音信，如果我们不是那么投缘，

这八封信是根本不会离开我的书房的。

将这些关锁了很长时间的信件翻拣出来，是一件不容易的事情，因为很多人很多事都同时来到面前，沉痛多于快乐。

当初，清阁姨信任我，甚至让我帮她联络出版、研究、演出事宜。所以，我想，她也会很高兴，我为你提供这些信件，你将它们发表，是使得许多事情不至于被埋没。你是一位充满善意的学者，一定会把这些素材处理得很好。

当初我跟董桥先生说到，我将这些信交给了你，他就说到应当发表，不然，"就被埋没了"。我没有跟你提起，因为我相信"水到渠成"的道理。时候到了，事情就会顺利进行。

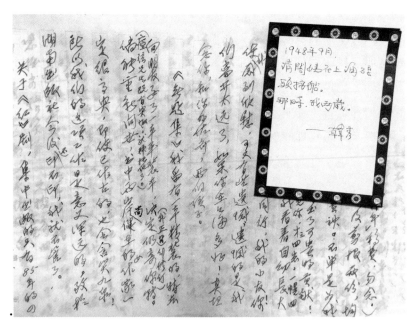

图27 赵清阁先生致韩秀信，及韩秀"谨识"

你将《岁末感言》作为散文集的序，真让我高兴。

其实，真正能够感动人的，就是一些简单、真诚、温暖的东西。我一向认为低回远胜呐喊，一向赞成改良与循序渐进，一向反对暴烈的行动，也永远相信爱比恨强大得多。好高兴，有你这位知音。

春天真的来了。

3月21日，我去信说文章名字想好了，叫《书信世界里的赵清阁与老舍》，问觉得如何。我想因是与韩秀通信而牵引出的这个话题，且又是从清阁先生跟她的视角来谈。为写时方便随时摘引，我把我们在短短不到四个月的时间里互通的邮件先全拷贝成一个新的文档，一点击统计数字，竟已达 25 000 字。感动与激动之情，又一次从心底涌起。

3月22日，韩秀即回了信。

这个题目好极了。

许多人在和我谈到两位老人家的时候，都在刺探他们是否有过肌肤之亲。开始的时候，我很愤怒。后来，我只用"男女授受不亲"作为回答。如果他们不懂或是不愿相信，那就是他们自己的问题了。

现在，你用这样的题目来写他们，我们，你和我和清阁姨和舒先生，大家都心安理得。

有朝一日，这篇文章被你收入一本书的时候，你甚至可以这样写，《书信世界里的赵清阁与舒庆春》，那更纯净、更亲切、更有情义。

门前的木兰开成一个硕大的花球，雨珠挂在粉白的花瓣上，晶莹如钻。当你受不了沙尘暴的时候，记得来我这里。三月、四月、五月，都是华府最美的时节。

图 28　赵清阁于 1986 年退休前

韩秀：一个写信的人

现在，《书信世界里的赵清阁与舒庆春》一文作为附录收在我的博士后研究报告《老舍与中国现代知识分子命运》里，已由复旦大学出版社出版。同时，我期待着在华府最美的时节赴美，与韩秀相聚。

3月23日，我致信韩秀，说明我以书信体的方式写此文的初衷，并将成稿传上，请她看是否妥帖。因若公开发表，在个别小的细节上，还需稍作处理。至于文章如此写，我倒是想的相对简单，觉得不仅可展示书信世界里的两位先人——赵清阁与老舍，且把韩秀与我两个人——横跨太平洋的作家、学者——对于此的交流交往，及不仅由此生发出来的对世界、社会、文化、历史、教育方方面面的看法等，呈现出来，让真实自己说话。

写信时，北京刚遭受过两场严重的沙尘暴。

3月25日，韩秀来信说，书信是一个人写给另外一个人看的，其中不但有别人看不懂的地方，更有不方便让更多人知道的地方。这就是为什么已经出版的书信，不可能完全逼真。现在这样处理与安排这些信件，动机绝对是好的，具体细节，可以细细修改。

因国内读者对韩秀还比较陌生，同时为使《书信》一文开头对她的那段介绍文字顺畅，她又提供了些材料。

说到对细微处的修改，不要说对这样一篇文章，对于如何书写作家、书写文学史，甚至书写历史，尤其是政治史，都是不同的人，有不同的角度、不同的观点。说一切历史都是当代史，表达更多的或许是一种面对历史的无可奈何！历朝历代总有人乐此不疲地编造历史，把已经死去的人或事，根据后来的需要，或者无限歌颂，或者尽情诋毁，或者道德升华，或者一无是处，不一而足。乔伊斯借小说《尤利西斯》人物之口说，历史是我正努力从中醒来的一场噩梦。我时常觉得，历史干脆就是一场永远无法从中醒来的噩梦，一旦醒来，会发现这梦竟是如此的真实，那才是真正的无休无止的噩梦。历史有真实的吗？

3月27日，韩秀来信说，"重读你的长文，我自己也深受感动，感觉着人与人之间本来就应该有的相知相惜"。"咱们来细细改这篇长文，让它达到最令人满意的结果。"

我当即写了回信。事实上，就书信而言，当是用笔写在纸上才算的，最好莫过于有本事、有功力挥毫翰墨，较之，硬笔书法已是逊色多了。现代人却早已用电脑把信的形式改制成了邮件，严格意义上说都不能叫"书信"了。这对老派的、有古典情怀的人读信的感觉而言，自然差多了。现在也有痴迷的爱信者，专门制作好看的信笺，并用毛笔来写。

3 月 29 日，韩秀在邮件中说：

正是如此，信是用笔用心写给一个人看的，那种情分何其贵重。我正好是一个写信的人，不但有无数种用来写信的信笺与卡片，而且每写一信，精挑细选，总要让其传达最诚挚的情感。

我曾经与一位台北中华书局的友人通信，多是美丽的卡片，半年之后，她将这些卡片从抽屉里拿了出来，张贴起来，引得无数编辑、读者赞叹。当他们得知这些卡片是同一个人寄来的时候，大家都沉默了，沉默良久。

给你的信，虽是电子邮件，多半又是在回答你的问题，但是多年来养成的习惯毕竟有一种力量，不只是就事论事，也不会错字连篇，更没有敷衍与草草了事，于是这些书信来往就有了动人之处。

当然，我们的信中都是真话，没有虚饰，也还心平气和，那便又多了一重意义。

等到你的研究告一段落，我们不必着急于一时三刻，也不必传那些稿子，我便会写信给你，谈天说地，用世界上最美丽的信笺。

其实，我们之间的电子邮件我也都打印出来，收在"傅光明"的信夹里，一封不少。这是很有趣的经验，因为别人的信夹里只有来信没有我的复信，你的信夹里却有双方的意见。这，便是 E-mail 的好处了。

图 29　晚年赵清阁于上海寓所

韩秀：一个偏心的人

凡事都有两面性，电子邮件提高了效率，却失去了"家书抵万金"的那种承载亲人生命的亲情浓度和价值意义。在这点上，我又是幸运的，除了电子邮件，我还不时收到韩秀写在好看的信卡（Note Card）和信笺上的文字，有的信卡是她刻意定制的，颇为珍贵。她不愿用明信片（Postcard）写信，因为这可能会招致太多不请自到的读者。信卡有信封包裹，多少有些保护。一次，她寄的信卡图案是只黄

图 30　韩秀所寄猫头鹰图案的信卡。她说：猫头鹰是我的收藏，极少送人

色的猫头鹰安详地立在树枝上，绿的树叶，还点缀衬着一颗或两颗一簇、三颗一簇的红色的果实。她在信里得意地说："这信封，竟是毛边封口，颇具古意，我喜欢。"在信尾的"又及二"还特别注明："Owl（猫头鹰），是我的收藏，极少送人。"

她书写的汉字是俊朗的，与之相较，我的汉字书写竟是局促得舒展不开的粗体陋体，不说也罢。

她收到我寄的书后，给我写了一封书信，信笺的抬头是一只鸳鸯，底端印着一行英文 May Happiness Follow Wherever You Go，日期是 2010 年 3 月 12 日。她说：

> 这些天，身边都是你的书，计算机上也是你的文字，看这许多，心里却有着一些沉重。
>
> 是的，好多人都爱你，这确实是"福气"。但是，为什么这么多人都爱你？并不只是因为你非常优秀，更因为你珍惜人间的情感，更因为你不肯人云亦云，而宁肯保持着书生本色。
>
> ……
>
> 我也很喜欢郑实写你的文字。你们的生存环境总是让我为你们捏一把汗。你们一定要好好照顾自己，照顾女儿。平平安安的。
>
> ……
>
> 因为文字，觉得认识你很久了，但是，地缘上的距离却又真实地存在着。很想念你们，盼望着有朝一日能好好烧两个菜请你们在家里吃饭。

我寄她的书里有我的第一本散文集《书生本色》，前边的序文是妻写的。从取这书名还能见出十年前"年少"时的执拗，有点故意非要表明要保持"书生本色"似的，封面上还刻意写了这么一句：无官无职，无权无势，读书不求甚解；有思有想，有智有识，写作只为心性。现在，我已没有了这种执拗，却多了内心的坚韧，努力去做一个有教养的读书人。

我告诉韩秀，把《书信世界里的赵清阁与老舍》一文发给一个研究老舍的好友（他也研究胡风）征求意见。他大概知道韩秀的一些情况，先称她为"奇女子"，继而说读后的感觉是不嫌其长，只觉其短，文既令人感动，又极有价值，希望发表时把删节控制在最低程度，且最好在删节处标出，以让读者知道删节处目前尚不宜公开。从此亦不难看出，他是一位学究气很浓的学者，治学严谨。

关于改稿，韩秀在 3 月 31 日的邮件里说：

> 我是个偏心的人，爱自己的孩子，于是孩子一切都好，不好的都是别人。
>
> 我从小就喜欢清阁姨和舒先生，所以他们也都是好的，不好的也是别人。
>
> 现在，我非常喜欢你，不愿意你受委屈，改稿子，在我本来是绝对不会做的事，但是为了你，我会通融一下。
>
> 事实上，任何的狡辩都无法改变早已板上钉钉的事实，咱们给一些人留下余地，也不会让他们的处境得到真正的改善，你一定记得但丁留在地狱之门上的那个诗句。但是，宽容毕竟是强者的权利。
>
> 所以我不但活得强悍，而且，非常的有弹性。一笑。
>
> 很快就是复活节了。今天寄一张复活节卡片给你。

感受真正的人间大爱

读韩秀的信，不仅能在宁静中获得温暖，更能在思索中获得一种力量。我从心底对她充满感激，这一年多来，她不仅给了我爱的温暖，正像前面说的，更给了我一种坚韧的力量。

她在 4 月 1 日的邮件中说：

生活中永远有着不如意的事情，我在我们频繁的通信中隐隐感觉到你的委曲，心痛之余，也期待你的昂扬。

老实说，因为你提到《浮生若梦》，我顺势又翻了一番，整本书的价值微乎其微，只有这最后一篇《小析》有着意义。所以，我在给你的信中明白地说出我的失望与痛心。

至于书写，我们早已超越了他们，无论他们曾经有过怎样的辉煌。我们站在不一样的高度，有着完全不同的襟怀。但是，历史就是历史，你在做的是恢复历史的真面目，那，有着非凡的意义。你所揭示的是人性的各个方面，以学术的力量。我也在做同一件事，以文学的力量。

我还是要说这一句老话：宽容与妥协是强者的权利。在我们的这篇文章里，我们使用了这项权利，你这样想，心里会宽松很多。

你还有好长的路要走，保重。

4月8日，我收到韩秀3月30日寄出的"复活节快乐"的信卡。她说：

我把清阁先生的信（原件）都保存在你的信夹里。改天，你来华府，便可将这些信件带回去，留作纪念。

4月4日是复活节，就是托翁笔下的复活节，于信奉东

图31　赵清阁主编《无题集》封面
　　　（1947年上海晨光出版公司
　　　发行）

正教的人们而言，是最重要的节日。于我而言，这是春天的节日，是万物复苏的日子，有着勃勃的生机，特别让人兴奋。

Wishing you a sunny, bright, delightful Easter!

我回复邮件。"您寄的复活节的明信片收到了，细细读过，我在心里问自己，上天为什么要赐予我这样的恩泽，让我承受来自您如此温暖与温馨的挚爱。我再一次感到，真诚、善良、悲悯、无私才是爱最深厚的内涵，它使我们像亲人一般。身外浮云跟这样的亲情相比，不过一缕随风而逝的尘埃。我也越来越体会到，这样的爱才真正是人间大爱。"

韩秀在这封信里提到说没收到过我的第一封邮件（就是我说开头啰唆客套的那一封），她收到的第一封是 2009 年 12 月 9 日的。所以，她说："如果你没有在沉寂许久之后再追一信，我们的通信便不会开始。这不是很有趣吗？"

我把她没收到的第一封信又重发了一遍，同时告诉她，我做事还是挺有韧劲儿的，我当时的想法是，只要没被拒绝就有希望。如果第二封还没收到，或我认为可能因什么原因不便回复，我还会继续发第三封的。现在回头看，觉得是挺好玩儿的一件事了。

电子邮件的最大优点是能像手机短信一样，即发即收。韩秀当天复信：

> 其实，当初寄这八封信的时候，我就想寄你原件自己留副本，但是，邮路漫漫，遗失了便很可惜。最后还是寄了你

副本。

　　清阁是位爱国者，跟舒先生一样。他们不是不能远走高飞，他们选择了留下，虽然非常痛苦。所以，我总觉得，清阁姨的信件是应当留在那块土地上的。从前，我没有人可以托付，现在不同了，现在有你，事情就完全不同了。

　　我会将这些信件整理好，放在一个大信封里，上面写着你的名字，我们见面的时候，你就可以带回去了。你是一位研究者，手中的资料是原件更有说服力。

　　我一下子感到语言的无力，不知该怎么说和说什么了，这远不是什么谢谢、感动、感激一类现成的语汇所能表达的。这让我想起陀思妥耶夫斯基曾说过的话，他说，要是上帝赐予他把心里所想到的都能用语言完美地表达出来，该多好啊！（记得大致意思如此。）陀氏尚如此，何况我呢，如此倒可释然一些。

结婚，相守，如履薄冰

4月1日是西方的愚人节，也是我和妻的结婚纪念日。我们绝非故意挑这个日子，并可以事后诸葛亮地调侃婚姻不过一场"愚人"的爱情游戏。不过，当初我们办理结婚手续时，婚姻登记处坐落在月坛公园里，一对男女要想办手续结婚，必得先买公园门票。这规定确有几分"愚人"。第一次，材料没带全，被拒。第二次，顺利办完手续，成为法定夫妻，走出公园后，想到这日子怎么竟碰到"愚人节"。想想人生也确实不过如此，好事赶得巧不失有趣，偏砸头上不好的事，则是命运的捉弄了。换个说法，我们是买了两次公园门票才结成婚，不十分有趣吗？

我时常觉得生命本身就是个赌博的过程，似乎一切都是那般的宿命，而面对宿命，除了说"是"，别无他法。一个个的生命个体，是那般的脆弱渺小，当你以为足以驾驭生命之舟的时候，命运的风浪早已在恭候你。你一旦作出强者的抗争，它可能会无情地将你击得粉碎。所幸的是，你倘若有机会活下来，这时的你才可能真的是一个强者，一个心灵、精神强大的人。也只有到了这个时候，窗外的景色方会涂抹上生命的壮丽。有时觉得生命无趣无味，有时又觉得这或许就是大趣味。不去管那许多吧，让心灵深处保有一个就算是弱小的自我，你也不见得就真的是弱小的。事实上，人的一切的烦扰皆来自各种不可名状的欲望，所谓出家人斩断六根，即为此。既在世，何必又要斩断，如何又能斩断？

图 32　1990 年代，在台湾高雄展出手工制作的百衲被（Quilt），韩秀与学究气十足的夫君 Jeff 合影，背后的百衲被是韩秀缝制的第一件作品

过了没几天，我又收到韩秀的信卡，看时间是 4 月 1 日写并寄出的，这张信卡是专为祝贺我们的结婚纪念日。

结婚，相守，如履薄冰。不知是否你们也有同感？一笑。无论欢乐或是忧烦，身边的人能够分享与分担，便已是天大的福气。今年，知道得晚了。所以，这张卡片也寄得晚了。好在，纪念日可以一直庆祝下去，直到下一个纪念日的到来。满心期盼，希望你们的好日子天天如节日。

话不多，却如温馨和煦的春风暖融融地从遥远的太平洋对岸飘拂了过来，带着华府清新空气里的花香。

我回信说，对"结婚，相守，如履薄冰"深有同感。一纸婚书，远不意味着婚姻是坚实的。

其实细想我们两人，彼此相守12年，挺不容易的。中间也吵闹过。能一直守下来，我常毫不自谦地想，或是我对家庭比传统的男权男人承担相对多些的缘故，自己是那种所谓很顾家的男人。简言之，我们的家务分工是，她做饭，我刷锅；我做饭，她刷锅。从女儿上小学，是我天天送接，一直到小学四年级末。还有，我常去菜市场买菜买水果，也常去超市买食品和日常用品。我知道西红柿、土豆、油菜、白菜、猪肉、排骨多少钱一斤，也能感受到普通百姓所承受的不断上涨的 CPI 的压力。拖地也是我的专利。妻说，我恨不得让全世界都知道我是怎样一个宅男。

两个人道主义者

　　事实上，我是渐渐明白并切实感受到，婚姻就是跟亲人过日子。当恋爱的激情落潮为持久的浓浓的亲情，有这份亲情，便能彼此相守了。也就是韩秀所说"彼此分享与分担"，便是"天大的福气"。经营婚姻是门艺术，学问可不浅！一般来说，女性在婚姻中总是付出得更多。所以我常跟妻说，我骨子里是个女性主义者。

　　4 月 19 日，韩秀来信：

　　　　关于婚姻，真是一言难尽。……你说到你也是女性主义者，我非常赞同。女性的平权必须有男性的参与与支持，才能有所实现。事实上，绝对的平权是不存在的，也是不可能的。很可惜，许多女性主义者不愿意面对这个事实。我不是女性主义者，我是人道主义者，关心人类的现世处境，无论男女……

　　我回复韩秀，说自己是女性主义者，首先也自认为是一个人道主义者。萧乾先生不止一次当面并在信里告诉我，没有悲天悯人的人道主义情怀，不可能成为大作家。这也是目前国内作家的一个生态问题，不断有人呼唤大作家甚至大师的产生，说这是一个伟大的时代，伟大的时代一定要有伟大的作家。这话在逻辑上是有问题的，谁说伟大时代就一定产生伟大的作家呢？何况一个时代是否伟大，该由谁来决定呢？乾隆时代伟大否？产生了曹雪芹。目前国内作家，多的是玩小技巧，耍小聪明，卖小智慧，匮乏大胸襟、大悲悯、大境界。悲悯并非仅仅是给地震灾区捐多少善款，而是要从骨子里对人类命运充满思索与反省，这方面我们还差得远。听朋友说，诺奖得主勒克莱奇奥来华时在中国社会科学院作了场演讲，他说的有句话，任何一家媒体都没有报道，他的意思是说：不能把文学当进身政治的阶梯，如果一个作家总想着通过自己的作品增加与政治人物握手的机会，那便没有了文学。

　　说到家庭，婚前我的确想得过于简单了，以为两个事业上志趣相投的人便可以使家庭圆满。可家庭生活常常会与各自的事业或工作相冲突。这个时候，如果夫妻双方没有一方肯于退让一点、容忍一下、接纳一些，家就有可能瞬间瓦解。现在的离婚率高，跟处理不好这层应是有关系的。

　　婚姻好比两个圆交叉，中间一定要有重叠融合的那部分，否则就各自独立好了。但男女真的是差异很大的两个物种，女人深深期待的，常常是男人想都不会想到的。我跟妻有时也是这样，比如遇到一件什么事，她心里有个期待，希望着我怎么说或怎么做，结果一旦不是那样，"枪"就走火了。其实，也是在这个意义上，我说自己是女性主义者，提醒自己多设身处地从女性视角去理解和关爱女性。因为无论对家庭还是事业，女性的艰辛与牺牲都更多更大。而真正懂女人的男人似乎并不多，很多男人大概不屑于去懂女人。因此，我在家中也是尽力多为妻分担一些家务，可还时常少不了要遭受一些温软的挖苦、批评、冷嘲、热讽。

这封邮件本身我就写得很长，还附了两篇文章传上请韩秀闲看，一篇是 2004 年请"红学家"周思源先生来文学馆讲《红楼梦》之后作的即兴点评，他讲的是"孰优孰劣话黛钗"。我说了这么一段话：

图 33 《红楼梦话剧集》（四川文艺出版社 1985 年版）

钗黛孰优孰劣，争了 200 年。有谁能断这桩千古公案？我一直是这么看的：黛玉更艺术化，是理想化的诗化的艺术人；宝钗更民间化，是生活化的世俗的社会人。若从当下的世俗观点来说，多疑、小性、尖酸刻薄的黛玉们，可吃不开，难以有生存的空间；而开朗、练达、工于心计的宝钗们，却可以如鱼得水般混成白领、金领，用豪宅香车钓个把老公，更不在话下。但是，如果身边的女性全都成了宝钗，没有了"艺术"，人生也会随之苍白。

不知得有多少代的读者撕心裂肺地埋怨曹雪芹：干吗不笔下留德，让宝玉和黛玉结婚？可他俩真要是结婚了，日子能怎么过，可不是曹雪芹的本事，这差事怕是得交给玩言情的小说家了。不过，自私的男人们都希望自己的老婆是"钗黛合一"，既会生活，又懂诗书。生活中去哪找这样的嫦娥呀！男权初衷不改的男人们，如何选择黛钗，我倒有个馊主意：把宝钗娶回家，拿黛玉当梦中情人。

第二篇是《另眼看"鬼狐""士林"》，谈我由主持并聆听完专家们在文学馆系列演讲《聊斋志异》《儒林外史》后的一点感想。

4 月 22 日，韩秀回了我邮件：

讲老实话，我是接受了你的采访，只是我们使用的是笔谈的方式。你用这个采访引出清阁先生的来信以及清阁先生的作品，是为她说话，是为舒先生说话，也是把我介绍给大陆学界、大陆读者……

你关于宝、黛、钗的"馊主意"深合我意。换了我处在贾母和王夫人的位置，我也一定选择宝钗，药罐子如何娶来家中？更不用说那病弱、多疑、尖酸刻薄。一笑。

　　我只是想着，曹先生真是养活了不少的人。《红》书无论怎样丰富，也只是一本书而已，发展为"学"，也已经相当可观。再纠缠下去，意思不大。

　　另外一篇大文要看过才能说话，大约是会写信给你。

　　从过些天后收到书信的日期看，韩秀在回复这封邮件的次日，也就是4月23日，她又亲笔写了信，提到读我那另眼看"鬼狐""士林"的感受："你这另眼看'鬼狐'，写蒲老先生这两段，委实精彩。后文中的'花面逢迎，世人如鬼'更是精到。一句'连鬼都不如了'，真是痛快淋漓。"她在信的最后说："我常想，写作是苦差事，必得踏实去做，动不动兴风作浪，很难静下来充实自己。砚台干了，笔尖自然无墨可用。"

韩秀：常常看到舒先生的微笑

　　与韩秀的通信，话题很多，内容广泛，行文亲和自然，我想主要是因为我们都算得上是踏实写作之人吧。我们都知道写作很苦，却都能静下来不断地充实自己。也因此，我们的书信本身，就充盈着一种鲜活的真的力量。更因此，我写这篇书信文，一开始绝没有想到最后几乎竟是以我们往返信件的"展陈"方式来写，而它的价值和力量，恰恰是从彼此心底流淌出来的由衷的真诚。现在回想，这似乎是此文最好的一种方式。发表前，韩秀传董桥先生一阅。董先生这位快手，随即写了篇散文《想起老舍》，发表在 2010 年 5 月 2 日（这一天是我的 45 岁生日）的香港《苹果日报》，后发在《书城》杂志 2010 年第 9 期。

　　4 月 30 日，韩秀来信：

　　　　董桥先生的文章正好印证一件事，舒先生的真心。现在不就是我说，还有别人说他在美国是决心要离婚的，回来之后才明白绝无可能。

再有，便是"怯懦"，何止舒先生，那是许多读书人的通病。你写他的一辈子，这通病的影响不可谓不深。

我常在想，这位培元先生真是不简单。我没有收到你的第一封信的那一个月，培元先生写过好几封信给我，谈到你的研究的重要性。他不知道，我是在等你的信。他还以为是我不乐意谈这些事情呢。你看，你这位朋友是多么的尽责。真是难得。

这之后，我去云南出差。回京后，即给韩秀去信。5 月 21

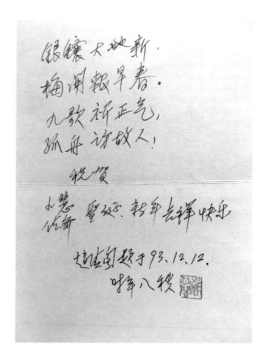

图34　1993 年 12 月 12 日
　　　赵清阁致韩秀夫妇
　　　的新年贺卡

日，她来信：

> 我收到你的信，说到你去云南。我就在想，等你忙完了回来，一定会有信的。
>
> 这段日子没有你的信，我却在想念从前的日子，那些和舒先生一块儿浇花，听他讲故事，念书给他听，看他写字的情形。
>
> 1956年秋天，我十岁，有一次，在一个活动里，我上台朗诵普希金的《渔夫和金鱼的故事》，舒先生挂着拐棍，一直站在那里。我望着他，普希金的诗句就从嘴里喷发出来，源源不绝。那时候，舒先生的脸上有着最为温暖的微笑。
>
> 6月26日，我会在此地讲一场《俄罗斯文学的白银时代及其深远的影响》，准备当中，常常看到舒先生的微笑。

和韩秀通信，我时常真切感到，奇妙的书信世界常能透露出史料与人生的一种纷纭复杂而又内蕴十足的趣致。韩秀在6月9日的信中提道：

> 这两天，我正在生气，一个台湾来的，中文老师，在大庭广众面前，声色俱厉，攻击舒先生，直指舒先生怎样地支持文字改革，怎样地要消灭中国字。
>
> 这文字改革，与舒先生真是没有半点关系。而且，1956年，反对文字改革的，第二年全都被扣上了右派帽子，生不如死。
>
> 舒先生走了四十多年了，还要受这种委屈，我很不开心，而且我不会保持沉默。

图 35　韩秀的书房

第二部分

往

来

2010 年 6 月 20 日，一个特别的日子

从韩秀的信里，我感受着两种完美地契合在一起的率真性情，一种是这样的"强悍"，另一种便是落在人性细微处的浓浓的"体贴"，也是呵护和关爱。

2010 年 6 月 20 日，对我是个值得记住的日子。我想，当我到垂垂老矣的暮岁，回眸一生中值得怀念的日子，一定少不了这一天！

这一天的上午，在北京，在我所供职的文学馆的多功能厅，我主持完了最后一场讲座。这个讲座的全称是"中国现代文学馆星期日公益演讲——在文学馆听讲座"，我从 2001 年 2 月 18 日到这一天，共策划、组织、邀请并现场主持了 261 场讲座，主编出版了文学馆讲座丛书近 30 本。这是我的一项工作，尽职尽责是本分，也没什么好多说的，只想简单地说三点：第一，单从数字看，在这几乎是"十年辛苦不寻常"的时段，至少有 261 个星

期天的上午，我是在这里，这样度过的。第二，我对这个讲座有感情，因为我爱它，我为它真诚地投入了生命中的相当一部分精力。得失寸心知！第三，我与约 200 位演讲者大都成了亦忘年、亦师或亦友的朋友，他们的学术思想和术业造诣对我的学术甚至生命成长，产生了挥之不去的深刻影响。这"十年"对我是难忘的！

这一天的上午，甚或是一整天，在华盛顿近郊维也纳小镇韩秀的家里，韩秀在整理清阁先生的书信；在为原来那八封信以外的另四封信一一写着"谨识"；最后把这些原件装进一个大信封，又给我写了下面这封信：

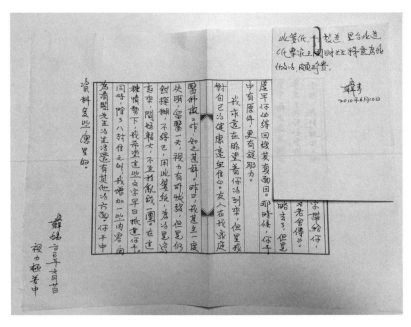

图 36　韩秀在"视力极差中"致笔者信

光明：

我拜托友人将这些文字带给你，是为了方便你完成论文，完成《老舍传》。其中，许多处在"精版"刊出时略去了，但是迟早你必得回复其真面目。那时候，你手中有原件，更有说服力。

我永远在盼望着你的到来，但是我对自己的健康毫无信心。友人在我家庭医师处工作，知之甚详。昨日，我甚至一度失明，留医一天，视力有所恢复，但是仍然模糊，不得已，用此笺纸，为的是写起来，间距较大，不至于乱成一团。在这种情势下，我希望这些文字早日抵达你手。同时，除了八封之外，我增加一些内容，因为清阁先生的生活还有其他的方面，你手中资料多些，总是好。

2010 年 6 月 20 日视力极差中

信纸上用曲别针别着张小纸，上书"此笺纸，手工制造，是台北造纸专家王国财先生特意为我做的，颇珍贵"。

信里提到的"精版"是指发表在陈子善先生主编的《现代中文学刊》2010 年第 4 期的《书信世界里的赵清阁与老舍》一文。

两个足球迷

南非世界杯开幕了。不想韩秀还是个足球迷。我去信说，自己狂看世界杯的时候是 1982 年和 1986 年那两届，1982 年国内刚开始转播。那时上大学，年轻，夜里三点爬起来看开幕式，看开幕战，几乎场场不落。到 1986 年，就稍有选择地看。再到 1990 年，便主要看第二轮淘汰赛了。可见是事情越来越多，人也越来越老。

韩秀告诉我，她是个天生的运动员，能吃苦，素质好。回到美国以后，舍不得时间打高尔夫，于是打保龄球，在球队里比赛已经二十多年。每个星期二的上午，她一定在球馆。她喜欢 team，喜欢团队精神。最重要的，运动、出汗。对她这个疼痛缠身的人来说，"运动，让我觉得我还活着，有着一种不肯放弃在里头，不肯放弃尊严，不肯苟延残喘"。

在喜欢的球星里，韩秀一直以为，贝利之后，"席丹"是真正的球王。"他忍无可忍一个头槌把那口出秽言的小子顶翻在地，震惊世界，然后颓然离开绿地的时候，我还写文章《为纯净绿荫地而战》声援他。他是最后一位穿 10 号球衫的球王。现在，他在南非，神情落寞地看着阿尔及利亚输球。看着他，我眼泪都流下来了。法国是一个很奇怪的国家，法国人看不上所有不是法兰西人的人，但是法国最伟大的统帅是科西嘉人，法国最伟大的足球射手是阿尔及利亚人。这，已经从体育进入了文学。文学真是无处不在的。"

我兴奋不已地马上写邮件。我说：原来您那么喜欢席丹，是啊，他就是足球场上的艺术大师。我跟您一样，非常喜欢他。国内对他的名字翻译是齐达内，国内的球迷亲昵地称他为"齐祖"，一代宗师也。昨晚看了葡萄牙酣畅淋漓地 7∶0 戏耍朝鲜。如您所说，文学是无处不在的。哲学也是无处不在的。当朝鲜 1∶2 虽败犹荣地输给巴西以后，许多人包括朝鲜队自己都对下一场（也就是昨晚这场）充满期待，甚至豪夺三分的壮志都写在脸上。可惜，足球像人生一样，充满了无常感，它从不以事先的设计和期待来终局。像席丹，谁能想到他那撞向意大利的一头是源于不堪受辱。事过之后，又有多少人能理解他的这种风骨，宁肯放弃比赛，不能丢失尊严。我欣赏赞佩这样的真性情。国内文坛总说没有大作品，人都没有了高洁的人格，大作品从何而来呢？呵呵，您看我又发书生意气了。

随这封邮件，我又附了新写的三篇文章：一写对旅行的想法，题《放生命去旅行》，原是为一朋友的散文游记序；二写对"易经"的看法，题《〈易经〉就是教你"变"》；三写对"碎片化阅读"表达一种忧虑，题《文学的天空》。韩秀读后，说

"对这碎片阅读深恶痛绝，……昨天，我在演讲中，毫不客气地指明，碎片阅读绝不是作学问，非但完全不能完成一个系统的书写，连一个基本的知识也无法正确掌握。我们真的是同仇敌忾了"。

放生命去旅行

一位出版社的编辑好友看了我先传她的《书信世界里的老舍与赵清阁》全文后，突发妙想，想请韩秀与我从各自不同的视角写一本书，韩秀从作家兼亲友的角度，我则学理性一些。在书的设计上没有正反，两面都是封面，韩秀的那面书名是《赵清阁与老舍》，我的一面书名是《老舍与赵清阁》。书中配些清阁先生的书信、手迹及有老舍在内的图片。我把这个蛮有创意的想法告诉了韩秀，问她愿否以这样的方式再度联袂，既是各写又是合写舒先生和清阁先生的文学人生？

7月8日，韩秀在将这些珍贵资料托付回北京探亲的友人带给我之前，又写了一封信：

光明：

看了大信封中的附言，你大约会着急。我的视力基本恢复了，能做事，能开车，你放心。

我非常乐意与你合作，也非常感谢这位出版人的好意。但是，我必须完成两本书，你也必须完成《老舍传》。我知道，机遇难得。但是我更知道人生苦短，我必须在短短的、有限的时间里完成我预定的书写计划。

送上一个夹子，是用来放护照的，希望你全家旅行愉快。

2010 年 7 月 8 日

7 月 17 日下午，我如约到这位热心的友人家里，取回了这个大信封。

回到家，急切地一字字读信，泪不禁就在眼里转。瞬间回想起这半年多来韩秀所给予我的信任与爱，看着相赠的珍藏日久的清阁先生墨迹已淡的书信，五则依旧是那么细心的谨识，还有那个放护照的皮夹，真是无语凝噎时，两行清泪下。

尽管见信里说视力基本恢复了，但听了友人简单介绍韩秀的身体状况，我还是十分担心。我当即写了邮件："读了您的信，更为您的健康既忧虑又担心。您可一定要注意调节好劳逸，保证充足睡眠，切勿过累。"托友人带去的几本书，千万在空闲时阅，别过度用眼！

知友人不久返回美国，我请她带了五本书，有写萧乾的评传《未带地图，行旅人生》，写徐志摩的一本传记《吻火夜莺：徐志摩》，一本《林海音：城南依稀梦寻》，还有两本译作，一是凌叔华用英文写的自传体小说《古韵》，二是费正清的《观察中国》。

妻通过考试，加入了一个培训计划，要赴欧洲待五个月。我可以以家属身份，携女儿赴欧团聚。韩秀多么细心热心啊，专门送我一个放护照的皮夹子。这个夹子不仅英俊潇洒，我非常喜欢，更重要的是它夹着一股慈母般的暖融融的爱。

7月30日至8月20日，我们一家三口在法国和意大利的旅行中度过。

21天的旅行，不知不觉间就结束了。8月21日，我即给韩秀发了邮件：

> 刚回到家。稍收拾一下，便向您报个平安。
>
> 看不够的巴黎、罗马，我们去了许多博物馆，我还独自寻访了当年海明威在巴黎的踪迹，他写作大部分《太阳照常升起》的丁香园咖啡馆，写《永别了武器》的圆亭咖啡馆；在拉雪兹、蒙巴纳斯两个公墓，拜谒了巴尔扎克、普鲁斯特、王尔德、肖邦、莫泊桑、波德莱尔、玛格丽特·杜拉斯等的墓地，及萨特与西蒙·波娃的合墓；去了巴尔扎克故居，可惜的是，雨果纪念馆、济慈雪莱纪念馆，去的那天赶上闭馆日，只在外面留了影。
>
> 在蒙巴纳斯公墓，费了一个半小时才找到莫泊桑的墓。我静静地站在墓前。一会儿，不远处的一个日本老妇人走过来，用日语跟我打招呼，听不懂，大概是问我是否日本人。我用英语说我来自中国，她诧异地问"台湾"？我说不，是中国大陆，北京。她只轻轻"哦"了一声，默默走开了。我不知她心里在想什么，难道她会觉得一个来自中国大陆的中国人站在莫泊桑墓前很怪异吗？中国人都该只去商业中心购物？顶多附庸风雅去个卢浮宫、凯旋门？

这让我想到 2004 年的那次日本之旅，请我去的日本老舍研究会的友人问我行程里是否安排秋叶原。我很喜欢"秋叶原"这个名字，觉得特别有味道。单从中文里，似乎不大能给哪个地方起名叫秋叶原。而日文的这三个字，一定又不是汉语这三个字的发音。我问这是个什么地方？他们说那里有个超大的家用电器城，凡来日本的中国人都要去那里买各式各样大小不等的日本原产电器。我说我不去，去看博物馆吧。那天，我去的是江户东京博物馆。他们或许会觉得我是国人里的异数，难道有不爱日本电器的中国人？

我们在巴黎待了 11 天，然后去威尼斯、罗马、梵蒂冈，回到巴黎后，又去了位于卢瓦尔河谷的图尔。旅行本身就是读书！

沉淀一下，思索一下，会把这样一次难忘的旅行慢慢写出来。

文化该是充满了温暖与亲切

韩秀患了颌骨错位，接受治疗没有预计的那么痛苦，却也够受的。稍有缓解，便打起精神给我回复：

> 日本，长久以来是看不起中国的。我的外婆在 20 年代初陪外公留学日本，深深体会日本人内心的狂傲。日人打进中国，外婆就开始抵制日货。80 年代，我们驻节北京，带去的汽车和电器全部都是美国的，外婆看了就高兴。可见，不只是战争的缘故。你在巴黎与日本的遭遇，正是那歧见的佐证。
>
> 中国游客在欧美的表现，都相当的怪异。被人们视为普遍现象。你的好学、勤谨反而变成了异数。
>
> 一日，看一位大名家在文章中犯了类似"关公战秦琼"的错，按捺不住，投书编辑部。作者马上认错，却完全弄拧

了，根本没有读懂我的提醒。甚至还有逢迎者流主张大事化小。于是不了了之，文字就在这种情势下混乱着。回头看自己，简直就像堂·吉诃德大战风车。

我改过你的文稿，几个字而已。可是你这位大博士是多么的虚心而认真啊！

9月19日，是韩秀的生日，我发邮件祝她生日快乐：

> 今天是您的生日，先祝您生日快乐！我提前给您寄了贺卡，算计着日子似乎也该到了。就是想说那样一句话，想起您我心底就充满了爱的温暖，生活对我也就洋溢出了许多的欢乐。真的谢谢您，在我遭逢去年一种异样的郁闷（见面跟您细说，现在回头看，那样的经历对我也成了财富，我甚至感谢起这样的经历，因为对一个行政体制内的文人或学者来说，这样的经历是难得的）时，是我们之间的书信，是书信世界里的两位先人，使我将身外物真正看作了浮云。

19日这一天，韩秀在加州，跟她的先生和儿子安捷在一起。他们去儿子工作的公司参观了一番，感慨良多。这公司在该地有一千多员工，五座建筑，庭院里遍植天堂鸟。公司不但有餐厅、厨房、健身房、泳池、运动场、休息室等等一应设施，还有博物馆。他们很为安捷骄傲：

> 州立大学毕业，工作两年之后，在最不景气的2009年夏天得到了这个心仪的工作。十三个月以后，他已经成为在

线计算机游戏的专家，手下已经有七位计算机天才，有些人资格比他老得多。他到今年十月才满二十五岁。我想，这里是完全没有按资排辈一说的。

因为是星期天，我们可以到办公室看一看，从每一间办公室能够看到每一位工作人员的喜好与性情，他们毫不掩饰他们对电玩，对电影，对艺术、文学、音乐以及所有新鲜事物的热情。我觉得，在办公室里，才能真正了解安捷和他的朋友们。

这样的办公室文化充满了温暖与亲切。

如此这般，年轻的人们才能充分发挥他们的聪明才智。

为我的孩子感到欣慰的同时，我是多么热切地希望着，你也能够有这样好的工作环境。

我多么希望，你不必为许多莫名其妙的事情耗费精神。

"十一"长假过后，我收到韩秀写于 9 月 29 日的信卡。她说把我寄的生日贺卡挂在了厨房的百叶门上，每天见到，心里暖暖的。

现在，任何时候，我只要想到韩秀这个名字，心里都是暖暖的，而且是有力量的一种温暖。

文学人最重要的素质是悲悯

对于另外的四封信，韩秀起初并不希望急着发表出来。

她说："八封信交陈子善教授已经很好，这八封信都与舒先生有关系，放在这样一篇文章内刚刚合适。"

她说："赵清阁还有她作为作家和编辑的生活，她的现实处境，我无法也无力去探究，但是你却可以深入许多的领域，真正探究一代知识分子的命运。这样的课题非常重要，你能够选这样的课题，也证明着你的实力。我是很为你高兴的。"

这四封信里，正有着韩秀所说的晚年清阁先生"现实处境"的"蛛丝马迹"。

她说："你的研究深入而细致，这样，这些尘封已久的故事才会写出来。"

也确实因此，我还是希望把"书信"一文的续篇写出来，并与上篇合二为一，单出一本书，书名就叫《书信世界里的赵清阁与老舍》。这样做，不仅仅是为了清阁先生与老舍之间"尘封已久的故事"。

四封信中一封是由别人代笔致端木蕻良，其余三封都是致韩秀的。为凸显书信的史料价值，如前所说，这一次，细心、敏锐的韩秀依然为每封信写下"谨识"，这谨识与书信是不可分的整体。

由这四封信，透露出清阁先生晚景晚境侧影的一个方面，即身体长期在病弱之中，只要心有余力，便关心现实，记挂着自己曾几何时用心写就的作品，为自己作品在境外上演感到兴奋，也惦记着还能写点什么留下来。但心绪、心境又有着一种别样的复杂。我想或因为此，韩秀对清阁先生所写的那本由多篇回忆文章连缀结集成的回忆录《浮生若梦》，评价并不高。

不过，我在《浮生若梦》里发现了几处细节。韩秀在致笔者信里提到老舍与清阁先生之间的离别，"这离别早于舒先生1946年的赴美讲学。换句话说，从那时候起，清阁就再也没有见过舒先生。"但从《浮生若梦》所收冰心1946年3月16日写给赵清阁的信来看，老舍赴美，是清阁先生到码头相送。"我的侄子那天送他表妹上船，说看见你送老舍。老舍想来一定高兴得很，去换一换空气。"（《浮生若梦》第64页）

1947年3月4日，冰心致信清阁先生，说："我们这里如常的寂寞。大妹躺在床上后，我更少出去，除非是不得已，她在床上看了许多书，最欣赏老舍，还和老舍通了两次信（老舍说他也许三月中回国，大妹就请他过日本来住些时日）她请你代她买老舍的一切作品（除了《四世同堂》，她已有了）。"（《浮生若梦》第71页）

《浮生若梦》集中还有篇《文苑老将阳翰笙》，透露出这样的信息："解放前夕，上海已是风声鹤唳，人心惶惶，翰老与茅盾、田汉等陆续去了香港。翰老不忘故旧，曾写信给我，暗示我上海解放在望，叫我迎候光明的到来；并要我敦促滞留海外的老舍、冰心、王莹等文友准备回归祖国，参加振兴中华的大业。解放初期，老舍、冰心很快相继到了北京，受到周总理的热情欢迎。据翰老告诉我，敦促他们回国，也是周总理的指示。"（《浮生若梦》第 32 页）

关于新中国成立后老舍由美回国，学界、坊间均说法不一，但在一点上是一致的，即清阁先生受周恩来之命写了邀其回国的信。曹禺先生曾说，他也是奉命写信盛邀老舍回国的人之一。不知能否可以这样推测，在促成老舍回国的诸多因素中，清阁先生的信是十分"给力"的。

"古韵"里的"墨色疏朗"

11月26日，韩秀在读完我翻译的《古韵》后，来信说：

> 不知为什么，我老是想着你今年四十岁，加加减减就觉得你是在二十出头的时候译了这本书。原来是因为凌叔华在1990年过世。
>
> 那也足证你的善良与同情心。凌氏一生风平浪静，与饱经忧患的许多中国作家、艺术家大不相同。难为你怀着这样温厚的心意看中她的书写。
>
> 我会写一篇介绍的文字，谈谈你译的这本书。
>
> 凌叔华的故居在史家胡同，我在那个胡同住了十多年，70年代又住了一年多，80年代每周都会到那儿去，又是三年。1995年，最后一次踏足北京，还到那胡同去看望了一位老朋友。我和他都在新疆兵团农三师四十八团，我在五

连，他在二连。他的母亲还跋山涉水到新疆看他，他也已经故去好几年了，丢下了妻子和女儿。

你看到了我的书，里面的照片是培元先生建议的。我就寄了一些给他，结果全都用上了。让这本书亲切了许多。

我的初中同学看到了，心里大概很不痛快。可是，当年她们的残忍却是事实啊。哪里等到"文革"，50年代末，也没有上级或领导的刻意安排，她们是那样积极地将一个不同于她们的人排除在外。如果是"文革"期间，这个人还能活命吗？

所以，无论她们怎样的不痛快，都不必在乎了。你说是不是？

关于清阁先生的三封信，你写好了就寄来。老故事永远有人看，有人喜欢。

韩秀说的书，是她的第一本小说《折射》，由王培元先生担任责任编辑，改名为《一个美国女孩在中国》。此书20年前在台湾出版时，韩秀几乎是我现在的年龄。回想20年前的事，既时感恍如隔世，又常觉历历在目。真是人生有数，宇宙无穷，难怪古时的诗圣词怪们早就有这样的慨叹，弄得后人在感叹时空虚无上，除了引用似乎吟咏不出任何新意。

很快，韩秀就写好一篇读《古韵》的文字《墨色疏朗》传来，她在美国《汉新》杂志有个书介专栏。12月3日，我致信韩秀：

> 您真是快手好手，您的这样一篇书介，又将"古韵"的韵香烧了出来。有朋友看了《古韵》的译文，觉得我是可以

图 37 拙译《古韵》封面（山东画报出版社 2003 年 10 月版）

　　写小说的，说其中的小说感是有味道的。想来译这样一本书，也真是冥冥中的一种缘。在译之前，我见有凌叔华小传提到她有这样一本书，书名译作"古歌集"或"古调集"，我觉得挺怪。一看英文，那题目不就是说的是老北京的韵致吗？遗憾的是，现在的交通拥堵、大气污染、物欲喧嚣，已将此韵调涤荡干净，也算是一桩伟业了。不用再过若干年，我们现在已开始要从古韵的墨香里寻觅老北京 / 北平的韵致了。您写得真好，什么也提不出来，只是喜欢。当然，还有感谢。

　　互联网的及时性、实时性，无疑是科技对交互式的人事人情人性的一种赐予，长久的期待与期待中的煎熬，多被科技化为了无形。

收到邮件的当日，韩秀回复：

> 看到你这样说，我就放心了。小小书介两千字，实在不能表达我对你的译文的喜爱。你是学者，所以你的序文写得面面俱到。但是，你毕竟是文学人，你的心地如此柔软，你对文字的掌握如此精准。你是可以写任何东西的，当然包括小说。
>
> 文学人最重要的素质是悲悯。……都没有这个素质。但是，你有。否则，你根本不会去关注舒先生，更不会为清阁姨花费心血。
>
> 我正在写的一本长篇，每天以一千字的篇幅前进。我觉得这是最为正常的速度。

我们在太平洋的两岸，各以自己的方式忙累着。见韩秀那么忙累得辛苦，我时常为她担心，她毕竟上了些岁数，而且要忍受病痛的折磨。

我何尝不是如此。在妻旅欧的 5 个月里，除了我们在欧洲旅行的那段时间，我一个人既忙工作，又忙家庭，确实有些累。不过，自从女儿出生，单独在一起这么久，还从未有过。能独享一份天伦之乐，也是福缘福分。

真正感动人的，就是一些简单、真诚、温暖的东西

2010 年岁末，我收到韩秀寄来的贺年卡：

> 寄上最深切的祝福，在这岁末令人喜又令人忧的日子里。竟然一年了，从我这里，到你们那里，这千山万水竟然大大缩短了距离。因为我们热爱的文学，因为许多我们共同关心的人与事。2010 年脚步匆匆，眼看 2011 年就在门口。我希望 2011 年，我能写完手中的小说，我也热切地希望着你们都能完成自己的计划，实现自己的向往，在这新的一年里。
>
> 平安，喜乐，如意。

话不多，简单、真诚、温暖。人到中年，我深切领悟到，这样的

心语才有着坚实持久的生命力。

时光伴着韩秀与我的书信往返流逝着，我有时想，生命在这样的流逝中也显得有意义。不知不觉间，下面这封邮件已是 2011 年 1 月 10 日的了。韩秀提到《浮生若梦》里冰心致清阁先生的信，说：

> 至于冰心老人的信，我倒是觉得有点不大对劲，舒先生真的那样高兴吗？恐怕不见得。如果清阁姨真的送了舒先生一程，我就觉得在《落叶》（指赵清阁小说《落叶无限愁》——笔者注）之后还有戏。清阁姨必定是相信了舒先生的承诺，否则她这样自尊自爱的人怎么肯冒这样的风险。你说是不是？

然后，她说道："我当初给你那四封信，只是觉得，清阁除了情感还有许多其他的方面，这些资料留在你手里，你可能会派上用场。至于我自己就不想再多写什么了。我手上的长篇也实在不允许我分神。你要写什么，都没有问题。"

清阁先生与老舍相识于 1937 年底的武汉，直到 1966 年老舍投身太平湖，他们之间的交往、友情虽长达 30 年，在一起的时候却并不多。清阁先生终身未婚，晚年时回忆了许多与她交往深厚感情笃深的朋友，唯独没有老舍。或许最深的感情就是含在这样的无言里吧。

清阁先生 1960 年 46 周岁生日时，老舍手书题赠了一首他 1942 年前后写于重庆的旧体诗：

> 杜鹃峰下杜鹃啼，碧水东流月向西。

莫道花残春寂寞，隔宵新笋与檐齐。

清阁先生 1961 年 47 周岁生日时，老舍题赠了一副贺联：

清流笛韵微添醉，
翠阁花香勤著书。

清阁先生生前，一直将老舍的这些手迹悬挂在客厅里。

2011 年 1 月 25 日，我一起收到韩秀先后于两个星期前寄出的两封书信，不知为何它俩在路上竟走了这么长时间。自从结识韩秀，我总是期待着她的邮件或书信。两封信里有韩秀发表在美国《汉新》杂志 2011 年第 1 期里写《古韵》的书介《墨色疏朗》，还复印有纽约圣若望大学石文珊教授写给她的信，谈《书信世界里的赵清阁与老舍》一文。我读后很感动。石文珊教授再次引韩秀的话来说明，"真正能够感动人的，就是一些简单、真诚、温暖的东西"。

因此，我想就着上篇的文气，接着写个续篇，一是想更多地写点清阁先生与老舍的命运，同时也更多地自然流露出韩秀与我对这个世界的一些看法。

作为一个读书人，能安静地写文章，真是一种大快乐。与上篇不同的是，上次是先洋洋洒洒写好了全文，给陈子善教授主编的《现代中文学刊》发表时，缩了个"精版"。这次是先给陈思和老师主编的《史料与阐释》写了续篇的"简版"，而后再写全文。一边写一边想续篇的全文该如何写。

写的时候，我告诉韩秀，说相信由上篇、续篇合二为一的这本小书，会十分有意思有意义有价值，也是对我们忘年情谊纪念的一种特别、特殊的方式。每每想起，心底便涌起感动。因此，我想这感动或许同样会感染至少一部分读者吧。现在的社会生活里，已越来越缺少了真。而我们的文字，是真的；我们的感情，是挚的，又是多么的难得啊！

　　就这样，"续篇"在这里了。

2010 岁末感言：我见世间人

2011 年 1 月 31 日，我写下 2010 年的岁末感言——《我见世间人》，以此作为这本特别的小书的结束：

　　岁末年终，辞旧迎新，祝福吉祥之余，也是最能感触光阴似箭、岁月如梭的时候。而每每此时，便不禁有了些伤感的滋味在心头。我似乎觉得写那篇 2009 年岁末感言仿佛就在昨日，不想却已临近了 2011 年的春节。

　　2010 年我的人生走过 45 年，我跟妻开玩笑说，如果我还能再活 45 年，每到岁末写一篇岁末感言，到时出本书，书名就叫《岁末感言》，应是蛮有趣的。妻的第一反应是，你还要活那么久呀？是啊，如果可能，是健康平安地活着，幸福而有尊严地活着，为什么不呢？

　　也把这想法跟几位朋友说了，他们（其实主要是"她"

们）不仅赞同，且说很期待。这样一来，我忽然觉得有了压力似的，以至于到了2010的阳历年岁末，还没想好这一年该如何感言。再过两天，阴历上的庚寅虎年这页日历也即将翻过去。不如赶紧有感则长，无感则短吧。

事实上，是感言太多了，不知一下子从哪儿感起。简言之，回首去岁所经历的事，现在看倒不能不说是一种难得而别样的收获。我终于看明白想明白了许多事，书生意气是最无用的。但这意气对于一个真正的读书人又是绝不能丢弃的。或许我已经学会该如何把这样的意气只用于自己的读书、研究和写作中，其实对工作是根本犯不着用意气的。何况哪儿都有哪儿的游戏规则，哪里又都有哪里的人际纠葛矛盾纷纭。不过，有一点，自觉还做得不错，也是可聊以自慰的吧，即始终襟怀坦荡严谨认真地做人做事做学术。我从不会诌媚拍马那套，尽管可能会因此被什么人误解，但无愧于心足矣。因此，我还敢说自己总算对得起读书人这个称谓。正像上边的玩笑话，如果我的后半生还能相对长久，比如天赐以寿，再来个45年？我只想努力尽力去做一个有教养的读书人，不再去在意身外浮云的一切。然而，现在似乎难做的倒是读书人了！

偶尔的机会看了王朔编剧的电影《非诚勿扰2》，又偶尔的机缘读到寒山的禅诗《我见世间人》，倏忽间就有了2010的岁末感言。

先说寒山，他是唐太宗贞观年间的著名诗僧，生卒年不详。但他这首题为《我见世间人》的诗，今日读来仍颇耐人寻味。这诗被选入中国历代禅诗，或因其是僧人的缘故。当然，诗中浓郁的禅意自不待言，而真意却是显露出僧人眼里的俗界是多么的俗不可耐！

我见世间人，
个个争意气。
一朝忽然死，
只得一片地。
阔四尺，
长丈二。
汝若会出来争意气，
我与汝立碑记。

诗很短，就这么几句，白话到恨不得比德云社的相声还好懂，无需注释，不论大俗二俗三俗都能看明白。那意思是说：在我这个出家人眼里，看你们凡尘俗界中人，活得实在无趣没劲，一个个的滥用意气、争名逐利，折腾半天，不敢保哪朝哪夕的突然一死，顶多也就落一片"阔四尺，长丈二"的阴界地。如果你们非要这么在利益驱动下"个个争意气"地瞎折腾，等你们死后，好让我来给你们写碑文。

再来看《非诚勿扰2》中的李香山，恰恰就是寒山笔下的"争意气"之人。忽然一朝间，身患绝症，对生命有了顿悟，悲感满怀而不失温馨地与诸多哥们儿好友搞了生前的死之诀别，又不失尊严地长眠于大海。这是十足的王朔式聪明，在不长的篇幅里，用戏谑调侃的真诚把人生事业爱情婚姻故事里的哲学因素以娱乐片商业片的方式讲出来。也许用不了多久，会真的有怨偶以离婚大典的方式体面分手；更真的会没有了死的诀别，而只有生的别离。这不失为生命形态的一种方式，亦无可厚非，何况还蛮诗意浪漫的。

但我觉得如果说《非诚勿扰2》有问题，其实现在这也不失为问题，因为这问题本就是当下的常态，那就是对物质主义的渲染与放纵。会有谁不喜欢在物质享受中陶然吗？因此，许多观众是多么醉态可掬地忘情于海南三亚那套离海不远的山间的度假别墅，并心向往之；更有做儿女的希望或父或母像李香山那样给自己留下足够按自己方式无忧无虑生活的巨额财富，不用再自己奋斗，互相倾轧，过"北漂""蚁族"那样为竞逐幸福常常要放弃尊严的生活。最好天底下人人如此，那就是大同世界了。王朔压根儿不必为此负什么责，他只需讲个好听好玩有趣的故事并令各路人等皆大欢喜就够了。

前几日偶尔读到一则滋味沉重的睿智短文，讲一位精神病院院长向到院视察的专家逐一介绍病人的情形。有个病人手里攥着一张照片，边哭边用头撞墙。院长充满同情地说，这个病人曾深爱相片上的女人，无论醒着睡着相片都不离手，但那女人却嫁给了别人，他就是这么疯的。这时隔壁也传来用头撞墙的声音，专家问那人又怎么了？院长说，就是他娶了相片上的那个女人。

这便是从古至今世人的痼疾所在了，即问题病症均出在了寒山所说的"争意气"上。

现在总讲佛家的一个词语——舍得。可有多少人真的愿意"舍"而"得"呢？现在有太多的人是在拼命为得而得，心底成天盘算着如何把利益最大化，如何为了自己的利益尽量把别人的路堵死。

这是寒山的"世间人"，也是我所见了许多的"世间人"。有世间，就有这样的人，不必称怪了。

想起 2004 年 8 月去日本时，曾在京都的金阁鹿苑寺出于好玩儿求了一签，真挺吉祥，或许这里的签为图喜气都是吉的也未可知，上写"渐渐浓云散，看看月再明。逢春花草早，雨过竹重青"。不想下面还有这首五言诗更白话的自由体翻译："乌云渐渐散去，/ 天空的月亮又变得光洁明亮了。/ 春天到来时，鲜花盛开，/ 春雨过后，竹林又变得一片碧绿。"

又一个春天的脚步，已到了 2011 年的门前。

赵清阁与《红楼梦》的未了缘

2011 年 3 月 10 日，韩秀来信提到，"1983 年清阁姨好不容易找回来的那个剧本《富贵浮云》。清阁姨手书后记，后记中说，红学家胡文彬编了一本《红楼梦戏剧集》，愿意收这一个本子"。

收到信，我即给胡文彬先生打去电话，询问清阁先生的《富贵浮云》是否收入了他所编的《红楼梦戏剧集》里出版。胡先生说，此书编好后至今一直没有出版，因没有出版社愿意赔钱出这样的书。这样，清阁先生的《富贵浮云》不仅没有再版，所写的这篇修订后记，也因清阁先生的离世，成了佚文。

我抑制不住兴奋，将此情形告诉韩秀。她十分高兴，很快便寄来清阁先生写于 1986 年 9 月的修订后记的影印副本，并附了清阁先生于 1989 年 7 月 21 日写给她的一封短信：

> 我又重看了此剧一遍，觉得较其他各剧，戏剧性强，无

论发表、演出都还有其可看性。此剧"后记"保留，是为的让你们了解我对主要人物作了些新的诠释。只供研究时的参考。倘《红楼梦戏剧集》一时不能重印，我意此剧可以先发表，因战后从未发表。你不妨问问痖弦先生，他的刊物要不要？收到来信。如不需，我拟与《香港文学》联系。剧名改《富贵浮云》较剀切。

简单回溯一下历史，1940年代的文坛，出现过一波"红楼"话剧改编的热潮，描写宝、黛爱情悲剧的改编话剧，有朱彤的《郁雷》（1944）、吴天的《红楼梦》（1946）、顾仲彝的《还泪记》（1948）；表现尤氏姐妹命运的有朱雷的《红楼二尤》（1941）、石华父（陈瑞麟）的《尤三姐》（1943）、孔令境的《红楼二尤》（1945）。除此，1943年，端木蕻良还在《文学创作》上发表过一个四幕剧《林黛玉》和独幕剧《晴雯》。

而于此最热心者当首推清阁先生了，说她是中国现代话剧史上成规模、有系统地改编"红楼"话剧的第一人并不为过，而且，她的改编亦堪称"红楼"话剧改编中的上乘佳作。

从时间上看，清阁先生是1944年至1945年间，把曹雪芹的整部《红楼梦》改编成四个四幕话剧：抒写宝黛爱情"个人的悲剧"的《诗魂冷月》，描写红楼"二尤"不幸人生的"家庭的悲剧"《雪剑鸳鸯》，刻画大观园迎、探、惜"三春"生活遭际的"社会的悲剧"《流水飞花》，以及表现与揭示贾府最后命运的"政治的悲剧"《禅林归鸟》。关于清阁先生改编的《红楼梦》话剧剧本的出版，就笔者目前所查及，有1945年重庆亚洲图书社出版的《冷月葬诗魂》（即《诗魂冷月》），重庆黄河书局出版的《鸳鸯剑》(即《雪剑鸳鸯》);1946年,上海名山书局整体推出的四个改编剧本,即《诗魂冷月》《雪剑鸳鸯》《流水飞花》和《禅林归鸟》;1948年元月,地址位于上海海宁路百官街的文艺出版社,再次整体推出此一系列。遗憾的是,我以前所供职的中国现代文学馆仅馆藏一册此上海文艺出版社版的《诗魂冷月》。

我由此觉得,至少从1945年到1948年,清阁先生的《红楼梦》改编及其话剧演出,其红火、影响可能远超出我们今天的想象。

1950年代,在顾颉刚先生的建议下,清阁先生再次改编修改《诗魂冷月》,增为五幕,改名为《贾宝玉与林黛玉》。1957年,由上海新文艺出版社出版。1963年,清阁先生根据《红楼梦》中晴雯的故事,改编完成《鬼蜮花殃》的初稿,后初稿在"文革"

图38 《诗魂冷月》(1948年元月上
海文艺出版社出版)

中丧失。1980 年，66 岁的清阁先生极富兴致地将"历时十八寒暑，四易其稿"在"文革"中遭毁的晴雯剧改竣，先以《红楼梦》第 78 回宝玉悼晴雯的祭文《芙蓉女儿诔》中的"鬼蜮花袂"四字为题，发表在同年香港的《海洋文艺》第 4 期，后改名《晴雯赞》，收入《红楼梦话剧集》，1985 年由四川文艺出版社出版。1981 年时，清阁先生对《雪剑鸳鸯》和《流水飞花》两个剧本也作了或多或少的重新修改。

先来说 1948 年元月，上海文艺出版社推出清阁先生的《红楼梦》剧本系列，她为此专门写了"沪版总序"，特别提到"本剧是根据《红楼梦》原作，本诸研究态度从事改编。每册故事独立；主题独立；惟情节和时间还有联系性。比如我把以宝黛为主的《诗魂冷月》排为第一册；把以二尤为主的《雪剑鸳鸯》排为第二册；把以三春为主的《流水飞花》排为第三册；把以贾母贾政为主的《禅林归鸟》排为第四册，这个发展顺序，也正是《红楼梦》原作的发展顺序"。

事实上，清阁先生的改编，不仅循着《红楼梦》时间上的发展顺序，在人物故事铺设的空间上也如影随形地寻着曹雪芹的艺术精神和哲学思想。她在这"沪版"的"自序"中说：

> 我尽力地，具体明朗化了《红楼梦》里面，曹雪芹先生所塑造的这些人物性格之深刻，灵活。我也充分地，利用曹雪芹先生所布置的，大观园的幽雅和精致的景图。我更十足诗意地，烘托了那些"梦"中人、"梦"中景、"梦"中事的情调和气氛！我也曾煞费思考地，在题材剪裁上，在结构技巧上，用了不少工夫使之紧凑。我拿一根线似的，

穿起了一堆错综，复杂的情节。只要是《红楼梦》的较精彩部分，我都尽量用正面或侧面的方式，采用了。哪怕是一句好的对话，我都舍不得放弃，虽然时间问题，有些很难照顾到的地方，但大致还联得起来。

1985 年，四川文艺出版社版清阁先生编剧的《红楼梦话剧集》，收录了四个剧本，先后排序为：由《诗魂冷月》修改增为五幕并易名的《贾宝玉与林黛玉》《晴雯赞》和重新修改过的《雪剑鸳鸯》《流水飞花》，独缺已改名为《富贵浮云》的《禅林归鸟》。

冰心为《红楼梦话剧集》作序，她写道：

> 清阁来信，要我给她的《红楼梦话剧集》作序。想起在 1943 年，重庆的一个阴冷之夜，我们谈起《红楼梦》，那时她正想写历史剧本，我劝她把红楼梦人物搬上话剧舞台——忽忽已是四十年了！
>
> ……
>
> 这些剧本，通过贾府人物，如宝、黛，如三春，如二尤，如晴雯……成为黑暗的封建制度下的牺牲品的遭遇，鞭挞了封建罪恶。把这些悲剧表现出来，这在当时是有其现实意义的。
>
> 几十年过去了，清阁以多病之身，仍然坚持写作。我请她保重，但也愿她能写时再多写一点，因为她是有她的风格的。

现在再说《禅林归鸟》，于 1946 年 8 月 1 日起在《文潮月刊》连载，一卷四期，发表第一幕；9月1日一卷五期，发表第二幕；10月1日一卷六期，发表第三幕第一场；11月1日二卷一期，发表第三幕第二场；12月1日二卷二期，发表第四幕，连载完。

如"沪版自序"所说，在清阁先生心目中，《红楼梦》之为杰作，就在于曹雪芹"沉痛地描绘了每个被压迫者的一生，又沉痛地结束了每个被压迫者的一生！在《红楼梦》整个的故事里面，有爱，有恨，有讽刺，也有咒骂！那无疑是一条血和泪交流的河，他把许多风雨摧残过的落花，载送到飘缈的干净去处，他也把许多的污泥砂渣沉了底，不让它们再浮现出来！又像面镜子，把一个社会的缩影照了进去"。

清阁先生的改编里，有像曹雪芹一样的"爱""恨""讽刺""咒骂"。恰如"沪版总序"指出的：

> 《红楼梦》里面贾府之崩溃，不正是一个国家崩溃的缩影吗？贾府为什么会到这步田地？其原因为了家政的不良；家人的不团结；各具私心，各存己见。乃至于崩溃。同样的，一个国家会因为国政的不良，国民的不团结，各自争权，各自夺利，而至于崩溃。如曹雪芹所描写的当时贪污贿赂，营私舞弊之风，直到今天还弥弥可见，这证明了曹雪芹先生"透视"之正确。在《红》剧第四册《禅林归鸟》里，我便特别把这点现实的反映正面表现了。同时，侧面我又把曹雪芹先生的一种超然宇宙观，加以强调，我愿望我这番苦心能够促成一个时代的觉悟！

因此，于《红楼梦》话剧改编有着思想上良苦用心和精神上现实关怀的清阁先生，修订并改名为《富贵浮云》的这个"红楼"话剧剧本及其他四个剧本，若能重新面世，相信对于研究清阁先生，研究清阁先生与《红楼梦》，以及研究《红楼梦》本身，都应具有一定的史料和学术价值。同时，也是圆了清阁先生《红楼梦》的一个未了缘。

特别要说明的是，清阁先生的修订后记，透露出极为重要的一点，即她虽仅对剧本"作了些文字上的加工润色，内容结构未动，'但'在末尾稍有改动，亦即改动了高鹗所作贾宝玉结局的处理"。

1944 年，30 岁的清阁先生在《禅林归鸟》中，为宝玉设计的归宿，不外高鹗所续"中乡魁宝玉却尘缘"写的那样，婚后应试中举，媳妇也有了身孕，最后被一僧一道点化出家。意思分明是说，那宝玉本就天生来的一只禅林中的自由鸟，终自归去而已。

待清阁先生修订剧本时，又是四十年风雨过后，她已阅历无数人间沧海事，感受了太多世间悲苦情。或是很自然的，她觉得"禅林归鸟""与曹雪芹笔下的贾宝玉性格言行不甚统一，有损于贾宝玉艺术形象的完美。因此，我仍遵循前八十回贾宝玉的一贯性行思想，写他由于对林黛玉始终不渝的爱情；和对功名利禄的厌恶；在目睹家破人亡之后，万念俱灰，毅然主动出家为僧，而略去了应试中举、薛宝钗怀孕，以及僧道点化出家的一些情节"。这是贾宝玉人生的大境界，也是剧本顺理成章改为"富贵浮云"这个名字的道理所在，这道理既简单，又深奥，简单得芸芸众生终日里为"富贵"纠结不休，深奥到只有人生的觉醒者顿悟那"富贵"不过"浮云"随风飘逝。因此，清阁先生将结尾处宝玉的"被出家"，改为了"毅然主动出家"。此亦必为曹公的原旨吧！

另外一点，不难看出是清阁先生颇觉得意的对于王熙凤艺术形象的塑造，即将她多侧面的性格按曹雪芹前八十回的"性行脉络"，淋漓尽致、栩栩如生地刻画出来，简言之就是那"可佩，可憎，可怕，也可爱"的早期王熙凤；但清阁先生更在剧中写了她"可怜复可悲的一面"。这同样是自然的，因此，她说："我无意于替她辩护，只是想让人们透过她后期的不幸际遇，看到促使她早期丧失理性的罪恶根源，以便认识历史。相信这也是符合曹雪芹旨意的。"

清阁先生在写"于1982年上元节后四日"的《红楼梦话剧集》"自序"中说："1943年的秋天，我从北碚迁居重庆。当时身体、心情都很坏，是逃避现实又像是在迷雾里找精神出路；总之，我是在百无聊赖中开始了《红楼梦》的研究和改编。"话虽如此说，但我相信清阁先生在改编《红楼梦》话剧的过程中，倾注了、体验了、感受了、领悟了一种别样的浓浓的情与热，爱与恨，讽刺与咒骂，吟咏与赞美，里面有曹雪芹的，或许更有她自己的！否则，她不会"回溯我从事戏剧创作四十余年，出版了剧本二十个，我原一概弃如草芥；只有对《红楼梦》话剧，还有些锲而不舍"。但一如清阁先生在"沪版""自序"中所言："我固然很珍爱我自己的剧本，可是我更珍爱曹雪芹先生的小说！"

最后，我想说，韩秀与我的心情一样，希望并期待着能有一本全豹的清阁先生的《红楼梦话剧集》再版，这也应是"红迷"们的福音。

意外之喜的又一批书信和清阁先生的画

　　我于 2012 年 4 月 10 日抵达华盛顿，5 月 1 日返回北京。去之前，韩秀即在信里告知，她手里还有一些清阁先生写给她的信。我去后，可跟她一起整理，觉得有研究价值的，此次便可以带回来。我自然对这些信充满期待。

　　细心而严谨的韩秀将三个大信夹摆放在我的面前：第一个信夹不用翻拣，很整齐，里面全是清阁先生写给韩秀的信，共 17 封；第二个信夹里有许多人的信，匆匆看过，发现还有清阁先生写给韩秀的 5 封信；而第三个信夹里除了一些所转别人信件或稿件的影印本，还有一些台湾《联合报》稿费底单的复印件。

　　韩秀让我把第一个信夹先拿走，余下的两个信夹，等有时间了，再一起整理。结果，在华府的两个星期，每天行程满满，除了事先应约安排好时间的四场演讲，参观博物馆、逛艺术节、看电影、吃海鲜，我还独自去了一趟位于佛罗里达州最南端，也是

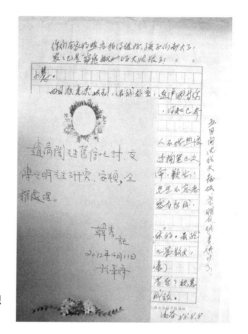

图 39　2012 年 4 月 11 日, 韩秀把
　　　　清阁先生的信馈赠笔者

图 40　2012 年 4 月 23 日, 笔
　　　　者应乔治城大学东亚语
　　　　言文化系之邀演讲"老
　　　　舍与话剧《茶馆》"

美国大陆最南端 Key West 小城的海明威故居，一晃就到 24 日要去纽约了。28 日下午，在哈佛大学中国文化工作坊作了题为《老舍：一个自由写家的悲剧》的演讲之后，坐当晚的夜车于次日晨返回华府。

我想，当从波士顿发出的列车启动时，韩秀正在整理那些信件和材料，并将它们装在一个大信封里。她在信封上写下一段话：

> 多是上个世纪 80 年代末，为台北《联合报》副刊所转信件、稿件、稿费的实证。
>
> 多半都关系到清阁先生。
>
> 在傅光明所做的大量研究中，这些资料或有参考价值，全数交傅光明。

——韩　秀

2012 年 4 月 28 日夜

29 日，收拾行李，将一个大信夹，一个大信封，装入随身携带的行李箱中。

回来以后，我很快先将大信夹里的 17 封信录入电脑，还在觉得必要处作了"编注"。而收到电子文档的韩秀，除了修改录入时的文字误植，还为每一封信写下不可或缺而又颇具意味的"小注"。

之后，我随即将大信封里的信件输入电脑，除了清阁先生的那 5 封信，另有韩秀与《联合报》原副刊主编痖弦先生的来往信件 4 封，并有一封韩秀致董桥先生的信，共 10 封。

5 月 8 日，收到这些信的韩秀，除又为每封信加了"小注"，还特意在文档前面，补写下作为收信人的阐释性文字：

2012 年 4 月 28 日，傅光明下午在哈佛演讲毕，搭夜车自波士顿返回华盛顿，抵达时已经是 29 日上午。30 日上午，他将搭机返回北京。

本来准备与他一道检视这些旧信，无奈时间太少。28 日夜间，担心着他路上辛苦，焦虑着他也许在睡梦中错过了站。毫无睡意，于是将两个大信夹打开来一一翻检。这两个信夹的内容包括一个长长的故事。其中一个信夹上注明其内容关系到端木蕻良、赵清阁、袁可嘉三位先生。另外一个只注明为大陆作家与《联合报》所转信件、稿件、剪报、稿酬。

1983 年夏，我随外子驻节北京美国大使馆。台北《联合报》系名主编痖弦先生便嘱我向大陆老作家约稿。开初极难，写信到作家协会寻找吴祖光先生，信被退回，上书"查无此人"。后来得到周有光先生相助，这才与许多作家联络上，包括沈从文先生。分别写信给许多老作家，转达痖公的问候、致意、约稿。反应热烈。

当年，海峡两岸不通音讯。我们依靠的是美国政府铺设的邮路，信件从北京到北美再到台湾。反过来，也是一样。邮件无一遗失。1986 年夏天，我们调回美国，信件的周转便依靠海峡两岸暨香港邮政系统。1992 年我们在台湾高雄，虽然海峡两岸已经通邮，但是许多作家还是喜欢我们帮忙，直到 1993 年，这件工作才算圆满结束。

28 日深夜，面对着许多的故事，我感慨万千，匆匆写了几句话，就将一些与清阁先生有关系的信件和简报装进信封，留在客房，留待傅光明携回北京。

没有想到，光明返回北京之后不但觉得这些文字有用，而且迅速整理出来。这时再看上面那两三句话，未免过于简约，遂写详细些，作为一个说明。

——韩　秀

2012 年 5 月 8 日

这样，把《书信世界里的赵清阁与老舍》一书附录中前后两次，第一次 8 封，第二次 4 封，挖掘发表出来的清阁先生写给韩秀的 12 封信，与这次新呈现出来的清阁先生致韩秀信，一个大信夹里的 17 封，一个大信封里的 5 封，赵清阁致韩秀信共计 34 封；再加上与清阁先生晚景晚境相关的上述另外 5 封信，已达 39 封之多。

我相信，只要写信者不是个伪善的、谄媚的、沽名钓誉、溜须拍马、搬弄是非，或刻意非要通过信来耍心眼、弄巧计，而是一个人性向善的真诚的人，他／她的书信就一定是真性情的自然袒露，哪怕这样的袒露，时常又不失任性，甚至偏执；哪怕其中可能对某人某事有误会，甚至误解。我以为，清阁先生的这批信正是如此。把这样的信呈现在阳光之下，尤其对于研究者来说，自然会生出异彩来。

这批信中的最后一封，是韩秀在 2010 年 1 月 20 日写给董桥的。她说：

最近，我花了两天时间，翻印清阁姨的八封信件，详细写了注释给一位大陆的学人。这些信件是从 1987 年到 1997 年十年间，直接谈到舒先生的八封信。信中分析了舒先生在文学创作上的传承，信中也提到往事，提到友情与无望的纯真的爱情，语气是诚恳而欣慰的。清阁姨走了，我这个小友，应当帮助她将深深压在心底的愤怒与痛苦释放出来。我能够肯定的是，她的愤怒完全不是针对舒先生的。她的愤怒针对的是几十年来对她的压制。

里边提到的"一位大陆的学人"，指的即是我。那时，我刚与韩秀通信不久，并不知道她只是先从一批信里挑出了内容与老舍相关的 8 封信，但无疑觉得这是非常有价值的 8 封信。正是由这 8 封信，以及后来与韩秀的通信，才引出我所写并发表在陈子善主编《现代中文学刊》上的那篇题为《书信世界里的赵清阁与老舍》的文章，也才引出这本同名小书的写作。

从韩秀致董桥信不难发现，她心里自然十分清楚这 8 封及除此以外的其他信，能更丰富地折射出她"清阁姨"晚年的景况是

图 41　拜谒海明威在 Key West 的故居，他在这里构思了《老人与海》

怎样的。比如，在读到上述这句话——"她的愤怒针对的是几十年来对她的压制。"——之前，我无论如何都想象不出，清阁先生在几十年的时间里是怎样遭受了，又是遭受了怎样的"压制"。

没想到，在我独自从华府飞往 Key West 去拜谒海明威故居的时候，韩秀为我准备了一幅画。是清阁先生画于 1962 年赠给她的画。她转赠给我，并为此专门写下一段话：

> 1962 年，似乎是比较"好"的日子，清阁姨画了这张画。
>
> "文革"期间，这张画被抄走，上面还盖了某造反派的两个印章。
>
> "文革"结束，这张画还给了清阁姨。1983 年底，清阁姨将这张画寄给了我，说是眼睛不如从前，画不出这样的画了。外婆看那印章刺眼，用剪刀剪了去。拿去裱的时候，北京的裱画师傅只是用两小方宣纸将那缺了的一块糊了起来。就这样裱了起来。镜框粗糙，我倒是带着这张画走了不少路。
>
> 2012 年，光明来到华府，趁他南下去 Key West 看望海明威的空当，我就想着这张久未谋面的画，甚至觉得这画是不是丢失了呢？未曾想，一下竟找到了，从镜框里拆下来，那补缀过的一小块格外刺目，但我想，当初外婆剪得何其痛快淋漓？就笑。
>
> 感念着光明悲悯的情怀。是他，在 2012 年出版了《书信世界里的赵清阁与老舍》，讲出了这一个凄美的故事。这样清晰、动人，有根有据的书信是多么好呢！
>
> 无以为报，便将这张画卷起来，附上这一张小小的说

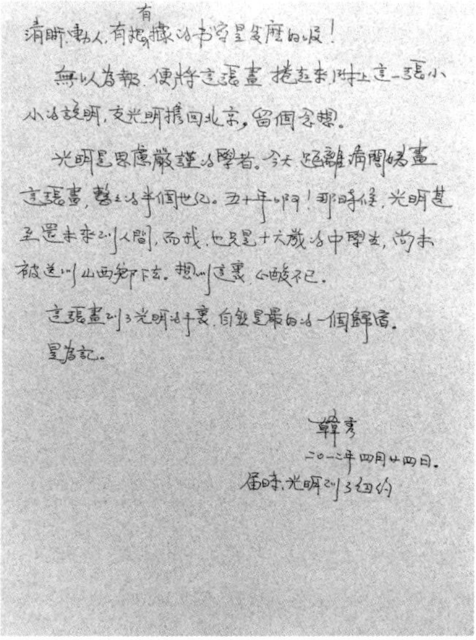

图 42　2012 年 4 月 24 日，韩秀写
　　　　下附言，以清阁先生 1962
　　　　的画相赠

明，交光明携回北京，留个念想。

　　光明是思虑严谨的学者。今天，距离清阁姨画这张画，整整的半个世纪。五十年啊！那时候，光明甚至还未来到人间，而我，也只是十六岁的中学生，尚未被送到山西乡下去。想到这里，心酸不已。

　　这张画到了光明的手里，自然是最好的一个归宿。

　　是为记。

韩　秀

2012 年 4 月 24 日

届时，光明到了纽约

这个四月对我来说太奇妙了，像梦，像一场永远无法醒来的梦！

图 43　韩秀馈赠清阁先生的画作（1962 年春）

清阁先生的晚景晚境

我想，对于一个作家来说，虚构的小说里总会有一个或隐或现、若隐若现的"隐我"，他也是通过这个"隐我"来传达他要在作品里表现的哲学，那是属于他的想象的文学世界；而在非虚构的书信里，尤其是真诚到毫无矫饰地写给或知交或忘年的师友、晚辈时，呈现出来的则更是一个真实、鲜活的"显我"，那是属于他的内在世界，有时，这内在几乎私密到了接近日记，其所含情感、情绪的释放、疏泄，甚或会超过日记，因为书信的倾听者不是自己。我想，在某个角度或某种程度上可以说，一信一世界！一封信，或就可以帮你打开、认识一个崭新的世界。

说到清阁先生，努力从一种长期的"压制"下释放自己的浓郁心结，始终充盈在她晚年写给韩秀的书信里。

先来看那个大信封里清阁先生致韩秀的 5 封信，及另外 5 封信。这 10 封信透露出这样一个事实：1980 年代，随着海峡两岸开始有了文化交流，此时，身在美国的韩秀以她所具有的特殊身份，扮演起了一个文化使者的角色。她一面帮助时任台湾《联合报》副刊主编的著名诗人痖弦，约请大陆一些已年届暮岁的现代作家为"联副"写稿；一面帮在"联副"发表了作品的大陆作家转寄稿费。那时，两岸还没有通邮。

从信里得知，清阁先生1988年12月27日发表在"联副"上的《砚田春秋》，是经韩秀约写的。除了清阁先生，其他经韩秀约稿，或转寄过稿费和"联副"剪报的作家、诗人，还有沈从文、施蛰存、萧乾、柯灵、端木蕻良、吴祖光、袁可嘉、许杰、雁冀、古华、李锐、叶延滨等。从美国转寄稿费需另支付汇费，韩秀从来都是自掏腰包。她这份自甘自愿辛苦付出的信差，一直持续到两岸通邮以后的1993年。

落款"1988年10月于上海"的《砚田春秋》，是清阁先生晚年一篇非常重要的"漫谈写作历程"的散文，"联副"在发表时，特意在标题之上注明"海峡两岸首次发表"，配发一幅"近影"照片的同时，还配发了一篇秦贤次所写题为《用话剧诠释〈红楼梦〉的女作家赵清阁》的文学小传。

用清阁先生自己的话说，这篇散文记录下了她"荆棘丛生"的文学道路、"多么坎坷"的写作生涯、"漫长而充满辛酸"的历程。我想，这篇散文的写作初衷：一是对自己"从事砚田耕耘已近六十个春秋"做个回望总结。二是为了"让自己有所反思，也让读者对我、对历史有所了解"。三是给自己加油、鼓劲。她在文章最后说：

> 我热爱文学，我视文学为第二生命，好不容易盼到这个

十分珍贵的晚晴，我绝不能辜负它！于是我又锲而不舍地写了十年，这十年我比任何时候都写得勤奋、舒畅。先后发表了百余篇小说、戏剧、散文、杂文、理论、诗词，这些都是我的心声，写了我的爱和恨，写了我对往事、故人的缅怀和回忆，对美好未来的憧憬向往、理想和愿望，另外还修订整理了一些仍具现实意义的旧作。只是毕竟我老了，思想赶不上时代的新潮流，我的作品恐已不能适应时代的需求。而且精力不济，运笔效率也慢了，迟钝了。

我为文学事业奋斗了一生，付出了相当惨痛的代价，然而成绩微末，于国家人民没有什么贡献，感到非常愧疚！但今后我还不愿就此藏拙，还想继续写下去，我觉得这是作家的职责，也是人生的意义。成败姑且不计，诗云："文章千古事，得失寸心知！"

从文章发表后清阁先生在 1989 年 2 月 21 日写给韩秀的信得知，一方面，她对此文在台湾文坛引起的反应甚为满意。她说，"关于《砚田》，戏剧界反应，承老人们还记得我，非常高兴。"另一方面，大陆这边的情形又让她高兴不起来。她说：

此间戏剧界早已遗忘了我，记得 84 年你曾问过我：为什么《红楼梦》话剧不予演出？我当时没有回答你，但我相信你会懂得"为什么"。由于你母亲的关系，你接触过他们那个圈圈，"圈"外人一向是被排斥、妒忌的（解放前也如此）。有趣的是美国周策纵教授日前来信告诉我，去年他在新加坡讲学看到那里演出我的一个《红》剧本《鸳鸯剑》，还不坏。

（但他们没和我联系，我正想法搞点演出资料看看）听了这消息真有点啼笑皆非！《红》剧不是赔钱戏，可这里就是没人演。书出版后很快卖完，至今也未再印。最近两岸文化交流，大陆出版了台湾作家的书（琼瑶、三毛等），台湾也出版了大陆作家的书，日后他们或愿出《红》剧，我也乐意。（送你的那部不全，还少一个剧本，下次重印时即补进。）

出版界也很令人恼火，他们只着眼于经济效益，热衷于武侠、性爱作品。

时间过去一个多月，3月31日，清阁先生致信韩秀，感谢韩秀"为两岸的文化交流作出了可贵的贡献"，并表示希望通过韩秀帮忙联系台湾的出版社，把她改编的五部《红楼梦》话剧结集出版。如信中所言，"《红》剧虽非创作，也耗费了我一生的心血。"也因此，她对秦贤次那篇作者"简介"的题目，深感知音。她说，"以话剧诠释《红楼梦》，是对我的过誉，但也切中道破了我的迂怀。"

然而，清阁先生始终萦怀的《红剧》集，始终未能在海峡两岸的任何一方以全貌再版，引憾至今！我曾在《赵清阁与〈红楼梦〉的未了缘》一文中，提及清阁先生1985年出版《红楼梦话剧集》时，书里独独缺了因一时找不到原作而未收的《禅林归鸟》。找到原作时，书已出版，清阁先生又对结尾作了修改，并将剧名改为《富贵浮云》。这次，从信里得知，在改名《富贵浮云》之前，她还曾拟改其名为《树倒猢狲散》。（1989年3月31日）

现在，再来看那个大信夹里的17封信。我以为对于清阁先生的晚景晚境，或可以用这样五个字来概括——病、孤、勤、愤、疑。

病。清阁先生在《砚田春秋》里写道："1966年的一场暴风雨袭击，人民蒙受了沉重的灾难。作家、艺术家变成了'牛鬼蛇神'，剥夺了创作权；因此文苑荒芜，百花凋零。我整整被迫搁笔了十年之久，十年中又患脑血栓，偏瘫了三四年。知道雨过天晴，我才劫后重生，也才恢复写作，可我已经岁逾七旬，垂垂老矣！"

未料1990年9月21日，清阁先生于上海华东医院开刀，手术切除肿瘤（见1990年1月3日信）。术后，"身体极弱，恢复甚慢，稍活动即冷汗淋漓"。为帮助清阁先生恢复体力，韩秀时常从国外买了价格不菲的西洋参给她寄来。这里的17封信，几乎每封都少不了一个"病"字。病的不断纠缠，自然会影响到心情。她在信中慨叹，"想不到到晚年生这么一场大病！真是菩萨不睁眼，虐我这个孤老太酷了！"（1990年1月3日）

孤。"赵清阁终身未婚，身边也没有亲人，只有保姆吴嫂几十年相依为命。"这句话真切地说明了晚年清阁先生的孤独与寂寞。再如，清阁先生在致韩秀信里说，"我再也想不到，一个我看着自幼长大的孩子，如今竟成了我的同行，我的小友！（记得我第一次看见你，才三四岁，一晃四十几年了！）你使我感到欣慰，可又有些遗憾；遗憾的是，我们离开太远了，如果你在上海多好！真想念你，和你的佐齐，两个孩子"。（1989年3月21日）对晚辈的真切想念，也是孤寂的自然流露与抒发。她把韩秀的儿子小安捷的照片"放进案头的玻璃板内了，朝夕相对，望着他向我笑，十分高兴"。（1991年9月15日）

另外，清阁先生在信中谈到端木蕻良时，这样写道："据说端木甚健，正写《曹雪芹》，所居舒适，为之欣慰！他有一位能干贤惠的夫人，是他的福气，无论生活上、写作上，她都为端木全力以赴的奉献！因此我觉得端木的成绩，与她的帮助分不开。相形见绌，我写篇'千字文'就很困难，这封信已写了多日，不是脑子问题，是精力不济！"（1992年3月23日）她在1989年元宵节致痖弦信里，又特别提及，"朋辈凋零殆尽，台湾梁实秋、沉樱去年先后谢世；沉82年曾回国小聚过，梁则竟永诀！唯（谢）冰莹尚通鱼雁，她亦八旬，恐也难能相见了"！故交老友的"凋零殆尽"更是徒增了她心底的那份孤寂。

值得敬佩的是，晚年虽孤寂，但她活得十分淡泊、洒脱，她深知"我余年不多，一切都看得很淡很淡"！因此，她早早地料理好了后事。她将一生所藏经"文革"劫后残余的书画，全部捐给了国家。她说：

> 岁近八十，（今已虚度七十又九了）年前病中考虑到生也有限，余年不多；一生独立自主的我，绝不愿把身后之事让别人去随意摆弄。尤其那些贪婪的所谓"亲友"，他们想从一个孤老身上捞"遗产"。他们不知道我早看穿了一切，十年前就写好遗嘱，决定将一生珍藏的书画（即所谓财产）（劫后残余）捐献国家，也只有国家才能永恒的保存。于是新年前夕我处理了这件事，还将自己的早年画作分赠了关心、爱护我的人留作纪念。这样一来，落得两袖清风，一身轻松，活的洒脱荡然，不亦乐乎！（1992年3月23日）

勤。清阁先生于 1987 年退休，但她认为作家是"退"而不"休"的。"岁进八秩，能再带病延年三五岁，把未完的工作干完，就满足了！"（1990 年 1 月 3 日）不难想象，自觉受了"压制"的晚年清阁先生，也是力图通过勤奋地写作、编书，既是证明自己，也是为自己正名。"我去年结集的六十年来的散文《浮生若梦》（三十余万字）已出版（这场病与此书的高度紧张有关！），那本《无题集》（改名《皇家饭店》）也出版了，这是病中的一大安慰。"（1990 年 1 月 3 日）

《皇家饭店》的再版，让清阁先生十分高兴、欣慰。她不无骄傲地说，"我为中国老一辈女作家做了点贡献，她们的作品湮没了四十三年后又得以重新问世"。（1990 年 5 月 15 日）这是她主编的一本书，是她在抗战胜利到上海后，专门约一批女作家写作的结集。《皇家饭店》这个书名即是书中所收陆小曼创作的一篇同名中篇小说。

晚年清阁先生于 1980 年代出版的散文集，计有《沧海泛忆》《行云散记》《浮生若梦》《往事如烟》，以及《红楼梦话剧集》等。1990 年以后，虽因病再无什么长篇大作，却也常在上海《文汇报》《新民晚报》和《解放日报》上发表文章，堪称勤奋。

不过，此时的清阁先生已在信中对日趋商业化的出版业表示了无奈。她说，"出版社不愿出版这种严肃的纯文学，认为是赔钱生意，为此作家们稿费都改为买书，我只替海外几位女作家争取了一点微薄的稿费。没办法，这里出版界境况萧条也是事实，只有武侠、色情小说有销路，所以原《无题集》中的珍贵资料——照片、手迹都除没了，为的降低成本。不少朋友表示惋惜，我也是无奈！我虽稿费不取分文也不济事。"（1990 年 5 月

15 日）

"文学当商品交易，我还不乐意，可已有人在广州颈挂牌子在街头叫卖了，斯文扫地！"（1994 年 3 月 21 日）

"散文事，我已编就，正在大陆托人找出版处，即使不要稿费，也愿印出，这是我第四本散文集，争取今年面世，也就结束我的文学生涯了！"（1994 年 5 月 7 日）

不知为何，或也许是因为有太多的理由，我现在时常感叹，无须再"扫"，地上已鲜有斯文！这大概就是愤，愤激，常因胸中有不平而来。

愤。清阁先生的愤激，源于为女作家，为女性文学而感不平。如她说："女作家成功不易——要冲过荆棘重重；而到头来还要遭嫉，遭贬，乃至至于无地始后已！三毛可悲！二十一世纪依然是男性中心社会，女人永远受欺侮！"（1991 年 2 月 3 日）

"报上看到张爱玲近作《自传》问世，此人沉默多年，现在已引起文坛重视，实在有些太晚了！埋没一个有才华的作家，这是文学事业的损失，所以我呼吁重视女子文学。"（1991 年 8 月 12 日）

因此，当她看到韩秀在文学写作上小说、散文新作送出，感到由衷的欣喜、振奋。她写信鼓励说：

> 你为女子文学的活跃、发展，贡献力量，不胜感奋！这是文学事业的一新课题，"五四"以来一直未被重视；不仅在中国，也是世界性的；是没有女作家，抑女作家作品低劣？不！是社会对女性的畸形观念作祟，否则何以英国的 Emily Bronte 的《咆哮山庄》直到她死后很多年才问世，才

为后人承认是一部优秀的小说佳作，于是轰动全球！

不信，你还可以找到许多例子，为此我很不平；写那篇小文和写苏雪林、凌叔华都基于这种心情，我1946年战后到上海，一看到张爱玲的作品，即不顾别人的非议在《大公报》上写了篇评介她的文章。女作家太少，有才华的尤其少。（1991年9月15日）

1993年，病中的清阁先生读完韩秀新出的散文集《重叠的足迹》，即又写信告知，"很高兴，近年中你有卓越的成绩。你的散文使我感觉新颖，从形式到内容你都为女子文学，有所突破，你的勤恳、用功的成果，是二三十年代女子文学事业的继承和发展！"（1993年9月11日）

在她眼里，韩秀是一个有才华、有前途的女作家。她寄予了厚望，并明确告知，"你有才华，希望你能成为美国的乔治·桑！"（1988年11月12日）"不要去赞羡那些'哗众取宠'的歪风，要忠实于艺术的良知！你是有才华的。"（1990年5月15日）"你正当风华正茂之年，又很勤奋，前途无量！"（1993年1月6日）"祝愿你的小说写成功，也相信能成功。小说，重要是写人，'通过人'反映世态；包括人性的善恶，人情的冷暖。"（1989年5月28日）

疑。对有些自我感觉触动了敏感神经的事情，产生疑心、疑虑，不见得就是有过苦难甚至灾难记忆的老人们的专利。当然，风雨过后的晚年清阁先生，未能幸免此症。如她在信里对海外报道她的病表示出担心，问韩秀"看到否？不会'乱弹琴'吧？"（1990年1月3日）对正在编辑打算请韩秀帮忙在台湾联系出版的散文集《往事如烟》，先是表示"约计七八万字，均未结集过，即使选几篇结过集的，也绝无版权问题"。继而保证"内容属纯文学作品，毫无政治意义，为此我也希望出版对方没有政治背景，最好是商办书局，而非官办。以免麻烦"。（1993 年 12 月 12 日）

1991 年 7 月 15 日，台湾《联合报》转载发表了清阁先生原刊《香港文学》上"文字虽有改动，内容基本相同"的文章《隔海寄雪林》。《联合报》历来只发表原创，几不转载，因此稿为在台北召开的一个苏雪林研讨会所转，得痖弦先生成全，成了特例。但当尚不知此情的清阁先生，发现文中赫然出现了"反共作家苏雪林"的字样，自然因忧虑而变得紧张起来。她对韩秀说："推测可能是苏老研讨会干的，然而为什么要在那篇稿子上加写苏老'反共'呢？这对苏老于大陆的影响不利，于我也不宜。这你一定能理解。由于我的几篇文章提到苏老，已引起大陆读者的关注，《中国现代文学大系》的小说、散文卷都选了她的作品，我想这也是她晚年的一个安慰，也是我写该文的主旨，但被他们一改，改得我哭笑不得！仿佛我不是纪念她，而是非议她，真正冤哉！"（1991 年 10 月 15 日）

除此以外，当清阁先生给在美国或随外交官丈夫驻节他国的韩秀发出一信之后，她便计算着收到回信的时间。一旦有了夜长梦多的感觉，她就会担心信有遗失，字里行间透出相当的紧张。想来这可能跟她于 1984 年入党有关。而韩秀直到 1997 年方知清阁先生入了党。她在 1988 年给痖弦写信介绍清阁先生时，说：

> "文革"之后，清阁阿姨的身体糟透了，手几乎不能拿笔。但她一次又一次试着拿东西，由大到小，终于又握紧了

笔杆。她不仅是作家，也是农工民主党成员，用一切可能的机会为知识分子请命，为创作自由呼吁，她不仅是作家，也是画家，画出她追求一生的自由、祥和。

我非常尊敬这位老人，希望一向受冷落的她能在七十高龄时拥有新的读者群——《联合报》的读者群。（1988 年 10 月 24 日）

也是因为此，到了 2010 年，韩秀在致董桥的信里，表露出内心的感受：

在清阁姨的晚年，她并没有完全中断与境外的联络。她给我的最后一封信是 1997 年 7 月，那时候我们在雅典。我是在那一年的春天，偶然看到一本大陆出版的有关女作家生平的书，里面有四页写清阁姨和她的创作，并且写到她 1984 年入党。我在给她的信里，只提了一句，告诉了她，我看到了那本书。然后，我便收到了她最后的这封信，没有谈这件事。信里面满是对我的祝福，信里面满是悲伤、无奈、绝望。她瞒了我十五年，心里的感觉，当然是凄楚而复杂的。我是她的小友，是那个跑来跑去为她传递信件的最为可靠之人，是那个将她的作品带至境外发表的小帮手，是那个在自己的文字中充满着她熟悉的她喜欢的味道的小写手。我们曾在 1984 年、85 年、86 年联床夜话。我知道那《落叶无限愁》的来龙与去脉。

我没有把这封信看作最后一封信，还是写信给她，热情如昔，还是寄新书给她，还是寄参片给她（不是为了滋补，而是她的医生嘱咐她长期服用，治病用的。我从 1990 年开始寄她，到 1998 年底是最后一次，我相信那数量够她服用到最后）。但是，我没有再收到她的信。她把自己完全地封闭了起来。两年多之后，她走了。我一直想念她。

是的，我也一直在想念她，这位从未谋过面的清阁先生。1998 年 10 月，我去上海时，曾有幸在施蛰存先生、黄裳先生和王元化先生三位的家里，分别拜望并采访过他们；在华东医院的病房里，还采访了病中的柯灵先生，话题主要是由老舍之死说开去，因为那时我还在采写着《老舍之死口述实录》。我也曾请陈子善先生帮忙联系清阁先生，诚挚地希望她能跟我谈一谈或许她想聊一聊的老舍。可那时的清阁先生身体已不十分好，故答复子善兄说身体欠佳，次日看情形再定。

我心里依然怀着一丝的希望，并莫名产生了由如果万一可以而带来的些许紧张。但最后，清阁先生还是以身体原因婉拒了此次相约。因此，这也成了我一个永久的遗憾。不过，这样的遗憾非但没让我觉得可惜，今天想来，竟感觉有了些"此恨绵绵"的韵致。

与舒乙先生的通信

　　2011 年 11 月我将新版拙译凌叔华英文自传体小说《古韵》寄给舒乙，没过几天，收到他落款 16 日的来信，主要对我发表在《现代中文学刊》上《书信世界里的赵清阁与老舍》一文中所引韩秀书信，谈了自己的看法：

　　　　韩秀毕竟年岁轻，接触老舍先生的时候还是个孩子，不可能有多么深的交往和理解，说一些武断的话便显得颇为不妥。不可上当。

　　　　我觉得又有一股歪风在吹，来源于 1966 年"文革"初起时的造反派和红卫兵，包括当时文联的革委会和军管会，为了推脱迫害老舍的责任造了很多谣，说老舍"后院着火"，"家属对他不好"，"让他走投无路"。这种谣言和事实自然是完全不符的，（这是你知道的）其恶毒性是显而易见的，把那么严重的政治迫害以及骇人听闻的罪行描绘成家庭的不和，企图转移视线，推脱责任，和嫁祸于人。由于对"文革"没有批判，这种说法一直在传播，时不时地冒一下。韩秀信的倾向性有问题，似乎正在为这种论调找根据。这是它们的致命弱点。跟着搅浑水。

不能把那么一场严重的罪行说得这么"轻松"，对死者太不公平，对受害的亲属也是莫大的侮辱和诽谤。

韩秀信里有一大堆错误的地方，这是这批信件的第二个误区。以这些错误为出发点，必然导致错误的结论。如果不辨真伪，如此为凭就糟糕了，必然会影响引用的论述和传记的严肃性和权威性，不能不引起警惕。

譬如说，老舍先生离渝去中时，胡先生曾追到上海去。哪有此事！

譬如说，"老舍先生的英文不怎么样"。不知是怎么下的这种结论。赵韫如对老舍先生的英文佩服得五体投地，她在美国时和老舍先生有过密切接触，相信她有亲身感受，比她女儿的"臆想"大概有根据得多。先生在英语系国家待了近十年啊！

譬如说，"老舍先生一生都在逃离家庭"（大意），说这种话有什么根据呢？也太经不起论证了。说话要有证据。更不能把赤诚爱国的出走这样的大手笔庸俗化和歪曲成夫妻不和之类的屁话。类似的结论实在过于轻率和偏执。

说实话，老一辈作家的回忆，包括赵氏自己和她的好友，反倒相当冷静客观，表现了某种历史感和设身处地与谅解，反倒令人心服和理解。

　　写此信表达了一点我的担心，别无他意，供你考虑。

11 月 20 日，收信当天，我回了一封长信：

　　谢谢您的信任与坦诚，并理解您的"担心"。正好借回复您的机会，关于韩秀的信以及我与韩秀的交往，诚挚地向您谈谈我的几点想法。

　　第一，我从始至终并未尽信她的所说所述，在学术的角度上，我只是把她作为诸多受访对象之一，记录她的"口述"（这次是以邮件的形式）。先说您信里提到几个"譬如说"：1. 史承钧老师在来信中已明确告知，韩秀把赵清阁先生的那篇小说《落叶无限愁》看得太实了；2. 说老舍先生的英文不怎么样，我怎么会信呢？如您所说，他在英语系国家待过近 10 年，若语言都不过关，还怎么混？这是最简单的常识，而且，他还要帮洋人翻译《金瓶梅》；3. 说到老舍先生跟沈从文先生都是逃家的男人，我觉得是韩秀作为一个晚辈对于前辈的观察和理解，自属"一家之言"。

　　这些年，搞口述史，看了许多理论书，以为这样的"口述"在理论上也是解释得通的。无论如何她作为一个当事人，总是要（也会）发出声音的。像《老舍之死口述实录》书里的一些口述者一样，其记忆所呈现的可能远非信史。这个我自然懂得。

　　第二，在 2009 年末，经王培元的介绍，我开始跟韩秀通信。本只想以电子邮件的方式，采访她一些问题。没想到，不知不觉间，一来一往，一年多的时间我们竟互通了上百封邮件。2009 年 7 月，我自觉遭到了十分不公平、不公正的对待，也许人家并非故意，而是客观条件发生了变化。但无论如何，我都因此陷入了一种深深的纠结和郁闷。因为我更切身感受到了人性中的险恶与歹毒。这样的情绪断断续续持续了近一年时间。在这段时间里，她的信给了我许多温暖的慰藉，这我自然心存感激。凡对我有过恩的人，我都终身铭刻，没齿难忘。像萧乾先生、林海音先生，他们给我的爱，我怎么会、怎么能忘呢！

另外，对于老舍与清阁先生的感情交往，又的确是我想深入了解的。那 12 封清阁先生写给韩秀的信，无疑也是有史料价值的。而且，我由此了解了清阁先生对于《红楼梦》的话剧改编，在考稽材料的基础上，还写了一篇《赵清阁与红楼梦的未了缘》，这些也都是学术工作。

我想我能懂得和理解您作为老舍之子对于父母两位至亲的感情与感受，因此，第三，想请您放心的是，我会秉持对前辈们及包括您在内的所有家属们的敬重，并以诚挚、客观的学术态度来写《老舍：他这一辈子》。这些年，我杂读了大量的书，包括传记，一直在寻找合适的传记叙事方式，只为使《老舍传》的写作对读者能有耳目一新之感。当然，这只是自己的一厢情愿，尚不知才华能力是否可达到。我愿不揣浅薄勉力一试。

第四，关于如何看待"老舍之死"。其实，无论《口述历史下的老舍之死》还是《老舍与中国现代知识分子的命运》，从两书中您都应看得很清楚，我从未以您所说的任何

"谣言"来分析老舍之死。

事实上，您信中所说的"后院着火""家属对他不好""让他走投无路"等说，许多年前我就从许多人的嘴里听到过。我还跟一位前辈有过争论，这位前辈以自己的1957年经历为例说，家是一个人最后也是最温暖的港湾，如果这里出了问题，只有死路一条。他当年便是如此，因为家庭有温暖，所以他活了下来。他认为老舍先生恰恰相反。我从学理逻辑上还跟他有过辩白，我说，当一个人遭受了奇耻大辱，家人给他温暖，他有可能不会去死了；但不能说家人给温暖，这个人就不会自杀，家人不给温暖，这个人便必死无疑。这在逻辑上是不对的。

我其实一直希望能有机会听听您家里怎么说。由于您对于我来说的多重身份（老舍之子、前辈、老领导、老师）碍于情面，从未张开嘴。记得2003年在芜湖开完第三届老舍国际学术研讨会，大家去黄山玩，于黄山脚下，我还跟舒济老师谈到想请她方便时接受我采访，谈谈老舍先生与胡老的感情世界。当时沈渝丽在场，好像还有张桂兴。舒济老师说等忙完《老舍全集》的修订再说。后来的许多年里，我曾多次联系询问，都因舒济老师忙而未果，至今引以为憾。

现在回头看2009年以及更早的时候所有带给我郁闷的事，都已觉得不失为精神财富了，它们让我渐渐变得内心强大，精神坚韧，视一切虚头巴脑的身外为浮云，只想心平气和地多读书，多思考，多写作，努力做一个有教养的读书人，别无其他。还有，我感谢我的家人，在我为世态的污浊、人心的阴毒而郁闷的时候，郑实说过最让我感动的一句话，她说：如果全世界都抛弃了你，最后还有你老婆会跟你站在一起！还有重要的一点，旅行从根本上改变了我的生命观和世界观，这两年，我们一家三口，两度赴欧洲（郑实更是利用一个培训计划，去年在欧洲待了5个月，收获太丰厚了），我自己算上2009年去匈牙利，已去了四次欧洲。这种亲临的睁眼看世界，跟书本是霄壤之别的。

最难忘的是今年10月初我一个人独自去佛罗伦萨，平生第一次做了回十足的旅者。我在佛城待了四天半，每天早出晚归，几乎走遍了想去的每一个地方，美术学院艺术馆（有大卫像的那个）、乌菲兹博物馆（有波提切利《维纳斯的诞生》和许多文艺复兴绘画作品的那个）、但丁故居、韦奇奥宫、彼提宫、圣十字教堂（伽利略、米开朗基罗、马基雅维利都葬在这里，但丁的是空墓）、米开朗基罗的洗礼堂、有乔托钟楼和布鲁内莱斯基大穹顶的大教堂、巴杰罗博物馆、圣幸福教堂、圣灵教堂、圣三一教堂、圣马可教堂及修道院、当年但丁祈祷的佛罗伦萨修道院、圣米利托教堂，等等，太丰富美妙了。这个季节，托斯卡纳的阳光十分迷人，暖而不热烈。10月5日的黄昏，在离佛罗伦萨市中心八公里的菲耶索莱的山上，我平生第一次如此惬意地享受了阳光，当然是带着佛罗伦萨色彩的阳光，因此应该说，是从未在阳光下痴醉陶然忘情于如此美景。看完一处罗马剧场遗址和菲耶索莱博物馆，我早早地坐在山坡上，静静地遥望整个佛罗伦萨被夕阳笼罩在明暗交织的光影里，就像在欣赏一幅文艺复兴时期的油画。山坡正对着布鲁内莱斯基的大穹顶。

在佛罗伦萨，我计算好时间，留出两天，一早坐火车去了比萨和卢卡，卢卡完整保留着文艺复兴时期的城墙和堡垒。黄昏日落前再回到佛罗伦萨。这样美妙旅行的体验真是终生难忘！

三周多之后，收到舒乙写于 12 月 14 日的复信：

收到 11 月 20 日挂号，甚慰。谢谢！

知道你几次欧洲之行收获颇丰，很是高兴，替你松了一口气。我也曾有佛罗伦萨之行，你信中提到的地方大多去过，很喜欢，回来后画过几张意大利题材的画，并展览过，也算是一种纪念吧。上了年岁，更知道珍惜时日了，而且知道做自己喜欢的事是多么有意义，多么有劲头，和多么愉快，不去理别人的看法，尽量让生活有乐子，自己的脚印由自己留。

现在回首，舒乙信中所说"赵韫如……在美国时和老舍先生有过密切接触"，已从老舍 1948 年在美国期间写给赵韫如的七封信得到充分印证。

七封信共八页纸，以"老舍致赵韫如情书七通"的名义，于 2015 年 7 月 5 日下午一时，由西泠印社拍卖有限公司在其春节拍卖会上进行拍卖，最终由一位私人收藏家以 40 余万的价格购得。

七封信具体写了什么，目前尚不得知，但从"孔夫子网"公开显示的书信图片可知，每封信的抬头称谓都是"韫"，落款署名为"舍躬"（"舍予鞠躬"的亲切表达）。拍卖信息如下：

说明：这是 20 世纪 40 年代末老舍赴美讲学时期写给情人赵韫如的信件，附赵韫如日记、书信、照片、剧本原稿等一批。

上款人赵韫如为我国著名演员，曾出演曹禺、郭沫若、茅盾、杨村彬等著名作家戏剧中的重要角色，当时正在美国耶鲁大学进修戏剧和表演。

在老舍的几段恋情中，他与赵韫如的故事是最鲜为人知的。1946 年，老舍赴美讲学，赵韫如则前往美国耶鲁求学。由于对戏剧和艺术的共同爱好以及在国外生活的孤寂，两人走得很近。从信中可知，尽管两人关系亲密，但限度或许止于老舍"偷握你的手"。老舍在两人的一次分别时曾说"我真想去用唇亲吻你的脸"，"可是我不敢"，一因"不敢用缠绕解脱缠绕"，二因"我看你一切的地方都是神圣的"。老舍回国后，在周恩来问起"美国还有谁"时，阳翰笙曾回答："冰心和赵韫如。"并由周总理委托老舍邀请赵韫如回国。嗣后，两人皆供职于北京。"文革"初期老舍自杀第二天，因红卫兵在老舍家中抄出赵韫如与老舍的通信，赵韫如成为北京人艺第一个被揪出来的"牛鬼蛇神"。

"孔网"透出的信息有否失准，我无力一一考证。但可从其摘引的吸人眼球的只言片语推测，老舍已对赵韫如心生情愫，用今天的流行话说，两人亲昵的程度达到或已超出了男女间的"小暧昧"级别，只是老舍"不敢"捅破这层窗户纸。至于老舍所说"不敢用缠绕解脱缠绕"，则不知是指跟夫人胡絜青之间"夫妻关系的缠绕"，还是跟清阁先生的"相恋情人的缠绕"。若指后者，似乎有些难以想象，毕竟，赵韫如是清阁先生的堂妹！

真不知，假如清阁先生在世，获知老舍跟自己的堂妹有如此"小暧昧"，会如何想？

她能理解吗？

与史承钧先生的通信

在拙著《书信世界里的赵清阁与老舍》出版一年以前，我将书稿的电子文本传给老舍研究专家、已从上海师范大学退休的史承钧老师，请他提些意见。过了一段时间，即收到史老师写来的一封长信，后此信以《读傅光明著〈书信世界里的赵清阁与老舍〉所想到的》为题，刊发在了李怡主编的《现代中国文化与文学》2011 年第 2 期，这是一本以书代刊半年一期的杂志。不曾想到的是，没过多久，史老师又传来一篇文章，并写了附记："这是我应日本友人渡边明次先生约请，为他所译赵清阁的小说《梁山伯与祝英台》（日本侨报社 2006 年 10 月出版）所写的著者介绍。因篇幅等关系，删去了涉及老舍的部分段落。"

被删去的文字有以下一段：

抗战和文艺使他们走到了一起，在战争带来的苦难中他们患难与共、相互慰藉。他们几乎要结成为一对抗战伉俪了——这是在抗战的特殊年代，流落大后方的文人在特殊的情境下每每发生的事，但由于 1943 年老舍夫人带着 3 个孩子突破封锁突然来到而中止。此后他们常常分处两地：1943 年后是成都 / 重庆—北碚，1946 年后是上海—美国，1950 年后则是上海—北京。然而他们精神相通，藕断丝连，仍幻想着有朝一日顺利解决老舍的家庭问题后结合在一起。老舍甚至连安排夫人今后的生活和子女教育的资金都准备好了。但是，他无法取得夫人的谅解，夫人支持他只身赴抗战并代他奉养老母抚育子女的恩情他也不敢忘。同时，建国后连续不断的政治运动和思想改造，也使他们无暇顾及情感上的事。更何况在强势的公众舆论中，个人情感只是小事、私事，而作为名人的形象却是关乎国家的大事、公事，这使他们不得不放弃幻想，面对现实。为此，赵清阁愿意作出牺牲，不提往事。于是，他们将丝丝的恋情化作浓浓的友谊，仍然保持着超乎寻常的关切，始终不渝，直至"文革"初起，老舍自沉于太平湖。天人相隔，反而加深了赵清阁的思念。每当老舍生辰或忌日，她都要独自加以纪念；每当在报上读到有关老舍的文章，她都倍加关注，甚至剪存；她的许多回忆散文，都提到了老舍；她的客厅中悬挂着老舍 1960 年春写给她的《忆蜀中小景二绝》，书房中书桌上是老舍 1939 年参加北路慰劳团特地从甘肃酒泉带回来送给她的砚台；正对书桌，是老舍 1961 年写给她的祝寿联"清流叠韵微添醉，翠阁花香勤著书"；侧面墙上则是老舍 1944 年写给她的扇面；床头柜上，则是老舍在她生肺结核时送给她的小痰盂。老舍在她的生活中无处不在。但除了个别情况，她绝口不提他和老舍间曾经有过的恋情。她觉得文坛作风不正，成见太深，害怕损害老舍的形象；同时感到人言可畏，害怕扰乱自己晚年的清静。为此，她甚至在临终之前，把珍藏的"文革"劫后残存的老舍的信件也毁去了。她至死都在思念着老舍，维护着老舍。

赵清阁终身未婚，身边也没有亲人，只有保姆吴嫂几十年相依为命。她淡泊名利，以书为伴，在寂寞和辛勤笔耕中度过了余生。

这段饱含挚情而又流露出浓浓凄婉的文字，既是对老舍与赵清阁曾几何时彼此爱情的幽微勾勒，也是对经历了"文革"劫后余生的清阁先生晚景晚境的一个简笔速写。

除了史老师这里所写的清阁先生"终身未婚，身边也没有亲人，只有保姆吴嫂几十年相依为命。她淡泊名利，以书为伴，在寂寞和辛勤笔耕中度过了余生"。对清阁先生的晚年，我原本知之甚少。

因史老师与晚年清阁先生多有交往，圈内常有人把他视为清阁先生与老舍两人间感情的"知情人"。因此，我在请史老师给"书信"一书提意见的同时，问他能否提供些清阁先生本人或相关的资料图片。"复旦社"希望书里配些插图，以便做成一本版式设计好看的图文本。

从 2011 年 5 月到 2012 年 10 月近一年半的时间，我同史老师围绕这封长信，以及该如何看待、理解清阁先生与老舍两人间的感情，彼此真诚交流，又搭建起一个"书信世界"。

2011 年 3 月 11 日，史老师发来邮件：

很高兴您的《书信世界里的赵清阁与老舍》得以扩充成书出版。您在有关史料研究中的认真和执着令人感佩。只是我最近琐事较多且有些咳嗽，大作还没能读完。

所提及的事应该没问题。《沧海往事》中老舍四封信的补注，您认为可用就用。只是写得简单了些。有关照片您如觉得需要，也可提供，或许可比书中清楚些，虽然我也只是翻拍的。我所知道的与老舍有关的照片，都尽可能用进去了。我想在您需要时可从网上传给您。

因我刚将书稿传复旦社不久，离出书还有段时间，回复说照片不急。

5月8日，收到史老师的那封长信。读后，当即回复：

您的长信[1]让我感动非常，一气读完，不知该说什么了。谢谢您的肯定与鼓励。……

写"书信"小书，完全是意外。这意外倒也是来自多年锲而不舍的追踪，还算有点执拗的劲儿。一笑。

您说"赵清阁与老舍"作为全书的主要内容，似还嫌单薄些。确是如此，目前似也只能如此了。一是因为最初与韩秀通信，也只是想以电邮的方式采访，像采访其他人一样，补充一份"口述实录"的史料。绝没有想到，我们的交往会如此深入而绵长，似乎总有说不完的话，这来自彼此

1　指《读傅光明著〈书信里的赵清阁与老舍〉所想到的》，见附录13。

的真诚与信任。否则，她也不会把清阁先生那么珍贵的 12
封书信原件交我收藏保存。二是我对清阁先生与老舍的爱情
的了解，尚不十分翔实。张桂兴的那篇长文几乎是唯一的
了，却也十分含糊模糊；至于坊间，或某些个人的回忆，也
多零散而无实据。而您这"知情人"又迟迟不说不写。

……

也是我不想多说什么，而是努力让材料自己说话。我想
把更多的话，留在我正在写的"老舍传"，即《老舍：他这
一辈子》里。我觉得，如果写清阁先生与老舍，一定要写到
胡絜青作为一个妻子、母亲和女人的无辜与不幸，这似乎才
"公平"。而这似乎也应是清阁先生与老舍"美好与凄婉"的
主因吧。我希望在"老舍传"里能如您所说，"较全面地反
映赵清阁与老舍的交往和情谊"。也因此更希望能更多得到
您的支持与指教。

我在邮件中提出，这封长信可以发表，对老舍研究不无益
处。然而，5 月 24 日，史老师发来邮件，表示担忧："发在哪儿
均不成问题，就请您看情况决定好了。如不能发出也不成问题，
不必介意，因本来就是我们私人通信交流。我倒有点顾虑发了以
后，会引火烧身，引来许多质疑、探究，那我就要疲于应付，不
能如先前自由和清静了。"次日，我回邮件，希望他打消顾虑：
"发表后会如何，我倒觉得您不必多虑。我认同永平兄[1]所说，与
其让坊间人胡写胡说，不如我们'老研'圈内人直接正面地来写

---

1 指湖北省社会科学院文学研究所吴永平研究员。

来说。其实，事情是大家都知道的，说得明白清楚，也就没什么了。"

但史老师还是开始对长信进行删改。7 月 6 日，他发来邮件：

> 给您添麻烦了。文章本来就是不惮改的，个人通信一时随手写出，比较自由放肆，而且总有考虑不周的地方。为此我也理解您写《书信世界》的顾忌。
>
> 不知这篇东西您找到发表的地方不？暂时不能发表或不发表均没关系，而且不发表对我说来可更省心些。……
>
> 又，赵先生对我说过 50 年代老舍曾写信给周总理，详细报告了他和赵之事，这封信在国务院的档案里。50 年早过，应该解密了。您在北京，有办法能查阅吗？如能读到此信，则就可获得珍贵的第一手材料了。

这是我第一次听说，老舍曾以信的形式向周总理"详细报告"过他和清阁先生的事。

时间不知不觉间逝去，转眼到了 10 月底。在此期间，我写了一篇长文《老舍与赵清阁：此恨绵绵》，并于 27 日给史老师发邮件，谈及对传记写作的想法，同时再次恳请他不必顾虑重重：

> 我在努力尝试一种新的传记叙述方式，的确不是在写论文，而是写传。事实上，除了写博士论文和博士后研究报告这一客观因素以外，这是使《老舍传》的写作拖延至今的另一主要原因，即我一直找不到一个觉得合适的叙述方式。我不想用惯常的那种传记作者全知的视角方式，而

想巧妙地把叙述者本人妥帖地融入其中，并与历史对话。想让读者感受到，他们正在读的，都是叙述者将自己所能知道的见（各种史料）闻（各种口传）思（对人与事的思考）想（对历史的质疑）如实地传达出来。不知道的也明确告知。通过写这本《书信世界里的赵清阁与老舍》，又通过写这篇"此恨绵绵"[1]，我感觉已经找到了这样的叙述方式。

……

我以为，您不必顾虑什么。我们都是认真严谨的学人，您又是长辈，从未像某些人那样挖点儿名人隐私就胡乱瞎写。我觉得把这些材料留下来，既为老舍研究所需要，更是在向清阁先生表达着我们的真诚与敬意。我现在有空时在慢慢校读她的《禅林归鸟》（韩秀已将清阁先生的修改本寄了来，她说原件已没有，或许现在世上仅存的就是这个复印本了），也在留意看有没有合适的机会寻求将她的红楼梦话剧再次搬上舞台，这些都是清阁先生留下的宝贵精神财富。韩秀也正是由于对我这番初衷的感动，才拿出来了清阁先生12封珍贵的书信，她说原也是要"焚毁"的。看来我还是真够执着的，穷追不舍。这不，把您的长信和那篇"介绍"也给"追"出来了。

或许跟年龄有关，我感觉史老师对写"老赵之事"畏首畏尾。2012 年 3 月 17 日，我特意给史老师发了一封主题为"身心

1　指发表在《信睿》杂志 2011 年第 12 期上的《老舍与赵清阁：此恨绵绵》。

纯正无所惧"的邮件，写道："您为了那篇'长信'的文，已反复斟酌了。最重要的是，我们身心纯正，既尊重史实，又努力不去伤害任何一个可能的人。我想，如果这样，还'引来不少责难和麻烦'的话，那也只能是由它去了。……"

3 月 20 日，收悉史老师邮件：

> 谢谢鼓励。在这个问题上，我们的确心地纯正，无愧于人。所以如果引起一些人的不满，的确只能"由它去罢"……我所顾忌的"责难和麻烦"，还是指学术上的成分为多。因为我对事实的把握也并不完整，可能会有疏漏；伦理和道德理论上，我也未想透；而要彻底弄清楚，也可能不具备相应的理论修养、时间和精力了。不过有许多像陈思和，像您这样的学者在，就有解决的希望。
>
> 我欣赏您引用的陈思和关于"人类的感情世界比道德世界更崇高更重要"的思考，不知他于此有否展开研究和论证。我觉得在人的历史发展中，人与人之间的情感要求是会突破旧有道德规范而终被理解、接受的。如用自由恋爱代替父母之命，用认可离婚代替强制的从一而终，等等。
>
> ……
>
> 很高兴您有机会去美国，相信会有大收获。
>
> 又，我上信中说在赵先生那儿读到韩秀写沈从文的文章，时间应是 1993 年（我记错了），您最好能抽空找一下，因为可能与《书信》中说的"逃家"有差别。

3 月 21 日，我回复史老师一封主题为"只要自己没障碍，写作便是绿色通道"的邮件：

> 我觉得您对于"'责难和麻烦'，还是指学术上的成分多"，也不必有什么疑虑。我想，任何一个学者，都不能轻易说他把什么问题给彻底弄清楚了。这些年，由老舍，我时常思考文学史上的一些问题，发现无不如此。本来以为清楚的问题，只要稍一向纵深发掘，便会发现我们所知道和了解到的竟如此简单。历史过程中的许多丰富和复杂都或被岁月自然地，或被人为刻意地抽掉了。因此，只要我们始终在努力呈现这样的丰富和复杂，就真的不必在意那"责难和麻烦"，哪怕是来自学术。一方面，我们自身从不放弃发掘新材料的执着；另一方面，我们也随时欢迎任何向我们指出疏漏和缺漏的学者、读者，并对其充满敬意。
>
> 说到《老舍传》的写作，我觉得，只要自己没有障碍，那便是绿色通道。很多年前，我曾听老一辈人讲舒济可能更开通些。我在给舒乙信里曾提到了 2003 年在黄山脚下的事，当时我与沈渝丽和张桂兴一起同舒济聊到了老与赵，舒济说了一句"建国后父母感情的确时有不愉快"，我趁势提出希望她能接受我的采访，从女儿的角度正面谈一谈。我相信这也是老研界多年一个共同的心愿。舒济没拒绝，说先忙完全集的修订工作。距今已近 10 年……

4 月 4 日，赴美与韩秀见面之前，我又给史老师发了封主题为"历史怎么能忘呢？"的邮件：

您说得不错，的确有人只希望人们记住他所希望的事。事实上，这也是一种常态。所以，我时常不解，其实也没什么不好解的，就是过分强调政治对老舍的迫害。这个谁也没否认呀！只不过，我们想努力把历史过程中的丰富与复杂尽可能展现出来，历史从来没有单线条的。

从赵自己的叙说，老舍与家人团聚后，她主动撤出，在心绪的百无聊赖中，于冰心提议下，开始改编《红楼梦》。在这样的心境下改编的《红楼梦》，里面就不仅有曹雪芹了，还有她自己。我计划用比较长一点的时间慢慢琢磨研究一下赵的《红楼梦》改编。或许能得到点儿异样的收获？

关于坊间传赵与两个张的关系，我亦早有耳闻；还听说，在胡与老舍团聚之后，赵曾几乎考虑与其中的一个张结婚。这些都只是口传吧？口传弄不好，会引人进歧途。但"唯一性"的口传，又往往令人难以甄别。比如，在福建一次冰心会后去武夷山玩儿，我跟冰心女婿陈恕聊天时，他曾提到，舒乙说冰心曾只对他一个人说了许多许多，但冰心家人觉得冰心可能不会那么说，却无法质疑。因为舒乙说，"是冰心亲口告诉我的，如此这般这般"。呵呵。

我觉得您最后一点说得特别好，即舒乙应当对别人的说法、意见、叙事变得包容、宽容、容忍起来，这丝毫不会有损老舍的声誉，相反，会有利于推动老舍研究的丰富与细致。我看有点儿难！不过，对于我，还是那句话，我会坚持我自己的写作原则。

我4月10日赴美，若此次由韩秀那里带回清阁先生的信，我会第一时间告诉您。

从美国回来以后，我先将韩秀无私馈赠的清阁先生写给她的新的一批信整理，录入电脑，再据此写成长文《一信一世界：赵清阁先生的晚景晚境》[1]，并把电子稿传给史老师，请他提意见。

8月30日，史老师发来邮件，谈了他的看法：

> 您用"病，孤，勤，愤，疑"来概括她的晚境，自然是不错的。但我仍觉得不满足，觉得只说了生存状态，涉及精神层面的还不够（不过我也是如此，说不好）。现在想来，她在晚年才从种种"运动"和思想批判中解脱出来，恢复了自我，肯定了自我。她在回忆文章中敢于肯定自己以往的作为了，也敢于回忆过去必须"划清界限"的老朋友并和其中的健在者通信，给以公正的评价并恢复友情了。自然也免不了有余悸和轻信、幻想。她的晚年交织着爱和恨。她的愤首先是针对"文革"和"四人帮"的。她的书信和回忆文章中，还有她为《书信集锦》（《沧海往事》）写的那些原注中，充满了对于"文革""四人帮"和"造反派"的憎恨和控诉。而这种愤恨之情正是源于她对于祖国、百姓的大爱，和对"五四"以来反独裁、反腐败、争民主、争自由、争人权的时代潮流，以及包括她在内的民主自由人士的不懈努力的肯定。她对几十年来对她的不公平和压制的反抗也是源于这种大爱和自我肯定。……

---

1 《一信一世界：赵清阁先生的晚景晚境》，《史料与阐释》（2012年卷），陈思和、王德威主编，复旦大学出版社2014年版。

第二天（8月31日），我在回复邮件中提及：

> 关于清阁先生的心境，我觉得还有个角度可以挖掘，即她改编《红楼梦》。首先，清阁先生的话剧创作及对名著的改编，就是个有研究价值的题目。再，我想，她一定在改编《红楼梦》中赋予了宝黛一种源于自我内心的"此恨绵绵"，这样的情，应该包含着对于她自己，以及她对老舍的情愫吧？我想空时，仔细读读她的"红"剧本。

> 关于她的"憎恨""控诉"，那篇《砚田春秋》写了一些。但对她具体如何被压制，又无从知道得更多。也只能利用现有的材料尽力而为了。

再收到史老师的邮件，已是10月12日，告知"收到两本《现代中国文化与文学》"，询问这本刊物是否有影响，希望这封长信能被更多人看到，还问及韩秀的情况，并对我的想法表示赞同："您说得很对，从《红楼梦》的改编也可以看到赵先生的心态。可补充的还有她晚年改编的《梁山伯与祝英台》《白蛇传》等。"

10月13日，我给史老师发邮件：

> 这本以书代刊的刊物或许影响不算大，但您的这篇文章[1]，网上不仅有，而且转载很多。我在网上见过。

1　指史承钧致傅光明的长信《读傅光明著〈书信里的赵清阁与老舍〉所想到的》，见附录13。

韩秀现在的生活很滋润，但我想是过去那段岁月经历给她伤害太深的缘故，她至今难以完全超脱。我也跟她聊到过，我说，尤其在小说中，一个心里有恨的作者，若能心平气和地写恨，才可能会有文学的境界，否则或就是拿文学发泄了。她多年前的有些散文里，也有这样的意味。不过，她近年来还是有些变化，她的许多文章写得很好，尤其读书类。比如，她为我新译的《莎士比亚戏剧故事集》写了推荐序，此书很快将由台湾商务印书馆出版。她的文字感觉非常好。传您一看。她在北美一家中文杂志《汉新》上有个读书专栏，所发文章都蛮有味道的。我读了不少。关于清阁先生，我想努力为她寻找一个出版剧本集的机会，把她的"红剧"和"梁""白"[1]都收进来。

10 月 16 日，收到史老师回复：

您说得很好："尤其在小说中，一个心里有恨的作者，若能心平气和地写恨，才可能会有文学的境界，否则或就是拿文学发泄了。"信的附件今日才发现、补看。韩秀也说得很好："兰姆姐弟……在艰难的生活里，他们却保存了心境的昂扬。他们的书写平和、舒缓、温柔，带着笑意。他们没有愤怒、没有抱怨命运的不公。他们只是互相扶持着，默默走完人生之路，将一切的爱意、温暖、美好化作文字，留给

---

1 "红剧"指赵清阁改编的五部《红楼梦》话剧，"梁""白"指上信提到的《梁山伯与祝英台》和《白蛇传》。

后人，留给了我们。"……

　　那篇文章我在网上还是没找着。可能我不善于找寻（我只是输入他们改定的文章题目来搜索）。我想如果他们的影响很小，文章不为人知，或许可以设法另行发表。如在网上见到，我就想把它订正为定稿的文本。他们发了，却不是定稿，我一直很遗憾。或者您想办法把它和那篇介绍赵先生的文字一起发在网上算了。

　　需要说明的是，以上所选只是可公之于众的内容，对不宜公开的部分，以省略号删除。另有一些私密邮件，恐只能带入坟墓。

"秋思"：献给韩秀

秋　思

——献给韩秀

在她的眉宇间，
有一座诗画般的天堂；
它像一颗宝石，
镶嵌在博爱的王冠上；
又像守护天使，
绽放清芬圣洁的幽香。

我要午夜祷告，
挽住婆娑树影的月光；
还要涤净灵魂，

让孤独身心再次起航；

岁月叫我相信，

生命便是向上天飞扬。

这首《秋思》是献给韩秀的。

是她，韩秀，真的像守护天使一样，引领我在自己的老舍研究中，开启了寻觅清阁先生与老舍纯洁而凝重、美丽而哀婉的情感世界的大门，带给我对他俩多元的同情、理解和认知。于是，水到渠成有了一份意外之喜的收获，便是那本我十分珍爱的小书——《书信世界里的赵清阁与老舍》（韩秀最早希望书名若叫"书信世界里的赵清阁与舒庆春"则更有韵致）。当然，韩秀和我，也在这个"书信世界"里。

2012 年"复旦社"出书以后，我寄奉给几位师友请教，不想很快便收到学界前辈范伯群老师写来的邮件："正如思和教授在'序'中所说，这是一本'奇书'，人家是写'口述史'，你们的是'越洋笔谈史'，真可谓'心灵的交流'。昨天一天陪客，忙。今天早晨起来读得我忘了吃早饭。要不是复旦古籍所来电话，急召我去参加一个'古今演变'博士点的复审、验收会，我还读得放不下手。现在可以带在路上去看。我觉得这种'心的交流'在我们这个现实社会中是很少有的。我现在觉得自己脑子里跳出来最多的是三个字：'我不信。'例如，报纸每天总要翻翻的，但看着看着，就跳出这三个字来了。有时真觉得人就像无依托地悬空着。"（2012 年 5 月 13 日）

大概是写得用心，也实在是用心写的缘故，我对这本薄薄的小书十分看重。所以，当过了一段时间听到有人称许，心里便自然生出暖意；若说这能使虚荣心得到一点点满足，或也真有那么一点点。比如，一位好友发短信来说："趁心情轻松时，一气读完了你的书。书中文章懂人心，暖人心。你是少有的不失本色的书生。好久读不到这样以心相见的文字了。今天的人将心丢了。各种欲望杀死了活生生的心灵。非常珍惜你的书。"还有一位好友说："暑假忙了很多杂事，但还是认真拜读了你的书，感觉特好。不只是一些史料上的发现增加了我对两位作家的了解，更难得的是您和韩秀的通信中所透露的对社会、人生、文化上的感悟引起我精神上的共鸣和思考，受益匪浅！您具有作家的素质，文笔极其畅达，夹叙夹议，旁征博引，侃侃而谈，亲切随和！读来一点都不枯燥沉闷，陈思和老师的序写得也很好（序写得长，说明他受此书的'激活'有话要说），相得益彰。总之，这是一本开卷有益，值得玩味，写得极其别致的书！"除此，扰耳的杂音也偶有一二，随它去便是了。

其实，别说范老师，对于我与韩秀之间这种"简单、真诚、温暖"的"心灵的交往"，好多人都不信，真是怪呀！

人若不能脚踏实地诗意栖居，而只"无依托地悬空着"，是多么悲哀啊！难道人与人之间依托真情的归所，不存在了吗？我不信！

几年过去，回眸一望，一切竟像是命中注定。多神奇啊，一些事情的天缘巧合，常让我觉得那位站在高山之巅、盲目拨转人类命运巨大车轮的女神，是那么美丽、可爱。诚然，深感命运不如意的人们，常会痛恨甚至诅咒她。想主宰别人的命运，反倒时常被命运捉弄。

不过，假如真有这么一位神祇存在，她对我一直还不错，不仅从没绝过情，还十分懂我的心思，否则，简直无法解释，她为何要把命运的时间指针拨在 2009 年 12 月 9 日这一天，让远在美国弗吉尼亚州维也纳小镇的韩秀，收到我请教老舍话题的电子邮件。在此之前几天，我曾发出过一封邮件，韩秀没收到，邮件也没有退回，完全不知所终，真是鬼使神差般丢在了太平洋！要知道，老舍正是在一个甲子前的这一天，1949 年 12 月 9 日，由天津码头上岸，从美国回到祖国。

原来，命运在等这一天！

韩秀，这位 1946 年出生在纽约的美国小女孩，童年在北京度过，由于大人的缘故，她管老舍叫"舒伯伯"。清阁先生是她的远房姨妈。1948 年，在上海码头，是她的外婆和这位"清阁姨"一起，把刚刚两岁的她接上岸。

2012 年 4 月，在韩秀家里，我把刚出版的这本"书信"小书当面送给她。这本来就是献给她的，没有她，不可能有这本书。这次，她把手中珍藏的清阁先生写给她的信都馈赠给我，使我得以在回国后，很快据此写成《清阁先生的晚景晚境》一文。

是她，这位韩秀，在 2009 年为我缘起"书信世界里的赵清阁与老舍"之后，又在 2012 年为我缘起了一个更博大、丰富的新世界——由天才的戏剧诗人莎士比亚诗剧搭建起来的文学世界。这首《秋思》中的"上天"，指的就是莎士比亚的世界。

德国大诗人海涅（1797—1856）在其写于 1838 年的《莎士比亚的少女和妇人》一文中，把莎士比亚誉为"精神上的太阳，这个太阳以最绚丽的光彩、以大慈大悲的光辉普照着那片国土。那里的一切都使我们记起莎士比亚，在我们眼里，即使最平凡的事物也因此显得容光焕发"。我想并愿掠美海涅的话，将莎士比亚比为自己"精神上的太阳"。

曾读过学者叶嘉莹先生的一段话:"人不经过绝大的痛苦,不会觉悟。我就是因为经过这么多患难痛苦,把自己打破了。你不把自己打破,你永远不能够超脱。所以我就把自己打破了,不再被自己的家庭子女所束缚。我要把我投向古典的诗歌,我要为古典诗歌的传承献出我的余生。"

对此,我十分心仪。我虽不曾像叶先生那样"经过这么多患难痛苦",人过半百,小苦小痛总经过一些。不过,庆幸的是,我仿佛觉得不需要"把自己打破"(可能是根本打不破),便"能够超脱"似的。理由或只有一个,我找到了自己"精神上的太阳"!再掠美叶先生的话来套用,我要把我"投向"这颗太阳,为新译莎翁献出余生。

韩秀一直以她体贴的大爱,对我的莎翁新译表示关切、支持、鼓励,令我感动莫名、难忘今生。除了她不时寄来写莎士比亚的英文书供我参阅,还专门为我做过三本手工书。每逢念及,便觉出语言的无力。

2013 年 11 月 25 日,韩秀来信说:

> 手工书,用的是手工造纸,手工书写,手工剪贴,手工装订。完全是对现代科技的反向运作。我从前并没有做过,零雨[1]邀我参展,我马上响应,只是喜欢手工而已。没想到,不但很容易买到欧洲和日本的各种手工纸,美国的手工纸也很不凡。到现在为止,我已经做了四本,都很精彩。连卖纸

---

1 零雨,一位韩秀在台湾的出版界友人。

给我的纸店都很想拿去展览。一笑。

　　你译莎翁乐府是大功德，理应做一本给你。六七百字到千字即可。我会用英国的手工纸。里面很可能加一点佛罗伦萨的手工纸作装饰，你那么喜欢这个城市，他们的纸是非常有名非常有特色的，你大概也会喜欢。

我期待得到一本由韩秀亲手制作的手工书。

一周之后的 12 月 7 日，韩秀来信：

　　莎翁的时代，满街俗艳。所以这本手工书也是花里胡哨。纸张却是好的。封面与封底都是英国的纸，内页底是法国的纸，用来写字的纸有三种，灰色的产自佛罗伦萨、浅蓝色的是美国纸、粉红色的是英国纸。

　　有两个地方用了台湾的手工纸，一是在封面上，一是在哈姆雷特独白的结尾，负载沉重，岌岌可危的生命之船。不知那效果是不是够好。

　　反正我有兴趣，如果你不满意，改天我再做一本给你。

　　这一本，今天寄出。

手工书已经在邮路上了。它会是什么样儿的呢？我期盼着。

待我收到，小心拆开大信封，刚轻轻翻看头两页，眼睛便禁不住湿润了。韩秀不仅从我已完成新译的《哈姆雷特》《威尼斯商人》和《罗密欧与朱丽叶》中精选出她自己喜欢的诗行，用工整俊秀的字体书写下来，还几乎对每页都做精美的小设计，或贴一张她拍摄的风景照片，或贴几个小画片，叫我爱不释手。

图44 韩秀所制手工书封面

这一天是 12 月 19 日！把手工书放在电脑前，看着它，我给韩秀写邮件：

怕把好看的封纸拆坏，我是把手工书从中抽出，先怀着惊喜仔细翻看，再对着您所说的各样纸张一一比对，并由自己的译文感受莎翁，妙不可言呀！不是不满意，希望您改天再做一本，而是爱得不忍释手，想您何时空闲了，真要再讨一本呢。回头我从《奥赛罗》和《威尼斯商人》里再挑几句，行吗？我给雨箫看过您手写的信，还有书上的题词，她当时就说，韩奶奶的正体字写得太棒了！郑实和我的硬字书写都不怎么样。她住校，明天周五，等她回家，给她看您的手工书。至于郑实，她看得都嫉妒了，觉得我怎么会有您这样一位天赐的情深深、意浓浓的美国姨。

此后不久，韩秀又为我做了第二本手工书。两本手工书，我
珍藏着，不时拿出欣赏，并用它俩为新译莎翁励志。

想不到，2016 年 8 月 25 日，第三本手工书又已在路上。

这一天，韩秀发来主题为"手工书已经飞往北京"的邮件：

一本英文书，一本手工书已经在昨天下午启程飞往北
京。请查收。

我用了四十二页的篇幅，之前同之后都有一点空白页，
供你发挥。

你的散文随笔，随手拈来都是好文章，我很喜欢，这本小
书就做得非常的顺手。余音袅袅，你自然是会有感受的。我写
到最后，也是感慨万千，会在新书《日记一年》中留下痕迹。

图 45　韩秀所制作手工书扉页

四十二页？写的什么？还是莎翁诗行？

9 月 10 日，收到手工书，翻开之后，才发现这次书写的，全是从我的《独自闲行》[1] 一书中摘引的话。早些时候，我把书寄给韩秀，并在扉页题赠："这是我的第三本散文集，最后一篇是 2015 岁末感言，因篇幅所限，编辑删去了近万字，好在译莎缘起及过程的清晰脉络都在。您将莎士比亚这一'精神上的太阳'带给了我，再次感谢您！我的余生亦将在这'独自闲行'里交与莎翁。"

我以"感动得稀里哗啦的"为题发邮件向韩秀致谢：

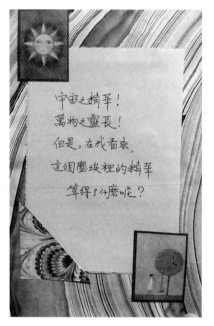

图 46　韩秀所制手工书带小贴画的一页

---

1 《独自闲行》，复旦大学出版社 2016 年 3 月版。

手工书及英文书收到了！您怎么写了这么多，四十二页啊！而且，又是图片，又是贴纸、贴画，如此劳神、费劲儿，又如此精心、贴心，我一边细细翻看，一边不能自已深情落泪。自然的，从 2009 年 12 月 9 日发给您的那第一封邮件，直到面前这本手工书，期间一切的一切，都过电影般历历在目。看完手工书，我马上挑出十几页，用手机拍了照片，通过微信发给郑实看，附言说"看我姨的手工书，感动得稀里哗啦"。我跟她说，我姨是这个世上最爱我的女性。呵呵。真的，我自小到大，也曾有过许多感动，但像您给我的这样大爱无疆的感动，却从未有过。感谢上帝眷顾！但愿我能在您手工书留下的"一点空白页"有所"发挥"。

谢谢您喜欢《独自闲行》。整个精力投入新译莎翁，以后怕是除了莎剧的导读文字，再没时间精力写散文随笔了。——又及。

9 月 10 日当天，收到韩秀回复：

手工书收到了，那就好。我知道，一旦投身莎翁乐府的翻译介绍，你就没有多少工夫做别的事情了，做这本《傅光明散文随笔》一方面是给你留下一个纪念，另一方面也是我借着这本小集子抒发一点情感。人海茫茫，有生之年遇到你，是多美好的事情。

……

你说得对，还是莎翁悲剧耐看，但是人间苦难重重，凡

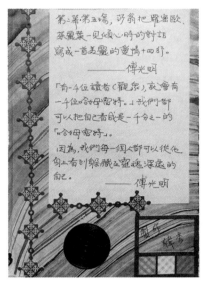

图 47　韩秀所制手工书封三

　　人也需要乐一乐。

　　　秋凉了，多保重。

　　人会越活越脆弱吗？一句"秋凉了，多保重"，叫我心暖得落泪。

译莎：余生唯一之大志业

我的新译莎翁缘起于韩秀。

跟韩秀在她书房里聊天，提及十几年前曾出于好玩儿，新译过查尔斯·兰姆跟姐姐玛丽·兰姆合作改写的《莎士比亚戏剧故事集》，不想韩秀当即说，她与台湾商务印书馆（以下简称"台湾商务"）的方鹏程总编辑相熟，可推荐一下，看有无可能再出一个繁（正）体字版本。我心向往之。

回国之后，我便将译稿通过电子邮件传给方总。很快收到回复，译稿通过编辑部讨论，接受出版，合同很快寄来。我自是高兴，回复致谢时，又提到自己还曾译过一部题为"我的童话人生"的《安徒生自传》。2012 年 8 月 15 日，收到方总回复："谢谢您寄来译稿大作《安徒生自传》，将提到下月编辑会议讨论。冒昧想请问，您是否还有翻译西洋经典名著？或是仍在翻译书籍？可否将已翻译、可出版的西洋名著书名提供给我，以便进一步考虑合作方式。"

我感到方总的诚意，遂回信致以谢忱，表示"愿推诚相与，并希望和期待未来我们之间可能有的更多合作"。然后，便将已有的小小的翻译经历向方总和盘托出：

> 首先，在翻译上，我译的第一部书是台北业强1992年版的《两刃之剑：基督教与20世纪中国小说》（合），此为学术著作，至今未再版过。第二本是凌叔华受伍尔夫的鼓励所写英文自传体小说《古韵》（Ancient Melodies），此书的英文版是25年前萧乾先生所赠所荐，后得凌叔华与陈西滢独女陈小滢女士正式授权，亦有业强首版。后于1994年、2003年和去年，分别由中国华侨出版社、山东画报出版社、天津人民出版社接连再版，后两个为图文版。

> 此书如有可能，作为译者我当然还希望能继续有繁体字版。此书非常好读，对研究凌叔华十分重要，林海音先生在世时，十分喜欢此书，写过专文。韩秀女士亦写了文章。现将此一并传奉，供审读。

> 我还在萧乾先生指点下，翻译过费正清的一本《观察中国》。但因此书的著作权在哈佛，估计再版，可能会麻烦些。

> 然后，除了翻译萧乾先生1940年代在英国所作英文演讲的合集《现代中国与西方》，就是《我的童话人生——安徒生自传》和《莎士比亚戏剧故事集》了。

> 因现在翻译书，有版权上的麻烦，我只愿选择进入公版的书来译，像莎剧故事集和安徒生。我想重新翻译的，还有

查尔斯·兰姆的那本《伊利亚随笔》。再就是许多年前，因酷爱莎翁的缘故，曾怀雄心壮志，想把一些莎剧经典新译一下，因觉目前流行的无论朱生豪还是梁实秋的莎剧译本，语言都不十分具现代感，尤其朱译本，还十分拗口。这当然是个精工细活儿。后因无出版机缘，只好暂时放弃。

未曾想到，发出邮件的 8 月 16 日当天，方总收信即复：

傅先生您好：

　　您的译稿和大作，已经转请馆内相关同仁阅读，下月编辑会议将会讨论。如果台湾商务愿意出版您翻译的莎士比亚全集，您会有意愿翻译吗？或者说，如果台湾商务要出版西方经典文学或经典名著（公版书），您会有意愿翻译吗？您的意见，将是我们的进步动力。谢谢。

　　敬祝万事如意

方鹏程敬启

我与方总至今不曾谋面，但从他的信里，总能感到一种信任和温暖。从我们开始互通邮件起，他每一封邮件的最后落款永不变都是"敬祝万事如意，方鹏程敬启"，绅士非常，令我始终没好意思冒昧称他"鹏程兄"。但正是这暖融融的信任，使我对方总充满信任。不过，对于相邀"新译莎译全集"的提议，我还是觉得不可思议。不是不信方总，是信不过自己。我去信问韩秀："我有资格译莎翁吗？"

韩秀像以往任何时候一样鼓励我："你当然有资格译莎翁。

最好，先把老舍传完成，再开始莎翁戏剧的翻译工作。工程浩大，你一定要想清楚了再动工。你可以跟方总说，你必须完成的书有哪几本，完成的时间大约是几时，然后再来讨论莎翁戏剧的具体进程。这样不至于太被动。人生苦短，精力有限，你不要把自己累坏了。"话语间一如既往充满关切和爱。

于是，8月17日，我回复方总：

> 信悉。说实话，您的这个提议，我可从不曾想过，甚至是未敢如此想过。我首先问自己，我有资格翻译莎翁全集吗？昨天致信韩秀老师，征求她的意见。她很爽快地回复说，你当然有资格翻译，只是别太辛苦劳累了！她的意见对我十分重要。此外，我还征询了三位师友，他们都表示支持与鼓励。我也反复认真思考了一下，在此把想法和盘托出来：
>
> 1. 若接受翻译莎翁全集，对我无疑是一个极大的挑战。您能有这样的提议，我首先得谢谢您盛情高谊的诚挚信任。同时，这也将使我得到一个向前辈译者细心学习、研磨翻译的机会。
>
> 2. 我目前正写作老舍传——《老舍：他这一辈子》（老舍写有中篇小说名作《我这一辈子》，我来写写他的一辈子）。计划明年底写完。如果我着手翻译莎翁，估计最初这段时间的进度会相对慢一些。
>
> 3. 对我个人，这在是个大挑战的同时，还是个会持续多年的大工程。我想可否这样来安排进度，第一步，先莎翁悲剧，或可分两辑推出其悲剧集，可单本，可合集。（比

如，先推出四大悲剧《哈姆雷特》《李尔王》《奥赛罗》《麦克白》，然后其他。）第二步，再译并推出莎翁喜剧，亦可分两个时段选择不同剧目先后出版。第三步，最后译莎翁的历史剧，做法如前。不知您意如何。

方总十分爽快地表示同意。这之后，我们开始探讨如何新译的问题。9月25日，我致信方总：

关于莎剧的新译，想了以下六点，呈上供参考：

第一，如您所说，既要新译，则必与旧译有所不同，否则何必重译。除了在重要的名词、事件甚至人物处均加注解，对每剧亦均写导读。这是体例上的新。

第二，就中文表达来看，我仔细比对过朱、梁两位的译文，朱译的许多地方过于拗口甚至别扭，时常连英文的倒装语序都不改，当然主要是因他翻译的那个时代汉语表达远不如现在规范；梁译又时有草率，许多地方译文漂亮不够。我从1987年跟萧乾先生学徒12年（他1999年去世），自信在译文的现代感和流畅性上，完全能够超越他们。我想您对此或许有些信心不足。呵呵。这既是译笔上的新，也是我想挑战一下的理由。（说到此，我还是特别要谢谢您的邀约，其实您能邀约本身就意味着对我的信任了。另外，我觉得，若莎剧能有商务版的新译，也是件泽被读者与后世的功德无量之好事。）

第三，可先新译《哈姆雷特》或《罗密欧与朱丽叶》做样译，若可把译式确定，再着手图远不迟。

第四，若译完莎的全部悲喜剧，我想或可能需三到五年；若译完全部 37 部莎剧，我想可能得六到八年。当然，如果中途有什么事情，可能会出现耽搁。不过，我觉得哪怕做上 10 年，这也是值得的！朱生豪翻译了莎剧 37 部中的 27 部，用了八年，最后因肺病去世。梁实秋断断续续用了 30 年。我当然不会拖这么久。一笑。

第五，您逐册出版的建议甚好，若每年都推出两或三个莎剧，也有益于读者慢慢地领略与接受新译，并期待后者。

另有一点十分重要，我到底还算年轻，精力、体力尚够，若此译拖到 10 年之后，只怕到时是心有余力也不足了。这是我想挑战的另一重要原因。译事是苦差，需有好的身体、脑力做保证。如何请酌。

现在回头看，当时还是把新译的大艰辛想简单了，以至于在把《哈姆雷特》第一幕作为新译样章时，忽然意识到，一旦着手恐只能将《老舍传》的写作割爱。果然如此，新译莎翁给我的老舍研究，画上了句号。

样章新译通过审读之后，台湾商务与我签订了新译莎翁全集的出版合同，新译进度的时间表附在合同后面。那时，方总提出，希望译好一幕先传去一幕。整部新译《哈姆雷特》即是如此，待新译第二部莎剧《罗密欧与朱丽叶》时，则无须如此了。我想，是我的新译文字、丰富注释，以及长篇导读，都通过了方总的"验收"。

2013 年 4 月，台湾商务印书馆出版了我新译的《莎士比亚戏剧故事集》，韩秀为此特意写了推荐序，她在其中写道："兰姆姐弟的莎翁戏剧故事尽量地保存了莎翁诗句的时代风格。但是，人生是这样的艰难，命运待这姐弟两人实在是非常严酷的。在艰难的真实生活里，他们却保存了心境的昂扬。他们的书写平和、舒缓、温柔，带着笑意。他们没有愤怒，没有抱怨命运的不公。他们只是互相扶持着，默默走完人生之路，将一切的爱意、温暖、美好化作文字，留给后人，留给了我们。"

"对于华文读者而言，哪怕幼稚园时代就进了双语学校，英文还是外语，毕竟有着隔膜。好的译文自然是大家所期待的。台湾商务印书馆的这本新译莎翁戏剧故事出自一位勤奋、认真、热诚的学人之手。很多年以前，傅光明博士看到这本书的中文译本，就难以遏止自己要将这本精彩的书再重新翻译一次的冲动。繁忙的研究、写作、编辑等等工作占据了大量的时间，但是始终没有让他放弃将最为贴切的译本贡献给华文读者的愿望。"

我十分感谢韩秀不无溢美的称许，我深知，这称许更应成为我在译事上不断前行的巨大动力。在这本莎翁"故事"的"译后记"里，我写下一些对英文原著的莎剧生发出来的感受：

　　其实，如果不直接阅读英文原著，任何一种"故事"的中译本都无从让我们全面而深入地体会到属于莎翁的原汁原味的语言、丰富的剧情和激烈的戏剧冲突，多元而立体地剖析风采各异的戏剧人物，但是，可以透过兰姆姐弟诗一般的叙事散文，初步领略、感受莎剧的艺术魅力。兰姆姐弟曾说：他们的改写或许无从表达出莎剧原来的丰富意蕴，但它同样含有一种"原生态的美"，正因为此，这部把深奥且精妙的莎翁剧作加以改写的"故事集"，历经两百年的时间考验之后，仍被无数的读者津津乐道，并且让众多读者更易接近莎翁的原著精髓。

兰姆姐弟的"故事集"是引领青年读者解读莎士比亚最好的入门书，原著序文说明兰姆姊弟改写莎翁剧作的初衷："这些故事教导他们学会一切美好而高贵的行为：礼貌待人、仁慈善良、慷慨大方、富有悲悯之心。我们还希望，待他们年龄大了一些，继续读莎士比亚原著时，更能够证明今天的阅读是正确的，因为莎士比亚的作品真的是充满了人类所有美德的典范。"

若能完整领略过莎剧原著，无论何时，只要想起这本"故事集"带你走入莎士比亚的文学世界，你都会从心底发出惬意舒心的微笑。我便是带着这样的微笑，渐渐步入莎士比亚戏梦人生的文学世界。

是的，我微笑着步入莎翁的世界。4月30日，我收到韩秀寄来的生日贺卡，随即写邮件致谢：

收到您寄来的生日贺卡，谢谢！再过两天，我就满48岁了，往回看，还是觉得时间过得飞快。去年的此时，您和Jeff已把我送到华府机场。我们分别已整整一年！不用那两张照片上的一角蓝天和一树玉兰提醒，我的灵魂没有一天离开过那里。它带给我太多难忘的美好记忆。不过，现在对我来说，庆幸的是，有您给我带来的莎士比亚作伴，别的都没有时间去想了。莎士比亚带来的辛苦超过想象，当然，沉醉其中的快乐也远超预期。本想在生日前把《罗密欧与朱丽叶》的译序写完，但总不断有新想法冒出来，便一点一点地扩充，又写到三万字了。还有两节文字，大概还需一个星期可传给您看。

您寄我的那本《莎士比亚如何改变一切》写得很有趣，对我很有启发。好在我已对照注释本新译了《哈姆雷特》，对莎翁的"性"有所领教，否则这本书如此谈到莎翁的"性"会让我大吃一惊。因为无论有些注释的梁实秋译本，还是几乎没有注释的朱生豪译本，都是"洁本"，尤其后者。若非此次参照注释本，竟然对此毫无领会，一直以为《罗密欧与朱丽叶》只是写纯洁无比的爱情，怎么会涉及性。我们接受的一直是19世纪那个无性的圣人莎士比亚。但一做注释，时常感叹，莎翁还真挺"脏"的。像《罗密欧与朱丽叶》第一幕一开场那两个凯普莱特家仆人的对话，几乎全是双关的性语。茂丘西奥更是满嘴脏话，如罗密欧说他一谈性就兴致大增。朱丽叶的奶妈也时常拿性打趣。我想，这应该是莎翁生活的英格兰那个时代人们的世俗常态，"性"对莎翁也并非可有可无。不过，那书作者Stephen Marche说，除了作品中流行一时的性描写，莎士比亚是当时最干净的作家。或也因为"性"，托尔斯泰和萧伯纳都十分讨厌莎士比亚。

我觉得写译序比翻译还累呢！因为有注释本，翻译可以每天按时按量地推进。而写译序，就麻烦了。一要看书、查资料，二要写出"新"得。

说到译序（即后来的导读），我不能不再次感谢方总。我原想，为每部新译莎剧顶多写个万八千字的导读足矣。但放开手一写，发现完全收不住。当《哈姆雷特》的导读写到 6 000 字时，我传给方总看，问他超了篇幅怎么办，估计至少 2 万字。方总看过后，回复继续写，不必考虑字数。这样，《哈》剧导读写到了35 000 字。

此后不久，方总来信，希望先以《罗密欧与朱丽叶》面世，吸引年轻读者。好吧，恭敬不如从命，便临时改变计划，转战《罗》剧，导读写了 5 万多字。方总收到后，并没嫌长，而是十分肯定。再后来，当我刚新译完成《奥赛罗》，方总又提出，希望 2014 年 4 月 23 日莎翁诞辰 450 年之际，以其最著名的喜剧《威尼斯商人》问世祝福华诞。好吧，暂时放下《奥》剧导读，一鼓作气攻坚《威》剧，随后写导读，又写了 5 万多字。

在此，我要特别感谢我的博士后指导老师陈思和教授，几年来，他对我的支持与鼓励让我没齿难忘，之前，他曾分别为我的《老舍之死口述实录》《书信世界里的赵清阁与老舍》两书写下序言。2012 年底，他来北京开会，见面时问我在忙些什么，我告知已同台湾商务签下新译莎翁全集的合同，要把自己的后半生交给莎翁。此后不久，方总提出希望能请一位大陆知名学者为新译莎翁写个推荐语，我首先想到要请陈老师来写。以下是思和老师的推荐语：

> 我不是莎迷更不是莎学专家，我只是想起了自己生命中某个阶段，无论感到困顿还是沮丧，只要捧起莎士比亚戏剧，无论从哪一页哪一行开始读，感情都会渐渐平复，心情会渐渐开朗，心灵也随之丰富。为此，我对于朱生豪、曹

未风、梁实秋等翻译家以毕生精力翻译莎士比亚的努力充满感恩之心。现在，这个光荣行列里又添上了新的名字：傅光明。光明兄尚在壮年，但他说，我从今以后要好好锻炼身体，要心无旁骛，争取译完莎士比亚全集。光明兄就这样认认真真地把自己的后半生托付给了莎士比亚。这在浮尘喧嚣的当今社会，我们能不感动吗？我帮不了他什么忙，只有一个心愿：认认真真读完他翻译的每一本莎士比亚。我期待着。

再后来，我把《奥赛罗》导读的开头几部分传给他看，他问要写多长，我说估计至少得 5 万字。他说没关系，《文学》可以发。《文学》是上海文艺出版社特聘陈思和与王德威联袂主编的大型文学丛书，从 2013 年起每年分"春夏""秋冬"两卷出版。说实话，这令我喜出望外。结果，《奥》剧导读越写越长，收不住了，眼看截稿临近。我便传上长达 5 万余字的《威》导读《〈威尼斯商人〉：一部令人心生酸楚的喜剧》，问此篇是否可用。

很快，这篇导读发在《文学》的 2014 "秋冬卷"，这时已是 2015 年 2 月。

待写完《奥》剧导读《〈奥赛罗〉：邪恶人性是杀死忠贞爱情、美好生命的元凶》之后，发现字数已超 7 万字，遂将全文传思和老师审阅。不想思和老师丝毫不嫌长。几个月之后，这篇导读的全文刊发在《文学》的 2015 "春夏卷"，收到社方寄来的样书时，已 10 月底，临近岁末。

新译完《李尔王》之后，写导读之初，一是题目还没想好，二是感觉难以写出新意，篇幅应不会超过 5 万字。随着对文本细密深入的挖掘，并不断有新的想法冒出来，越发体味到一种思路全开的酣畅，原只想写五章，后延至六章，最后，这篇写了两个半月的导读《〈李尔王〉：人性、人情之大悲剧》，竟扩展到八章10万字的篇幅，连我自己都吓住了！

将稿子传思和老师审定时，虽心下出于敝帚自珍，并不希望压缩删减，但还是禁不住想，应会提出压缩一些篇幅，毕竟太长了！大概是思和老师琢磨透了我的小心思，看过稿后，他回复说："篇幅显长了些，但我还是发下去了。"即便如此，我还是有点儿意外，自然颇感惊喜。

我只能说，并深切感受到，思和老师在以他温暖的力量，支持着我与莎翁签订的这份生命契约，并鼓励我前行。

需要说明的是，2014年3月底，当我从台湾商务的网站上看到中英对照本的新译《罗密欧与朱丽叶》出版信息的时候，内心的喜悦难以言表。3月31日，我在写给忘年交、学者周思源先生的信里，喜不自胜地说：

> 《罗密欧与朱丽叶》已出（出版日期写的是明天——4月1日，新译《莎士比亚戏剧故事集》也是去年的这一天，由台湾商务印书馆出版。它还是我们的结婚纪念日，16年了，不容易）。附件传上《罗密欧与朱丽叶》封面，与您分享。这个封面我非常喜欢，您看看，是不是觉得特有"文艺复兴"范儿？新译《哈姆雷特》将在下半年出版。一想到未来的每一年都将有傅氏新译莎翁不断出版，我的内心就充满了喜悦。……今日之我，已非昨日之我。唯望天假我年，让我把莎翁新译完，此生便了然无憾。

绝没想到，一个月之后的 5 月 5 日，收到方总简短的来信："本人于 5 月起退休，因为公司由王云五的孙子接管，准备改变出版路线，……新译莎翁全集应该会继续出版。……如有机会去北京，当前往拜访，如有来台，亦请联络。"最后落款，还是那熟悉的"敬祝万事如意，方鹏程敬启"。

　　事出意外，我不想妄自揣测什么，只在心里一面默默祝福方总万事如意，一面默默祈祷新译莎翁的出版别因方总退休受到影响，还自我安慰，商务毕竟是百年老店，当以诚信为上。但人愿不如天算，很快便接到商务来函："最近公司经营管理层异动，出版政策大幅修正，致方总于四月底退休，并对下半年的出版品重新评估。……所以暂时决定将《哈姆雷特》《威尼斯商人》延后出书，……其他的译作也相对推延出版，这个不得已的决定还请您谅解与配合。"

　　这已跟我同"老店"签订的出版合同、同我跟方总的约定相违了。

　　事情常会随人事变更发生变化，这再稀松平常不过，但这样的事常使当事人措手不及，一下难以适应，这既是世相，有时更是人情，除了接受现实，并及时调整应对，大概也没什么更好的法子。

　　先等等看。不久，台湾商务来函，言及新译莎翁全集"短期内恐难于持续操作"，并询问我意下如何。这是投石问路呗。此时，我倒十分冷静了。我的想法非常简单，既然当初与台湾商务之缘，因方总而起，如今方总已退，缘尽也罢。缘在牵手，缘尽离散，自古亦然。这样，按照外交辞令的表达，贵我两方经过友好协商，签署"终止合约书"，和平分手，我收回新译莎翁的版权，包括已出版的《罗》剧。

接下来，自然是另谋下家儿，好在几部新译、导读都已定稿，天无绝人之路，断不会待字闺中，终身空守。将译稿、导读传给几位出版界的好友，恳请说媒拉纤，看有无合适的"婆家"愿意接受傅氏新译莎翁的"改嫁"。

最终，2015 年 1 月，与天津人民出版社签订出版合同。

我期待着！

2017 岁末感言：像只小蚂蚁勉力前行[1]

在办公室值班，正好静心回想阳历今岁，聊发一点儿岁末感言。

从哪儿感起呢？

其实早在去年岁末的一天便想好了。那天，妻子从电脑里翻出女儿赴法读书前不久，她写给女儿的临别赠言，其中写道："你学习的努力程度可以自己衡量，做到对得起自己，将来不会后悔就可以了。我希望这也是你以后做事的标准。从生你之后的十五年，我用了 120% 的力气，拼上全部心血，所以无论你成为什么样的人，我都内心无憾，也对得起你。我现在写欧洲的书，是尽了自己的全力。你爸爸翻译莎士比亚也是这样。命定必须做

---

1 2012 年 "复旦版"《书信世界里的赵清阁与老舍》一书，是本书 "上篇" "续篇" 的二合一，书稿以 "2010 岁末感言" 收尾。这个增补本，便以 "2020 岁末感言" 来结束。

的事，自己决定去做的事，就全力以赴。人生没有第二次机会。"

妻子把这段话用微信发给我，并附言："给箫的，小蚂蚁留存，供明年岁末感言引用。"

"小蚂蚁"是我。存下这段话，只为要引在我的"2017岁末感言"开头儿，何况听老婆的话并不丢人。这几年，时常慨叹无论怎么勤奋，个人的学问总显贫瘠，欠缺太多。拿读书来说，越读越觉得自己浅薄，犹如掉在知识巨无霸面包上的一只小蚂蚁，书到用时方恨少。我把这感慨写在给韩秀的信里，她回信便用了这个称呼。"小蚂蚁"其来有自，我愿做这样一只小蚂蚁！

简言之，我们仁都已并将继续在"自己决定去做的事"上"全力以赴"。

关于余生之大志业——新译莎翁，人生不会给我第二次机会，今年除写完《仲夏夜之梦》的长篇导读，并新译完历史剧《亨利四世》（上下篇），另发表了两篇导读：一是在《文学》（2016秋冬卷）上的《〈第十二夜〉：一部浪漫迷人、戏谑风趣的"欢庆"喜剧》；二是在《文学》（2017春夏卷）上的《〈皆大欢喜〉：一部"人人笑逐颜开"的"欢庆"喜剧》。《文学》由陈思和、王德威主编，上海文艺出版社出版。在此，再次感谢思和老师，他在《文学》上发表我写的莎剧系列导读，已三年有余。师恩没齿难忘！

值得一提且颇具天缘的一件事（这让我有点儿犯了迷信）是：我于9月8日起休年假，飞赴英伦旅行。因预订好9月11日晚在伦敦"环球剧场"观看莎剧《李尔王》的演出，当天下午便来到"环球剧场"所在的南华克区，登顶碎片大厦俯瞰全伦敦，参观泰特现代艺术馆。正在泰晤士河南岸一处休息，遥看对面的圣保罗大教堂时，接到天津人民出版社担任拙著《天地一莎翁——莎士比亚的戏剧世界》一书的责编范园女士的微信，告知书已印出。那一瞬的感觉，怎一个爽字了得。这是我新译莎翁的副产品，是对莎翁四大悲剧（《哈姆雷特》《奥赛罗》《李尔王》《麦克白》）外加《罗密欧与朱丽叶》五篇导读的合集，是我的第一部莎剧研究专著，或也可以称之"莎翁五大悲剧论"。

最令我倍感荣幸、深受感动并注定此生感铭于心的一件事，当数作为"复旦百年中文讲坛"的活动之一，11月11日上午在复旦大学中文系召开的我新译莎翁的"出版座谈会"，诚如后来整理的"会议纪要"所言：

> "莎士比亚属于所有时代"，也属于全世界。清末至今，莎士比亚既为中国文学、文化和思想的发展提供了资源，又受惠于中国一代代学人和读者的翻译和阐释，焕发新生。正如陆谷孙先生所说："发现莎士比亚是个永不停歇的进程。"朱生豪、梁实秋、卞之琳、孙大雨、方平、辜正坤……翻译莎剧同样是个永不停歇的进程。

> 每个译者心中都有属于自己的莎翁，每个时代都呼唤着它的新译者。我们该如何替莎士比亚说中文？怎么说？说给谁？如何接着说？散文体还是诗歌体？莎士比亚在中国如何被接受？还有哪些尚待探讨的问题？我们今天如何重新认识和吸纳莎士比亚的遗产？

> 恰逢傅光明先生《新译莎士比亚全集》（第一辑）由天津人民出版社出版，为莎士比亚在中国的接受、传播和研究提供新的契机，带着这些问题，2017年11月11日，来自全

国各地的莎学专家、译者，以及比较文学、翻译学、现当代文学的学者聚首复旦大学光华楼1001会议室，与出版方一道，展开了深入讨论。

本次会议由复旦大学中国语言文学系、复旦文学翻译研究中心、天津人民出版社、《中国比较文学》编辑部、《文学》编辑部、《复旦谈译录》编辑部、中国现代文学馆联合主办。分两个议题展开："傅光明新译莎剧出版座谈会"（上午）和"莎士比亚跨文化解读研讨会"（下午）。

在此，我再次向所有与会的师、友致谢，感谢你们的认可、鼓励、支持。天津人民出版社为使这个会开得有成效，特意赶制出"注释导读本"新译莎剧全集第一辑四部戏（《罗密欧与朱丽叶》《哈姆雷特》《奥赛罗》《威尼斯商人》）的样本。

在陈思和老师、专程由港飞来与会的王宏志老师、前辈谢天振老师和天津出版集团副总纪秀荣女士分别致辞之后，我以"新译、新释莎剧的可能性"为题作了主旨发言，主要谈了以下四点：

第一，莎剧文本与舞台演出的关系。尽管莎士比亚最早纯为舞台演出而写戏（也许仅仅为了多挣钱），尽管莎剧演出史已超过四个多世纪，但仔细揣摩《莎士比亚戏剧故事集》改写者之一查尔斯·兰姆近两百年前说过的话，并非没有道理。兰姆始终认为，高山景行的莎剧，那一点一滴的原汁原味，都只在他剧作文本的字里行间，舞台上的莎剧无滋无味、无韵无致。换言之，莎士比亚的文本诗剧与舞台演出本是云泥之别，莎剧只能伏案阅读，根本不能上演！

时至今日，该如何理解兰姆呢？一方面，兰姆所说并非无的放矢，他那个时代雄踞舞台之上的莎剧，的确多经窜改，原味尽失；另一方面，兰姆意在强调，由阅读莎剧文本生发出来的那份妙不可言的文学想象，是任何舞台表演无法给予的。莎剧一经表演，文学想象的艺术翅膀便被具象化的舞台和人物形象束缚住，甚至限制死。

第二，莎剧中有非常多对希腊、罗马神话或人名、或典故、或故事的借用、化用，以及许多许多对双关语的妙用。除此，一些用词也有其特定的时代背景，并藏着隐晦的真意。

以上两点在朱生豪先生的译本中，几乎没有体现。这自然由他译莎时的客观条件所限。试想，朱前辈翻译时，手里只有一部没有注释的老"牛津版"《莎士比亚全集》和一本词典。而今，不算以前的早期版本，到目前为止，仅英语世界已有许多为莎迷所熟知且津津乐道的莎剧全集，比如颇具代表性的"皇家版""新剑桥版"等标注着"权威版本""注释完备"字样的版本。因此，若想真正步入、研究莎士比亚的戏剧世界，从阅读上来说，势必离不开丰富注释和翔实导读。

第三，几乎可以说，没有《圣经》，便没有莎剧。英国文学教授彼得·米尔沃德牧师曾有如此断言："几乎《圣经》每一卷都至少有一个字或一句话被莎士比亚用在他的戏里。"

的确，莎士比亚对《圣经》熟悉到了完全随心所欲、不露痕迹、运用自如、出神入化的境地。在全部莎剧中，几乎没有哪一部不包含、不涉及、不引用、不引申《圣经》的引文、典故、释义。我们要做的，是努力、尽力去寻觅、挖掘、感悟和体会莎士比亚在创作中，如何把从《圣经》里获得的艺术灵感，微妙、丰富而复杂地折射到剧情和人物身上。因此,如果不能领略莎剧中无处不在的《圣经》意蕴,对于理解莎翁,无疑要打折扣。

从这个角度说,丰富的注释、翔实的导读,不失为解读、诠释莎剧的一把钥匙,也是开启他心灵世界精致、灵动的一扇小窗。

第四,语言随时代而改变,朱生豪和梁实秋所译这两个通行许久的莎剧中译本,里边有许多的译文表述,尤其欧化句式、倒装语序,已不大适合现代阅读。但如何将莎士比亚的诗剧语言,用现代白话"原汁原味"地来表达,始终存在挑战。这里有一个问题:面对通俗浅显的台词,是否一定要用中文成语来表达?因为许多现成的中文成语,自有它在中国文化里的别样意蕴。

总之,既已踏上新译莎翁的不归路,唯有像小蚂蚁一样义无反顾、心无旁骛,在莎士比亚这一大块好玩儿、有趣、十二分累人的文学面包上,慢慢啃食,勉力前行。

值得特书一笔的,还有英伦行。这是我平生第一次独自一人在异国旅行一个月,真的玩儿嗨啦!事实上,从1987年初夏结识恩师萧乾先生的那一刻起,我便开始梦想,将来有一天去他待过七载的英伦、去徐志摩诗意吟咏过的"康桥"一游,不想在30年之后才得以梦圆。

有喜欢读我"岁末感言"的朋友,希望我多晒点儿英伦行。此番英伦行,我每天都记"流水账",一路下来,竟也万字有余。限于篇幅,挑出几天的"流水",既聊以回味,亦与朋友分享。

9月11日:早餐后坐地铁到圣保罗大教堂,不让照相,一省心,二可专心听中文导览。上了耳语艺术回廊,下了地宫，除纳尔逊、威灵顿这两位大英帝国的民族英雄，雷诺兹、透纳、米莱，也葬在这儿。后步行至伦敦塔，后又看塔桥博物馆，再步行碎片大厦，登顶俯瞰伦敦。门票花了几十镑。再至免费的泰特现代艺术馆，看了毕加索、达利、米罗、德加、玛蒂斯等。最后去环球剧场，看《李尔王》。下午接范园微信，《天地一莎翁》终于印出来了！

9月13日：早餐后坐24路公交到威斯敏斯特教堂，拜谒了诗人角的莎士比亚纪念碑。达尔文、牛顿也葬在这儿。诗人角里葬着乔叟、狄更斯、哈代、简·奥斯汀、勃朗特姐妹、亨利·詹姆斯、艾略特等一批诗人、作家，亨德尔也葬在这儿。这主要是葬国王的：爱德华一世、爱德华三世、理查二世、亨利三世、亨利五世、伊丽莎白一世、苏格兰玛丽一世等一堆。真是名副其实的国教堂！……

9月15日：早6点出门，步行至维多利亚站，坐地铁到圣潘克拉斯。吃早餐，坐7:25的火车去丹佛。先后看了丹佛白崖、丹佛城堡，坐火车至坎特伯雷，吃午饭，看大教堂。亨利四世葬在这儿。据认被亨利二世所杀的圣托马斯·贝克特大主教原也葬在这儿，后被亨利八世将坟墓毁坏，将其骸骨焚烧。后又看了建于6世纪的坎特伯雷圣奥古斯丁修道院，原是当时英国最大的修道院，亨利四世时被废弃。晚，回到伦敦。今天上午，伦敦西郊帕森斯地铁站发生爆炸。

9月17日：早餐后，坐25路公交去肖迪奇区。莎士比亚 1599 年前的剧作，主要在位于肖迪奇（Shoreditch）区的"帷幕"剧场和"剧场"剧场上演。ditch 本是臭水沟之意，当时这里环境脏乱差，居民三教九流、鱼龙混杂，真乃藏污纳垢之地。现在，位于伦敦东北郊的这里，仍然远无法与繁华的中心区比，多是涂鸦的墙壁、市场，所谓老街 brick lane 也只有百余年的历史。如此，四百多年前的莎翁旧迹，一无寻觅。不过，到底满足了这样一个心愿：我在莎翁早期戏剧上演的肖迪奇区走过了。然后，坐地铁到荷兰公园站，寻访圣詹姆斯花园 31 号，老舍的伦敦故居。感谢陈西滢、凌叔华夫妇的独女陈小滢女士和她的汉学家丈夫秦乃瑞（Chinnery）及其他一些英国朋友的辛苦付出，得以使英国遗产委员会为这所老舍当年租住的房子颁发了这块意义非常的"蓝牌子"。房子前边即是圣詹姆斯教堂，老舍当年可能在此参加宗教仪式。吃一家不错的越南米线，买了件赴苏格兰穿的稍厚的衣服，步行去邻近特拉法加尔广场的 Adelaide 街街口，寻觅艺术感十足的王尔德雕像，上刻王尔德的名言："我们都在阴沟里，但仍有人仰望星空。"国家肖像画廊就在附近，正好顺便一看，照了些英国国王像，还有莎士比亚和王尔德的肖像画。

9 月 18 日：早退房，终于来到莎翁故乡——埃文河畔的斯特拉福德。看了莎的出生地，1597 年买的带花园的豪宅，女婿霍尔的家，圣三一教堂里的莎翁墓地及纪念碑，最后沿乡间小路到了莎夫人的家——安妮之屋。傍晚，小雨中漫步埃文河。

9月21日：早餐后退房出门，到索尔斯伯里，出站后买35镑通票，包括大巴往返以及巨石阵、Sarum 古堡遗址和大教堂的票。顶风冒雨看了两堆"破"石头，一处英国唯一的史前遗迹巨石阵——太阳神庙，一处中世纪的 Sarum 古城堡及大教堂遗址。最后回到城里，看索尔斯伯里大教堂。世上现存四本 1215 年颁布的《大宪章》原件，这里所藏为最完好的，其他三本有一本藏于林肯大教堂，另两本藏大英图书馆。它的核心点是强调，每个人，包括国王在内，一定要公平对待他人，谁也不能凌驾法律之上。我亲眼见了用鹅毛笔书写在动物皮上的原件。有震撼感！步行去车站，换乘一次，顺利抵牛津。牛津住处不在酒店，在另一条街上，好在不算难找。此行多亏学会使用谷歌地图和英国铁路 APP，否则后果不敢设想。还是得学新东西啊！

9月24日：睡懒觉。早餐不错。今天周日，大英图书馆新馆借阅服务休息，图书馆 11 点照常向读者开放，读者可随便坐哪儿，摊开书，或打开笔记本电脑，做自己的事。馆内约翰·里特布莱特爵士画廊展出的"大英图书馆珍品展"真令人开眼：约翰·米尔顿 1667 年初版的《失乐园》；简·奥斯汀存世的年轻时的三个笔记本之一；雪莱 1819 年的诗稿《暴政的面具》(The Mask of Anarchy)；乔治·艾略特的手稿《弗洛斯河上的磨坊》(Mill on the Floss)；勃朗宁夫人的十四行诗《我该如何爱你》(How do I Love Thee)；托马斯·哈代的整个一大本《德伯家的苔丝》原稿；王尔德 1891 年的童话集《石榴之家》(A House of Pomegranate)；Beatles

乐队的几份歌词原稿；1931 年绘图本莎士比亚 1593 年首版的长诗《维纳斯与阿多尼斯》（*Venus and Adonis*）；莎士比亚 1594 年版的《鲁克丽丝受辱记》（*The Rape of Lucrece*）；1640 年版的《莎士比亚诗选》；达·芬奇三份科学设计手绘原稿；米开朗基罗写给侄子的一封信原件；丢勒 15 世纪末的画稿印本；还有 3 世纪埃及文的《约翰福音》两小块残片。另外，1465 年译成加泰罗尼亚语（Catalan）的《旧约》；存世不多的大开本，1400 年威克里夫（Wycliffe）从拉丁文翻译的英文《圣经》；1420 年威克里夫翻译的《新约》；1525 年版丁道尔（Tyndale）翻译的《新约》。还有 1611 年版特大开本，詹姆斯一世国王钦定版《圣经》。还有几本微型彩图文本的祈祷书。另一个集邮展览（*The Philatelic Exhibition*）也很棒，藏本按顺序编号列了长长一面墙，读者可随意拉出一个查看。看完展览，坐地铁到 St Johns Wood 站，步行至伦敦动物园。太小了，没啥动物可看，门票挺贵，成人 29.75 镑一张。饿了，终于买了份炸鱼薯条吃。然后穿过摄政公园到贝克街地铁站，返回国王十字站。

9 月 27 日：7 点到火车站，吃了东西上车，10：20 到爱丁堡，找到酒店寄存背包便去苏格兰城堡。逛了近三个小时，看了"苏格兰之光"展，苏格兰的"命运之石"和詹姆斯四世从罗马教皇获赠的护国宝剑，以及玛丽女王加冕时的王冠。王冠、宝剑、权杖，即"苏格兰之光"。现在的城堡，除了古城堡本身，还是一个综合博物馆，包括皇家步兵第一团博物馆、苏格兰骑兵卫队博物馆、国家战争博物馆，还有战争监狱。城堡中的小小圣玛格丽特礼拜堂，是爱丁堡最古老的建筑。逛完城堡，去有九百多年历史的圣吉尔斯大教堂，它是爱丁堡的主教堂，也是苏格兰的国家教堂，位于老城皇家英里的中点。然后，步行至为生于爱丁堡的英国历史小说家司各特所建的司各特纪念堂。在去的路上，又遇见一只松鼠，它先背对我，发现我在给它拍照，马上停下来，回头摆姿势，一副见到前世的表情。好玩儿、可爱。然后，沿王子大街，一路走上卡尔顿山，参观小小的纳尔逊博物馆，登塔俯瞰。回程进一公墓，有一纪念碑上刻林肯雕像，碑记：纪念美国军人中的苏格兰战士。闲逛皇家英里大街。饿，吃乳猪肉夹馍，入住酒店。

9月28日：昨夜下雨，今早放晴，天公作美。我爱跑步胜于游泳，乐山过于好水，晨起一路远足，去爬亚瑟王座。亚瑟王座本是一座山，是3.5到4亿年前喷发过的火山遗址，冠以"亚瑟王"一说源出字母拼写的讹误，与亚瑟王并无半毛钱关系；另一说是，亚瑟王曾来此山思考人生。传说时常以故事的方式变成历史！甭管咋回事儿，立"王座"之上，劲风之中，爱丁堡收于眼底。我也在"王座"思考了一下人生：心里装个大海，爬山又有何难。待从"王座"下来，回头望，那不过一小山包。然后，一路走到伊丽莎白二世女王仍在使用的苏格兰行宫——荷里路德宫，亦称圣十字宫，也是当初苏格兰女王玛丽一世的寝宫。比起英格兰历史上的那个"血腥玛丽"，这真是一个"悲惨玛丽"，15岁与法国太子结婚，两年后变成寡妇。二婚后短暂幸福，丈夫又死于自己参与的阴谋。三婚后，不再被信任，连儿子詹姆斯六世都不能再见，只好跑到英格兰向表姐、英格兰女王伊丽莎白一世求安慰，结果被疑觊觎王位，遭囚禁19年，最终被表姐处决。表姐未婚无后，临死将王位传给了外甥、玛丽唯一的儿子，使苏格兰詹姆斯六世成为大不列颠（英苏合并）的詹姆斯一世。詹姆斯一世又厚葬了母亲，将她安放在西敏寺，与她女王表姐的墓同样辉煌、荣耀。宫内不让拍照。宫外是圣十字修道院遗址，门德尔松来此，看了这个忧郁的遗址后，写下他的"苏格兰交响曲"。长叹一息！从圣十字宫花园出来，又看了一下在女王画廊举办的"战争的阴影"摄影展，便顺皇家英里街一路走，来到苏格兰国立博物馆。东西不算多，逛完后，去旁边的灰衣僧人教堂及公墓，据说这里葬了不少苏格兰名人。然后，去看苏格兰国家美术馆，名画真不老少：达·芬奇、波提切利、拉斐尔、提香、凡戴克、伦勃朗、鲁本斯、委罗内塞、维米尔、哈尔斯、梅姆灵、格里柯、苏巴郎的，都有！出美术馆，遛达到司各特纪念塔，还可以登塔，又登顶俯瞰。以此结束爱丁堡之旅，算圆满啦！

10月3日：睡懒觉。退房，去菲茨威廉博物馆，这是剑桥大学艺术和考古博物馆，古埃及、希腊、罗马，都有专厅，东西太多了，看不过来！法国印象派专有一厅，又看了好多，有莫奈、雷诺阿、塞尚等，还有一幅凡·高1885年的《秋景》。还有中世纪和文艺复兴早期的绘画，有米开朗基罗的老师吉兰达约，也有文艺复兴时期的提香、丁托列托等。12点，在剑桥大学出版社书店门口，与《剑桥：大学与小镇800年》一书作者尼克教授（柯瑞思）相聚。他带我到菲茨威廉博物馆咖啡厅共进午餐，送了我书，之后又陪我看了博物馆中的部分展品，再兴致十足地陪我走了一遍国王学院，在那块徐志摩石头那儿合影，然后绕一小圈路去看吴为山雕的孔子像。回到三一学院门口，他指着一扇窗户风趣地说："当年牛顿就在那儿，这棵就是带着那棵基因的苹果树。"美好、愉快、难忘的记忆！我会因尼克更喜欢剑桥。与尼克分手后，忽想起大名鼎鼎的牛顿桥，便又走回头路，去看这座据说由牛顿亲自设计、用无数钉子钉成的木桥，以此作别剑桥。值得一提的，还有本笃街口的那座圣体钟，由约翰·泰勒设计，2008年由霍金揭幕，造型是一只蚂蚱吞食时间，以此提醒人们流光易逝。

10月6日：今天是最后一天了！早餐后，坐地铁到滑铁卢站，换乘火车去汉普顿宫。汉普顿宫常被比为英国的"凡尔赛宫"，这肯定让英国人不爽，不仅因为它是英王亨利八世的王宫，或更因为它岁数比凡尔赛宫大一百多岁呐！汉宫是英王亨利八世的王宫。亨八无疑是个任性的国王，简单说，因离婚跟罗马教廷闹翻，与之反目成仇，使英格兰从此成为新教国家。国王厅、皇家礼拜堂都好看。汉宫的大花园非常漂亮。可以坐在草地上，享受自带的阳光午餐。看了艺廊里皇家收藏的雕塑。还看了以曼塔尼亚名字命名的画廊，内收查理一世购得曼塔尼亚所画的《恺撒的凯旋》。亨利八世是伊丽莎白一世女王的父亲，他儿子在此降生，9岁时成为爱德华六世，因病早逝，后由被后人称为"血腥玛丽"的女王继位，再由伊丽莎白一世继位。到她1603年去世，都铎王朝结束，然后由苏格兰詹姆斯六世继位，成为"英苏"合并后的"大不了颠儿"的詹姆斯一世，开启斯图亚特王朝。莎士比亚生活的时代横跨了伊、詹两朝，因莎会写戏，又会来事儿，两位国王对他都不错。在汉宫转了三个多小时，坐火车返回滑铁卢站，再倒地铁到威斯敏斯特，去丘吉尔博物馆（战时内阁办公室）。这个馆太有历史感了，而且从进入这一位于地下的"二战"时英国抗战指挥中心，现实冲击力便扑面而来。展厅中的许多陈列、布置，都与丘吉尔战时内阁的彼景一样。今晚向英伦告别，我选择从"丘吉尔"出来，一路经骑兵阅兵路、圣乔治街、白厅大街、特拉法加尔广场、查令十字路、莎夫茨伯里大街、大罗素街，走到大英博物馆，以此向"大英"辞行。今天周五，大英博物馆晚8点关门。先看9月14日新开的特展"斯基泰人：古西伯利亚武士"。能想象吗？2500年前，在广阔的西伯利亚平原，游牧着一群群令人敬畏的武士部落。展览意在以古老、精美的出土文物，挖掘斯基泰人的故事。然后，在古埃及、希腊、罗马文物展厅转了一圈，直到"大英"关门！

明年，我希望去欧洲文明的摇篮——希腊！

2018 岁末感言：一切的努力都不是白费！

希腊神话中天神们的信使赫尔墨斯，脚生双翅，可他怎么跑得过时间？

光阴飞得真快，一点不留情面。我现在写下的，已是第 10 篇岁末感言！

2009 年写第一篇岁末感言，缘起于韩秀。以下是《2009 岁末感言》中的一段话：

> 这位"老"朋友，寄来了她的作品，有小说，有散文，她在每本书上都题了一句话，我一下子感觉她成了我的亲人一般。还有一张新年贺卡，是写给我和妻的，她说："不能说真的认识你们。但是，我已经透过文字看到了你们的精神。2009 年的岁末，却知道了这样一个事实：在中国，有你们这样的学人。那是极大的鼓舞……"

"老"朋友接着写道："这张卡片很美，谈的是爱与宁静。那便是文学最终的追求了。欧洲人文主义之精髓，便是驯化兽性，激发爱心。每念于此，我们就会觉得，一切的努力都不是白费。"

　　贺卡的封面是两只小鸽子，一行英文是 Love and Peace（"爱与和平"，也可理解为"爱与宁静"）。

　　十年过去，与韩秀真的成了"老朋友"。十年来，她对我像守护天使一样，给予无疆的大爱，给予精神的温暖和前行的力量。《书信世界里的赵清阁与老舍》的写作缘起于她；若没有她牵缘，我绝不会从 2012 年开始新译"注释导读本"《莎士比亚全集》。

图 48　作者在美期间与韩秀一起逛艺术节

24 日平安夜这一天，收到韩秀寄来的圣诞贺卡。用裁纸刀剪开信封，打开贺卡，读完，泪流满面。她这样写道：

Dear 光明：

这一款圣诞卡，只剩一张了，还是寄给你。日前有人来家里采访，谈及清阁与舒先生，我告诉他们，去看傅光明的书，最为可靠。有人谈及莎翁中译，我跟他们说，傅光明的译本最为可靠，导论尤其珍贵。

2019 年快到了，你多保重，吃饭、休息都不可轻忽。如此这般，才能顺利完成你的志业。

圣诞快乐！新年好！

With love

Teresa+Jeff

2018 年岁末

Jeff 是韩秀的先生。2012 年赴美时，我与 Jeff 一见如故。闲暇时，Jeff 喜欢聊发少年狂，开跑车出去兜风。

回首这十年，深感志业上的一切，都缘起于韩秀。假如真有神，我一定得到了神的眷顾与恩典。其实，这都归结为韩秀所言"一切的努力都不是白费"。

岁末盘点，颇感几分欣慰的是，今年可算自己的第一个"莎士比亚年"：六七月间，天津人民出版社出版了新译《莎士比亚全集》第一辑（四本）：《罗密欧与朱丽叶》《威尼斯商人》《哈姆雷特》和《奥赛罗》。9 月 30 日，正在雅典拉里萨中央火车站候车，准备前往卡兰巴卡"空中之城"——山顶上的修道院，收到责编范园的微信，传来莎士比亚四大喜剧导读合集的《戏梦一莎翁——莎士比亚的喜剧世界》的样书靓照。

除了这五本莎翁书，12月，旧译《我的童话人生——安徒生自传》，由上海译文出版社新出。

一年六本书，可算丰收年！

另外，还有两事向亲友们报告：

一、今年新译完成《理查二世》和《亨利五世》，并写完导读。至此，已完成莎翁"四大悲剧""四大喜剧""四大历史剧"外加《罗密欧与朱丽叶》的新译，新译第一大战役落幕。

二、今年的年假在土耳其和希腊度过，去了许多魂牵梦绕之地。难以忘怀，离开塞萨洛尼基，结束希腊行的前一天，走在迪奥的废墟残迹中，遥想当年亚历山大东征前那场盛大的祭祀众神的仪式，想象迪奥曾有过怎样的恢宏气象！说实话，从个人偏好来说，我喜欢前基督教时代古希腊这个众神信仰的时代，而且，越来越喜欢那位会享乐的酒神狄奥尼索斯。难怪在罗马时代，有喜欢他的罗马人把自己的别墅命名为"狄奥尼索斯"。

有喜欢读我"岁末感言"的朋友，去年读了没晒全的英伦流水账，希望今年把土耳其、希腊流水账晒全，说这对于选择自由行的朋友，简直就是实用导览。

好吧，流水落红于此，既是甘醇回味，亦与朋友分享：

9月8日，乘凌晨0:10土航021，一早抵达伊斯坦布尔。买了城市卡，坐T1一路来到老城。找到"老城最佳地段酒店"，寄存行李，出发。先看蓝色清真寺，再看苏丹阿哈迈德陵墓。然后，圣索菲亚大教堂。下起小雨，去托普卡比王宫。雨大了，正好遥看博斯普鲁斯海峡。雨过天晴，又步行至建于公元532年的地下水宫，拜占庭奥斯曼帝国时期的蓄水池，走到尽头，看那两个倒置的美杜莎头像。在老城区走了一整天。累了，收工。

9月9日，酒店早餐不错，吃饱饱。坐T1到头儿kabatas，步行至新王宫。后到塔克西姆广场，独立大街，去阿亚特里达教堂（Ayatriada Church）。再去柯拉教堂（Chora Church）即卡里耶博物馆（Kariye Museum），精美的拜占庭马赛克镶嵌壁画！再到苏莱曼尼清真寺。步行至耶尼清真寺，深切感受到信仰的力量。步行过加拉太桥，排队登加拉太塔，俯瞰。下塔，见谷歌地图显示帕慕克的纯真博物馆不远，饿着肚子步行20分钟赶到。5:30止票。坐T1返回。

9月10日，早餐后，T1到Kabatas时刚9点多，最早一班博斯普鲁斯游船10:30开。等待。游船往返一个半小时，看海峡亚欧两岸。后去塔克西姆广场，走独立大街，到圣安东尼奥教堂。后走到轻轨站，下车步行经伊斯坦布尔大学，来到大巴扎。闲逛一会儿，再步行至小圣索菲亚清真寺。

9月11日，5:30起床，收拾东西。飞机10:40准时降落伊兹密尔机场。坐车，驶往赛尔丘克，终于来到以弗所，一个梦之地！太阳晒得厉害。参观完，在遗址外去夜莺山上的圣母玛利亚小屋，后回到城里的阿尔忒弥斯神庙遗址。明早最早班开往代尼兹利的火车9点才开，决定坐汽车。先参观小而精彩的以弗所考古博物馆，后买了明天8∶15的汽车票，40里拉，三小时到。最后步行至圣约翰教堂遗址。以弗所之行圆满落幕！

9月12日，未及吃早餐，一早到车站，8∶30小巴来，三个小时直达棉花堡。真是自然之地质奇观，白色的石灰岩，像朵朵棉花，水漫溢流过，光脚走在上面十分舒爽，就是硌脚。堡上方是希拉波利斯遗址及博物馆。为赶到伊兹密尔，不敢久留。逛了两个半小时，下山，先取寄存的背包，后直达代尼兹利汽车站。由代尼兹利开往伊兹密尔的车很多，买了2∶10的车票，35里拉，6点半抵达伊兹密尔。到酒店整7点半。

9月13日，房钱没包早餐，图方便，花40里拉吃的酒店早餐。刚下过小雨。寄存行李，8∶30出门，步行至阿塔图尔克纪念雕像，后沿海边走到城市地标库纳克钟楼，再步行至艺术和雕塑博物馆，馆不大。继续步行一个考古博物馆，馆很小，罗马时期的雕像十分精美。然后去历史和艺术博物馆，小小的，真有宝贝收藏，酒神、爱神、小爱神，太棒啦！语言在艺术面前真无力。然后，步行至当年为亚历山大大帝兴建的市场（Agora），再步行到不远的起源于18世纪中叶的克兹拉哈斯汉巴扎。在海边餐馆花27里拉吃条烤鱼，计划中的伊兹密尔行程结束。晚返回伊斯坦布尔。

9月14日，在酒店吃早餐，后步行至伊斯坦布尔考古博物馆和王宫博物馆，都很好看。遗憾的是，考古博物馆的馆宝亚历山大石棺关闭不开。雨时停时下。索性回酒店，取寄存的行李，早点取行李。然后轻车熟路坐 T1 换乘 M1，3 点半就到了机场。天晴了。晚抵希腊，蓝线地铁 10 点才开，宪法广场下车，酒店倒不远。

9月15日，8点多出门，步行至卫城，路上买了块蛋糕吃。终于见了帕特农神庙（雅典娜神庙）、伊瑞克提翁神庙、胜利神庙、狄奥尼索斯剧场等。深感帕特农没想象中壮丽辉煌。下山再步行至哈德良拱门，再奥林匹亚村宙斯神庙。然后返回看卫城博物馆。之后，步行去国立（考古）博物馆。路上花 20 欧吃了顿饭。有了劲儿，走到博物馆，一直看到 5 点多，算走马观花看了一遍。坐在博物馆台阶上歇口气儿，往回走，路过雅典学院，肃然起敬！回到宪法广场，将近六点，正赶上士兵换岗。

9月16日，早出门，爬上吕卡维多斯山，遥看卫城，俯瞰雅典，然后下山，直接步行至赫淮斯托斯神庙，再步行到拜占庭博物馆。又热又累，步行回公寓休息。

9月17日，坐车去迈锡尼，途经科林斯运河，下车观瞧，人间奇迹。10点到迈锡尼遗址。不大的地方，看遗址和博物馆。开车的司机叫奥德修斯，希腊神话中英雄的名字。下午回到雅典。

9月18日，9:35，飞机准时降落罗德岛。酒店老板娘真好，真热情，直接让入住，且把一切信息都准备好了。太可爱啦！放下背包，出发。一刻钟步至老城，先参观骑士团宫，走古城墙，骑士团城堡遗址，看苏莱曼清真寺（不开），再看考古博物馆。之后沿海边走到当年有阿波罗巨像的港口，港内广场有一尊小小的阿波罗铜像。然后，绕一大圈，终于找到开往林多斯的公交站。又溜达到港口处。只在罗德岛住一夜，算告别吧！

9月19日，吃过早餐，坐8:00大巴，9:30到林多斯。林多斯的卫城遗址不大，上山只有一条路。上去后，一会儿就转完了。然后下山，到广场，买11:00大巴票，12:30返回罗德镇。吃了一份蔬菜沙拉，6.5欧，然后步行近3公里，去看罗德岛的卫城遗址，算向罗德岛告别。回酒店取背包，走到附近机场大巴站，坐3:45车。早早到了机场。9点10分，飞机准时起飞，10:10落地伊拉克利翁。

9月20日，一早去码头买票，十分顺利，一下买好三张船票。然后买了大巴票，直接坐车去克诺索斯宫遗址。遗址比迈锡尼遗址大不少，值得一看。转了两个小时，坐大巴回市中心，下车就是伊拉克利翁考古博物馆，克诺索斯宫的出土文物真精彩。有这样两个地儿，伊拉克利翁便此行不虚。然后，长途步行至库勒斯海防要塞，这是威尼斯人16世纪建造，用来抵御土耳其人的海上进攻。买好明天去雷西姆农的巴士票，闲逛公共广场、狮子喷泉。

9月21日，在酒店吃早餐，退房，步行至巴士站，8点半准时发车，10:20到雷西姆农。下车即买好明天回伊拉克利翁的车票。步行去逛威尼斯城堡要塞。然后，去看考古博物馆。这个馆真小，小到只有一间展厅。逛完了，回公寓，入住。休息后，随意逛小巷，十分惬意。

9月22日，坐9:45巴士，11:15准点回到伊拉克利翁巴士总站，轻车熟路到酒店，房间已可入住。收拾一下，出门，步行至克里特历史博物馆，不大，展出整个拜占庭时期的一些耶稣圣像、壁画，及克里特出土的文物。有个当代艺术展，系列油画《畸形：人的历史（1949—1978）》，蛮有意味。人时常不就是个畸形物嘛！克里特和第二次世界大战历史博物馆周六闭馆，去看圣米纳斯大教堂。这还是第一次进入希腊的教堂。然后开始狂走模式，走到克里特大作家尼科斯·卡赞扎基斯（Nikos Kazantzakis）的墓园，位于以他名字命名的公园小山上。然后步行至希腊东正教教会，再步行到威尼斯城堡，进堡转了一圈儿。赏夕阳景。

9月23日，在酒店吃早餐，退房，一刻钟步行至码头，上船。9:30准时开船，航行三个半小时到圣托里尼岛。酒店在费拉。坐mini巴士，车上满座，每位20欧，感觉像宰客。入住后，找到巴士站，坐车到伊亚，大巴票价才1.8欧。在伊亚逛到日落，坐7:20大巴返回费拉。从车站步行回酒店，天都黑了。

9月24日，一早，先去山顶，看那因上了美国《国家地理》杂志而蜚声的"蓝顶教堂"——圣母玛利亚天主教堂。然后，步行5公里去山城小镇皮尔戈斯（Pyrgos）。坐大巴回费拉巴士站，再坐车到毕瑞莎（Perissa），看黑沙滩。返回费拉，回酒店休息一下，4点多便到了蓝顶教堂，一直待到日落。两天圣岛行结束。

9月25日，结账。坐9:45大巴，10点到港口。1:10开船，上船前遇到一对从1984年开始在美国定居的中国夫妇，丈夫1948年生，妻子1953年生，在船上聊了一路。6点到米克诺斯岛。遗憾的是，下船后一问订票处，得知因天气原因，去提洛岛的船明天不开。这处阿波罗神庙遗址看不成了。的确，住下后，外面的风声大起来，都有点儿为后天下午返航雅典担心。

9月26日，睡懒觉，快9点了，下楼，准备出门，正想早饭吃什么呢，发现楼下备好了自助早餐。原以为没早餐，结果，有蛋有肉有水果，相当好！吃饱喝足，脚下生风，逛着迷宫一样的小巷，逛到米克诺斯风车处，然后按谷歌地图一路走5公里，走到"天堂海滩"（以前的天体浴场），然后坐12:30的巴士返回镇中心。看了考古博物馆，再看米克诺斯的重要地标建筑——"白教堂"（帕拉波蒂尔阿尼教堂）。累了，在小威尼斯区的海边餐厅，吃一锅牡蛎，补充体力。

9月27日，吃完早饭，赶紧去附近的船航票预订点，明天的飞机只能订下午6点的，到雅典的时间跟坐船差不多，只好坐跟今天离港时间一样的同班船。但愿明天天公作美！票定，剩下就是闲逛。看了几个小画廊，逛了一些纪念品小店，都挺贵的，只逛不买。吃过午饭，回酒店睡觉。索性好好休息一下！

9月28日，吃完早饭，躺在床上耗时间。窗户正对着旧港码头，看着出海的船，一想可能是去提洛岛的，心里就觉得不爽。这就是旅行中遗憾的况味。上午下了一阵中雨，很快停了。一见下雨，我的小心脏又揪紧了。12点退房。吃了快餐午饭，坐12∶30大巴到新港。一直等到13∶45开始登船。开了六个多小时，8∶30到比雷埃夫斯港。顺顺当当回到雅典！

9月29日，5∶30起床，坐7∶30由里奥西翁巴士站发车的大巴，10点抵达德尔斐。先看阿波罗神庙遗址，再看德尔斐神庙遗址，最后看德尔斐遗址博物馆。真是太精彩了！一直看了近5个小时，简单吃个汉堡，坐4点的大巴，7点多回到雅典。德尔斐之行在雨中开始，在雨中结束。

9月30日，一早赶到拉里萨（Larissa）中央火车站，坐8∶20火车，前往卡兰巴卡（Kalambaka）。火车晚点，下午2点才到。出火车站，遇到一位很好的出租车司机，跟他谈，先送我去酒店，然后带我转修道院，最后把我送回酒店。他满口答应，一共60欧。这样太便利了，何况下着雨，且有的修道院关门早。自己坐大巴转悠，简直难以想象。再说，时间也不允许都看。先到酒店办入住，放下背包，出发。先看一个修女院，然后看最大的修道院，最后看关门最晚的修道院。5点前回到酒店。吃晚饭，烤猪肉真香，怕撑着，没敢吃完。卡兰巴卡迈特奥拉（Meteora）"空中之城"（山顶的修道院），辛苦而美妙的一天！

10月1日，坐早8:19火车，于12点抵达塞萨洛尼基。希腊火车晚点得厉害，票上写11:24到。很快找到酒店，入住。然后沿海边步行去白塔，接着去考古博物馆，馆是新的，好东西不多，一尊屋大维雕像便算馆宝了。然后去圣索菲亚教堂（Ag. Sophia），据说穹顶9世纪的耶稣升天马赛克镶嵌壁画最能代表拜占庭风格。然后继续前行，看圣季米特里奥斯教堂（Agios Dimitrios），是拜占庭早期的教堂，据说也是希腊最大的教堂（没考证）。壁画残损得厉害。最后看了建于303年的罗马皇帝卡莱利乌斯凯旋门。曾作为其陵庙的圆形教堂已关门。酒店位置很好，就在海边，邻近亚里士多德广场。晚上闲逛，一天结束。

10月2日，在酒店吃早餐，早餐很好。退房，把背包放前台，出发，公交不知怎么坐，只能步行，先去帕那吉亚·哈尔凯翁教堂（Panagia Halkeon Church），外观属于典型的拜占庭式。然后走到卡莱利乌斯凯旋门处，看圆形教堂（Rotunda of Galerius）。沿途有卡莱利乌斯鼎盛时期（250—311）的宫殿遗址。接着看拜占庭文化博物馆，馆很大、很现代，馆藏并不太丰富、宝贵。这是好东西看多了落下的毛病。见战争博物馆在附近，也顺便一看。回酒店取背包，下午2点换住公寓，邻近亚里士多德广场，非常舒适。然后花5欧打车上山，看城堡、拜占庭城墙。然后一路步行下山，穿街过巷，逛市场，感受这里低廉的物价。

10月3日，早餐自己做了面条。坐9:30的车，去佩拉。佩拉和迪奥，都是韩秀老师建议的。先看了佩拉考古博物馆，然后看遗址，转了近3个小时。下午回来，还有时间，又上山，去看建筑颇有特点的瓦拉塔顿（Vlatadon）修道院，看了建于12世纪的圣大卫教堂（Osios David），小小的，主坛上那幅12世纪的马赛克壁画很棒。回公寓路过超市，又给女儿买了好吃的点心。晚饭继续吃面，佐料多了，好吃！

10月4日，早餐后出门，坐车前往亚历山大时代的繁盛城市迪奥（Dion）。先看迪奥考古博物馆，出土的那些文物实在令人震撼。然后去旁边的珍藏馆，看了那幅从罗马时代的迪奥遗址狄奥尼索斯别墅出土的、巨大的马赛克镶嵌地板画，真精彩。然后，在巨大的考古公园，一个接一个的神殿遗址，罗马、希腊剧场遗址，迪奥古城遗址，转了近三个小时。今天是在塞萨洛尼基的最后一天。晚饭后，逛到白塔，向塞萨洛尼基辞行。

10月5日，昨晚睡得早，6点多就睡不着了。索性起床，做早饭。吃饱喝足，收拾行囊。8点半出门，去机场。

奥林匹克航司的柜台已开始办理登记手续。11：35 准时起飞，45 分钟后，落地雅典。这回轻车熟路了，买票，坐机场蓝线地铁，宪法广场下，步行至普利阿莫斯酒店。然后，步行到贝纳基博物馆，一所综合性博物馆。馆挺大，珍贵文物不算多。综合的缘故吧，收藏地中海沿岸国家和地区的文物。回城绕道儿雅典学院，向雅典辞行。今天是在雅典的最后一晚。

10月6日，睡懒觉，9点退房，存行李，出门。步行去希腊市场考古遗址看阿塔罗斯柱廊，上次心里想着看完赫淮斯托斯神庙再看它，结果居然忘了。都在考古遗址里。然后，往帕辛纳克体育场走，沿途顺路看了哈德良图书馆遗址、罗马市场遗址。走到帕辛纳克体育场，一座全大理石的体育场，带来希腊式震撼！这是对希腊众神开创的竞技和体育精神的最好纪念和象征。待了一个多小时。最后，步行到基克拉迪文化与古希腊艺术博物馆。太棒的一个馆，以此向希腊辞行再好不过！

2018独自闲行土耳其、希腊圆满落幕！

2019 岁末感言：我不是一个人才！

又到岁末，离农历年的猪尾巴尖儿已不到一尺光阴。

年终盘点，我惊喜地发现：我不是一个人才！

35 岁评上研究员，眼看即满 20 年的正高，不算人才？分明是矫情。

真的！若拿当下高校严苛的引进、考评之类指标套在头上，压根儿不算人才：一无随便一顶什么冠冕，不见哪条江、河、山岳，光秃秃连一道小沟、一座小庙也没有；二无随便什么重点不重点的课题、项目及五年八篇 C 刊论文；三无任何一个能沾上边儿的奖项；四无哪怕半天的海外求学、访学及研究经历，虽说近十年来，我每年利用年假游走了法国、意大利、荷兰、比利时、美国、德国、西班牙、英国、土耳其、希腊，但这些全不作数。若非认定自己是个人才，顶多算"四无"人才。

好吧，以下对"四无"人才的年终账目做个归总。

一、"莎剧的黑历史"

四月，东方出版中心出版了一本由青年学者熊辉老弟作序的小书《莎剧的黑历史——莎士比亚戏剧的"原型故事"之旅》。开心无比的是，此书得到陈思和、谢天振两位老师，宋炳辉、宋明炜两位好友的倾情力荐：

> 傅光明先生不仅是一位优秀的莎士比亚戏剧翻译者，而且还立志成为中国的莎学专家。他引经据典，追根溯源，对莎士比亚戏剧故事的原型做了丰富而有趣的探索，大大拓展了莎剧的学术视野。如果说，莎士比亚是世界文学之巅峰，那么傅光明先生的研究成果，为我们展示了高峰背后一派气象万千的群峦。
>
> ——陈思和

> 傅光明先生经过认真而翔实的研究，为他新译莎剧所撰写的一篇篇导言，无疑都是集文献考析与文本分析为一体的精彩论文，可以视作译介学近年来罕见的优秀成果，而且篇篇读来妙趣横生，又是为新一代读者打开莎剧这个宝库的一把把金钥匙。
>
> ——谢天振

> 经典重译即重释。它既回应当代读者的期待，也是译者和阐释者精神生命的灌注，更是经典的延续和拓展。傅光明以一己之力重新译莎和释莎，都给我们带来了趣味、慰藉和

惊喜。

——宋炳辉

　　傅译莎士比亚是属于我们这个时代的莎士比亚。傅光明先生用学者的功夫来考释词语典故文化，用诗人的热情来把莎剧语言翻译得通晓流畅。在好好地读一本傅译莎剧之前，不妨先从这本所谓暗黑莎剧诠释入手，你会发现，西方经典也可以那样鲜活热闹。

——宋明炜

　　这儿多说几句思和老师。今年元旦，给思和老师发邮件，呈上一篇新的莎剧导读及 2018 岁末感言，次日便收到回复："拜读来信和岁末感言。每年都看到了你的良好的精神状态，为你高兴，也为你翻译莎翁的著作而感到骄傲。要坚持下去。希望新的一年给你带来好运，顺利地工作，健康地生活。"结果，春节刚过不久，健康出了点儿小问题，因久坐成疾而住院，需要手术。2 月 21 日下午，躺在病房里等候上手术台。说实话，从小到大，从未做过全麻手术，难免有点紧张。手术前一个多小时，收到思和老师短信发来的上边那段关于"黑历史"的推荐语。回想几年来，思和老师对"傅译莎"的鼎力支持，我是眼里闪着泪花儿，心底漾着温暖走进手术室的。这样的一天永难忘怀！

二、"傅译莎"第二辑

　　人间四月天。四月，天津人民出版社推出傅译"注释 + 导读"《莎士比亚全集》第二辑（五本）：《仲夏夜之梦》《皆大欢喜》《第十二夜》《李尔王》《麦克白》。

对新译不多说，这儿要特别感谢《文汇读书周报》的朱自奋女士，她的专访《以一己之力新译莎翁全集——访莎士比亚全集译者傅光明》发在 1 月 14 日 "文汇读书"。第二天，收到好友张业松转来的微信：

> 真没想到，现代文学馆的一位研究员，以一己之力，重新翻译、诠释三十多卷的莎士比亚全集！（我有 18 几几年版的莎士比亚全集，现在不知放到哪里去了。）
>
> 以前，不知道他还是位翻译家。从文中揣度，他似乎过得并不顺心。于是，潜心翻译这部世人耳熟能详的大书，成了他的余生（其实他的年龄并不大）所系。翻译是不讨好的。特别对象又是莎士比亚全集——它特别要求译者个人的自然条件之一是，还得活得足够长。
>
> 这种读书人的发奋和奋发的著作精神和实践勇气，令人肃然起敬，值得从文者学习。也会对每一位不想虚度光阴、打算认认真真过一生的人，有所启迪。他说："我只想在这个装了无数龌龊灵魂的薄情世界，愉快而深情地活在自己的风景里。"
>
> 还有更好的方式吗？

有趣的、没事儿就跑个 "全马" 释放体内超能量的业松兄，一未告知此君为谁，二未附上片言只语，估计只让我把这个当成纯励志，免生枝蔓。

事实上，从 2018 "傅译莎" 第一辑（四本：《罗密欧与朱丽叶》《威尼斯商人》《哈姆雷特》《奥赛罗》）出版后，便不断获得暖心的无名者的励志。

以下是节自"当当""京东"的读者网评：

我是一个莎士比亚迷，莎士比亚各个版本的译本我都买，和莎士比亚相关的电影、戏剧我都要看。最近好多年，很多出版社都在用朱生豪先生的译本炒冷饭，各种版本层出不穷，然而我觉得朱生豪的译本是有问题的。我对比过英文原版，朱先生的翻译有很多并没有直译，都做了"委婉"的处理，这并不是莎士比亚的本意，我们看到的莎士比亚是被动了手脚的。直到傅光明的新译莎士比亚的出现让我眼前一亮，这正是我期待的版本。傅光明是我非常敬佩的一位学者，师从著名文学家、翻译家萧乾先生，从一开始翻译凌叔华用英文写作的《古韵》就出手不凡，读来仿佛就是凌叔华用汉语所写，完全符合作者气质，一个翻译者最高的水平不是假如翻译者自己的"创造"，而是最大程度地与原作"贴合"。此次新译莎士比亚是目前最贴近莎士比亚气质的版本，是对莎翁翻译的一种纠偏，使莎士比亚走出书斋，真正回归剧场，回归大众。

收到新书真是太开心了！对于傅老师的莎剧新译本已经期待很久。时代更替，语言更新，莎剧确实需要具有时代感的中文新译本了！当年朱生豪创造性叛逆地将《罗密欧与朱丽叶》翻译成"洁本""净本"，具有当时的时代特色。傅译本弥补了朱译本对带有性暗示文本的漏译和有意误译，还原了英国文艺复兴时期生动鲜活的莎翁世界。期待傅译莎剧全集的早日出版！

这个版本在导读中，译者傅光明会介绍其故事源头、作者灵感来源，介绍中文各译本优劣，介绍剧情，分析剧中人物性格，以及自己对此剧的独特理解。这样的导读对阅读是很有帮助的。而且傅先生的翻译也保留了莎士比亚原汁原味的感觉。

莎士比亚翻译我最爱朱先生的，看了傅光明先生的此新译本的介绍，心里发痒，买一本试试看，果然不错。印刷装帧精美，纸也很好，大幅经典插图不少，版式也好。关键是译文很不错，注解非常详细，还有导读，对于普通读者很有价值。以一己之力译莎士比亚，历史的责任，文化的雄心，值得高度赞赏。傅译很不错，缘于站在朱先生等巨人肩上。和朱先生一样，可为珍品。此天津人民出版社版，装帧该用布面，再贵也值。

英文莎剧文本在不同版本中略有出入，标点符号使用也并不一致，傅氏译本在必要时标注在注释中，既确保了翻译底本的权威性，也在注释中让读者一览各版本的优劣和特色。面对如此众多的英文版本和中文译本，丰富广博的莎剧语言，若没有坚定的专注力和严谨的治学精神，任何人都难以完成如此浩瀚庞大的翻译工程。向莎剧新译本致敬！

《奥赛罗》是莎剧中剖析人性之恶最为深刻的一部剧。书后导读长文中的版本研究和透辟观点显示出译者对莎剧的极大热爱。历年来，莎剧译者大都对莎剧有深刻而独特的体会，同时又是莎剧研究者和批评家，但单纯的莎研者和批评家却不一定能做好莎剧翻译。近年来出版的莎剧全集，多为朱生豪、梁实秋译本的重新校注再版，或多人合作的翻译之作，傅氏译本避免了以往译本完全以中文的诗体形式代替莎士比亚诗剧原作所带来的对现代中文阅读流畅性的影响，译文生动灵活，富有韵律，却并不古板拗口。适合舞台表演与潜心阅读。大爱！

傅光明老师是现今浮躁的社会里少有的沉下心做学问的人，从老舍到莎士比亚，傅老师给读者、给现代人，还原了一个真实的老舍，也正在还原一个原汁原味的莎士比亚，感谢傅光明老师。

傅（光明）译本和朱（生豪）译本的最大不同，在于傅译利用了国际莎学的研究成果，并以现代汉语译出。朱生豪先生十分杰出，但他译莎时条件简陋，无法了解莎剧背景，需要靠自己揣摩。几十年过去了，现在已经有条件从英国历史和文化中精确理解莎士比亚作品的真正内涵。

新译莎士比亚是件意义非凡的事，译者傅老师在文学、历史、宗教、文化和艺术史方面的深厚造诣是译本品质的保证。新译本的每个词、每个注释都是译者心血的体现。相信此译本会长久地影响未来的中文读者。

译著凸显了译者对莎翁作品的深刻领悟和对中文把握的雄厚功底，属近二十年难得一见的优秀译作，祝后续莎翁译著百尺竿头，更进一步。

看过多个版本的《罗密欧与朱丽叶》，新译最得我心，完美还原了莎士比亚笔下痴男怨女形象，译笔流畅，字字传神，堪称经典。

人生如戏，命途多舛，夏洛克的际遇使人心生悲悯，新译本的精彩让人拍案叫绝，非此等译者，难有此等译笔，期待未来更多的华美篇章。

期待已久的《哈姆雷特》译本，刷新了我对莎剧中译的认知，译语准确，注释详尽，处处可见译者匠心，新莎译，新纪元，认识王子，从心开始。

2019年第一单是《奥赛罗》，展卷研读，爱不释手，字里行间，可见译者的功底与诚挚，文质皆美，新年，与新译有最美的相逢。

朱译虽经典，但今天确实需要更专业的莎剧译本了，傅译更翔实，注释和说明为理解莎士比亚提供了更多参照。

傅光明先生的译本。字体，排版，装帧都很好。翻译有现代性，非常好。

新的译本一定比较朱生豪的看完，看谁译得好。

新译的莎士比亚四大喜剧，浪漫迷人。

由此，我反复说这样十六个字："天长地久，莎翁不朽！""相信读者，相信未来！"

诚然，今年还收获了一个暖心的大惊喜，在 8 月 24 日老舍忌日这一天，收获了一位"实名读者"的加持：

傅译莎呈现莎剧新世界，永远的莎士比亚！

——莫　言

对，是 2012 年获得了诺贝尔文学奖的莫言老师！特别开心，特别感谢！

三、"图识莎士比亚"

五月，莎翁笔下"仲夏夜"的季节，三联书店出版了与杨翼合译的一本小小书《图画通识丛书·莎士比亚》。

这是本什么书呢？按西南大学邝明艳老师所写，这是英国 ICON BOOKS 公司"图画通识丛书"中的一本，1976 年迄今，丛书已出版 90 多本，"其主旨是用独一无二的漫画形式，展示人类历史上伟大的思想和思想家。丛书介绍了柏拉图、亚里士多德、黑格尔、康德、笛卡儿、拉康、乔姆斯基、凯恩斯等思想巨擘。其中仅有两位作家，一位是意识流大师乔伊斯，另一位就是莎士比亚"。这本"图识莎""是一部凝练扼要、通俗易懂的莎士比亚学术史，涵盖了莎士比亚身份建构、莎剧阐释，莎剧演出和接受史等诸多议题，辅之漫画，以饶有深意的英式幽默，予宏大议题以戏谑性表达，文字与图画相得益彰，为读者标识出窥探'莎学'的门径"。现在英国埃塞克大学任教的作者尼克·克鲁姆教授特别强调本书是"一本流行的大众读物"。简言之，我想正如邝明艳所说："在克鲁姆的笔下，绵延几百年的莎士比亚阐释史，浓缩于5万字之中，其中有智者与智者的对话，也有愚人的试金石。"

从这本小书，我收获多多。这里还要特别感谢三联书店细致、认真的责编樊燕华女士。

四、"以莎会友"

手术后，身体恢复比预想得快。4月初便有了活气儿，又开始折腾。感谢朋友们对"傅译莎"持久的关爱和支持，邀我作了几次演讲，立此存照：4月23日，莎士比亚诞辰455年纪念日，晚，于绍兴文理学院演讲《穿越时空的对话：莎士比亚与我们》；5月12日下午，于南京万象书坊，与读者见面、分享、签售新译莎；5月14日下午，于南通大学演讲《告诉你一个不一样的莎士比亚》；7月13日下午，于青岛"良友书坊"，与读者分享《与新译莎士比亚交个朋友》。

今年开了两个"傅译莎"的会，尤其令我感动、难忘。10月19日，由西南大学新诗研究所主办的"'莎士比亚诗剧在中国'学术研讨会暨'傅译莎士比亚'对谈会"在位于重庆北碚的西南大学新诗研究所召开。来自北京、上海、天津、重庆、浙江、江苏、广东、福建、辽宁、四川等地高校及研究机构的50余名莎学者莅临研讨，围绕"莎学"研究的历史与当下莎剧的译况展开，就莎剧"原味儿""傅译莎"的特色，以及莎剧翻译的相关问题作深入交流。收获、受益多多。

11月3日上午，在上海师范大学"思南·光启·望道"之"光启讲堂"，由我主讲《漫谈莎士比亚现象之奇观》。下午，参加由上师大人文学院、上师大国际光启学者中心和《探索与争鸣》杂志社三家联袂主办的"傅光明研究员新译《莎士比亚全集》（一、二辑）读书会"，聆听与会师友们的嘉言宏论。会议开始后，我作了个简短的引言：

> 各位老师、同学，大家下午好！首先是致谢。第一，谢谢上师大光启读书会，使我们有此机缘在上午分享莎士比亚戏剧的艺术魅力。第二，我向刚刚感谢我的出版社致谢，这本书得到出版社的支持极为重要。
>
> 我非常感慨，从2012年开始新译《莎士比亚全集》已经七年，目前出了第一、二辑总共九本，甘苦自知。我要感谢美国作家韩秀女士，是她使我有缘分与莎士比亚相遇，若没有跟她在谈话中涉及这个话题，这辈子可能跟莎士比亚失之交臂。20世纪80年代初，我是朱生豪先生译本的读者，后来发现各个译本有很多不同之处，当时就产生一个想法，是否可以重新翻译一版莎翁全集。2012年便开始启动，然后就像长跑者一样孤独地体验这个过程。在这个过程中，我特别感谢陈思和老师，我每写完一部莎剧导读，都要请陈老师帮助审阅把关。从2015年起，我的一篇篇莎剧导读都一字不删地刊发在思和老师与王德威老师共同主编的《文学》

上，至此已整整五年。

翻译莎士比亚永远在路上，这是一个不停歇的翻译过程、研究过程。在我眼里，莎士比亚戏剧是一个打开的、多元的世界，我的新译只是这个过程中的一颗沙粒。我愿尽自己生命之余把这颗沙粒的作用发挥好，以一己之力在有生之年把这项工作做好。欢迎各位专家学者们发表高论，谢谢！

另外，值得记下一笔的是，由石娟女士策划、宋明炜先生主持的"傅译莎士比亚研究专辑"在第三期《苏州教育学院学报》发表，其中一篇卞若懿小朋友对我的专访《傅光明：还原一个俗气十足的"原味儿莎"》，一篇拙作《论莎剧〈亨利五世〉中搞笑的戏剧冲突》，一篇熊辉老弟的大作《还原莎士比亚戏剧的性色彩——以傅译〈罗密欧与朱丽叶〉为例》，一篇王翰颖的书评《深度翻译：傅氏莎学的理路与进境》。正如明炜兄主持人所言："《苏州教育学院学报》组织的这一期专辑，每篇文章都下了细读的功夫。这是应该的。大道理其实不需要，我们读到的是有活力的文字，无论是译，还是释，皆需一字一字去认真品读。"

对我而言，只有满怀谢忱，努力前行。

五、年假旅法

今年年假（11 月 26 日—12 月 20 日）休得比往年晚，去了法国。此时回想，这也属人生无常。倘若仍按近两年九十月份休假，便不会遭逢 1993 年以来最大的一次全法铁路罢工。以下为旅行流水账，聊供朋友闲读：

11月26日：凌晨1：25法航381飞巴黎，落地后2F转机波尔多。午饭后，坐电车去蒙田大学，然后，自己坐电车胜利广场下，走到阿基坦博物馆。后步行至古罗马遗址加连宫，然后去吉伦特胜利纪念碑。

11月27日：早餐后，先登圣安德烈大教堂钟塔，俯瞰波尔多。后看大教堂。再去波尔多美术馆，值得一看。下午电车B线去红酒城博物馆，真棒！

11月28日：6点起床。下雨。坐8：04火车，开往巴黎蒙巴纳斯。坐地铁4号线到巴黎北站。找到酒店，寄存行李。坐地铁去卢浮宫。看了近四个小时。出来走到协和广场，走不动了。感觉体力明显不如去年，真是一年老一岁。坐地铁回酒店。晚预订火车票，方知全法12月5—9日铁路罢工，不得不立即取消兰斯、南锡。

11月29日：酒店早餐还不错。饭后坐地铁到里昂火车站，买了去枫丹白露的车票。倒真快，40分钟，三站，即到枫丹白露。出站坐1路，15分钟到达。参观了近三个小时。回里昂站。去看烧毁的巴黎圣母院，然后，莎士比亚书店，再步行至阿拉伯文化中心，俯瞰圣母院，真是惨分分的！天黑了，欣赏塞纳河夜景。回到酒店又累又饿。

11月30日：早餐后出门。坐地铁去买C线票，结果C线今天不运行。又坐到蒙巴纳斯买火车票，去凡尔赛宫。转了三个多小时。回到蒙巴纳斯。到圣叙尔皮斯教堂、德拉克洛瓦美术馆、圣热尔曼多普雷教堂，真漂亮。上次看过都没印象了。回酒店。

12月1日：今天地铁4号线因修理10点前停运。赶紧查地铁图，由5号线倒6号线到蒙巴纳斯。买好去夏特尔的火车票，10：09发车，11：24准点到达。旧地重游，轻车熟路。看了夏特尔大教堂。走半小时，到了"毕加塞特之家"，关门。又往回走。看完夏特尔博物馆，直接去车站。3：34发车，4：49回到蒙巴纳斯。再倒地铁4号线，回北站附近的酒店。折腾一天！

12月2日：睡懒觉补充体力。早餐后出门，4号线倒2号线倒13号线，到圣但尼教堂，法国历代国王的墓地所在，几乎43任国王都埋这儿了，有我们熟知的弗朗索瓦一世、路易十四、路易十六。之后回酒店休息。因全法总工会和全法铁路工会预告5日到9日全国铁路大罢工，不得不修改之前计划好的行程，去车站买斯特拉斯堡到卡尔玛，卡尔玛回波尔多的火车票。然后去圣心大教堂，先看达利美术馆，逛会儿蒙马特高地，再看圣心堂，最后登顶看落日。回到北站，吃麦当劳巨无霸。取消了第戎行程，改为14日到图卢兹，18日上午回波尔多。这样，可在图卢兹当天往返卡尔卡松和阿尔比，只是浪费了事先订好的波尔多往返卡尔卡松的30欧车票。

12月3日：早餐后，步行5分钟到北站，列车时刻表尚未标出站台。8：04正点发车，到亚眠已快10点。酒店就在车站对面，步行不过五分钟。寄存背包，直接去亚眠圣母大教堂，确实壮美。真是这教堂使现在的亚眠有了存在感。因为除了这教堂，便没啥可看。凡尔纳故居今天关门，明天开。皮卡第博物馆整修，不开。没别的看了，闲逛。到车站，把车票时间改了，明天下午早点儿回巴黎。

12月4日：睡个大懒觉，洗的衣服，在暖气上烤一夜，都干了。早餐不错，真是淡季，整个餐厅只有我一人。餐后退房存行李，沿河边闲逛，经大教堂，直接到凡尔纳故居。看了近两个小时。后取行李，到车站，坐12：21车返巴黎北站。步行，正好入住东站附近阿尔特酒店。稍微休息，坐4号线到蒙巴纳斯火车站，事先为13号由东站倒蒙巴纳斯回波尔多的车踩点儿。40分钟即到。然后，步行到蒙巴纳斯公墓，因八年前来过，故能轻车熟路地拜谒萨特、波伏娃合墓，然后再拜波德莱尔、杜拉斯、莫泊桑。

12月5日：到北站，才知因铁路罢工，今天地铁免费随便坐，心里还挺高兴。到了埃菲尔铁塔，铁塔因罢工关闭。在周边逛了一圈，步行至荣军院，看安放拿破仑骸骨的红色黄岗岩石馆。然后去罗丹美术馆。再一路走到奥赛博物馆附近，吃了比萨，有了力气，想好好看奥赛呢。结果，奥赛门前贴出告示，因罢工关门。再去橘园美术馆，也提示因罢工不开。这时开始感到罢工的威力了！早点儿回酒店吧。结果，16条地铁线除两条无人驾驶线外全停，公交也几乎停顿。40分钟走回酒店，累死了！今日步程超过三万步。

12月6日：地铁仍未恢复。在东站吃了份麦当劳，开始狂走。先到橘园博物馆看莫奈的睡莲。然后绕亚历山大三世桥，沿塞纳河，走到奥赛博物馆。看了近三个小时，出奥赛，再一路步行至斯德岛的皇家礼拜堂。排了40分钟队。最后，走回东站酒店。超市买生鱼寿司、熟肉、酸奶、生菜，共21欧，回酒店烧开水，泡红茶，算吃了顿丰盛的自助晚餐。

12月7日：没有地铁。步行至毕加索美术馆，不开门。第一次在巴黎打车，至埃菲尔铁塔下的布朗利（塞纳）河畔博物馆。然后去河对面不远处的吉美亚洲艺术博物馆，然后夏乐宫人类博物馆、法国文物博物馆。走到马摩丹莫奈博物馆，再返回铁塔。今天值得记上一笔的是，在去吉美博物馆的路上，一人步行上高台阶时，遭遇两位吉卜赛美女小偷。她俩在我身后一通忙活，待我发觉，四层拉链的双肩背已被拉开三层。背包里除了面包、水，什么也没有。要不，我也不敢不加防范背在身后如此放心大胆。让两位美女失望了！2016年，在西班牙的巴利亚多利德，曾被两位美女小偷掏包，所幸发现及时，毫发无损。2018年，在雅典宪法广场，看士兵的换岗仪式之时，稍有疏忽，被不知是否是美女的神偷得手，丢失两块充电宝。幸哉！

12月8日：一早去火车站，问明工会因对政府关于养老金的答复不满意，将罢工改为无限期，便当机立断决定赶紧逃离巴黎，明天飞波尔多，去投奔在那儿读书的女儿。打车 10 欧到先贤祠，下午，打车 18 欧到凯旋门，登凯旋门。然后便一路步行，沿香榭丽舍大街走到协和广场、玛德莲教堂、加尼叶歌剧院，一直走到蓬皮杜艺术中心，已是黄昏，看了画展，然后走回酒店。

12 月 9 日：早 7:15 坐酒店送机场的车，8 点就到了戴高乐机场 2F 航站楼。飞机稍有延误，2 点到波尔多，然后坐 1 路公交车直达火车站，把手里的火车票全部退掉。然后 C 线倒 A 线，与女儿团聚。原本今天该去斯特拉斯堡，谁能料被全法铁路大罢工弄泡汤。罢工本说持续 5 天，10 日恢复。我好不容易调整了后面的行程，2 日重新买好了火车票，又要全部取消。

12 月 10 日—19 日：对我来说幸运的是，全法铁路罢工使我得以在波尔多待到 19 日回国，得以集中时间改编完成一个有声剧本的初稿（暂时保密），得以每天下午漫步波尔多。

12 月 20 日：飞机在北京落地时，全法铁路罢工仍在继续。

2019 年 12 月 31 日

2020 岁末感言：从未感受过的一种辞旧迎新

从 2009 年终岁末开始写头篇《岁末感言》，一岁一篇。这是第 12 篇，正好一轮。

活了大半辈子，对于"辞旧""迎新"，从未有过像此时这般真切的感受，它不再是一句客套的新年贺语。就在几天前，完成了人生第一次"跳槽"，辞"旧"，离开了供职 34 年的原单位，迎"新"，正式入职首都师范大学外国语学院。

感谢首师大不嫌，感谢外院不弃，终使我以半老之身遂了当一名教师的梦。同时，在此向暖心帮助的师、友衷心致谢！

未来的职业生涯将在这里度过，甘愿为此倾心奉献。

年初，突如其来的新冠疫情，打乱了整个世界的节奏。一个又一个渺小、脆弱的生命个体，以及众多家庭，瞬间支离破碎，去往安息灵魂的彼岸。我忽然感到，生者之为生，似乎只在于幸运似的。

好吧，既幸而为生者，便努力活出生命的价值，也许这价值仅仅在于能做自己真心喜欢的事，别无其他。对于我，能力一般，水平有限，竟蒙命运之眷顾，能以读书、写作安身立命，足慰平生。

受疫情之困，不仅半年居家，连计划好的西西里之行也化为泡影。2015 年第一次西西里之旅，除首府巴勒莫之外，只去了阿格里真托的希腊神庙谷。但与西西里一见钟情，遂许愿再来，并期盼一定要去爬欧洲海拔最高的活火山——埃特纳火山。人算总不如天算，也属生命的无常。

还有一个没想到，今年异常勤苦，诚然，收获颇丰。4 月，天津人民出版社出版了傅译"注释导读本"《莎士比亚全集》之"四大历史剧"——《理查二世》、《亨利四世》（上下）、《亨利五世》。

此外，新译完成三部莎剧：《理查三世》《亨利八世》和《温莎的快乐夫人们》，写完三篇莎剧导读：《〈亨利六世〉导读》《〈理查三世〉导读》和《〈亨利八世〉导读》。

说到"温莎"一剧，不免想多说几句。这部戏原名 The Merry Wives of Windsor，朱生豪将其译为《温莎的风流娘儿们》，梁实秋译为《温莎的风流妇人》，其中都有"风流"两字。彭镜禧译为《快乐的温莎巧妇》，彭先生将"Merry"解作"快乐的"。

窃以为，也许朱、梁两前辈当初将其译为"风流"，是受了 20 世纪初那首著名舞曲《风流寡妇》（The Merry Widow）的影响。反正单从剧情来看，是一肚子坏水儿的福斯塔夫爵士要勾引温莎镇上的福德夫人和佩奇夫人，结果反被两位忠贞的夫人捉弄。

显然，在中文语境里，"风流"一经与"娘儿们"（尤其"娘们儿"）组合，便具有了特定的贬义。事实上，这两位夫人一点不风流。不无玩笑地说，此剧叫《温莎的风流福斯塔夫》最贴切。由此，我想索性以"温莎"剧为例，写篇长文，谈谈莎剧阅读、翻译、研究需正本清源的问题，并阐明这样一个理念，即无论哪个莎剧中文译本，都仅是多种中译本之一。至少作为莎剧研究者，显然不能只以某一个中译本为底本！因为莎剧本身是一个打开的、言说不尽的文学世界，是丰富、博大的知识海洋，只有不断求知、问学，才能真正推进莎剧的阅读、翻译与研究。译事乃圣事，唯满怀敬畏，方能层楼更上。

再者，值得记下一笔的是，整理完成《陈西滢日记、家信》，连注释共计 63 万字。

小滢是陈西滢和凌叔华夫妇的独女，今年整 90 岁。我与她的交往始于 1991 年。那时，我刚翻译完凌叔华的英文自传体小说《古韵》，由恩师萧乾先生推荐给台湾业强出版社，需小滢签署一份授权书。正值小滢和她的英国汉学家丈夫秦乃瑞来京，我前去拜望。自此，我与她持续交往，至今整整 30 个年头。

曾跟小滢开玩笑，说我一定上辈子欠下她父母一笔巨债，否则，便不会在 1990 年以 25 岁韶华之年译完她母亲的《古韵》之后，又于 2020 年以 55 岁半老之身，来整理她父亲写给她的家信和日记。

在长达七个半月的过程中，我不时感叹，这批写于 1943—1946 年的家信、日记，堪称弥足珍贵而又鲜活异常的"新"史料，是最富文采、妙趣的"西滢闲话"。透过它们，不仅可了解与鲁迅打过笔仗的西滢之真实为人，更可侧面了解与他密切交往的同时代中外各界人士：胡适、宋子文、宋美龄、晏阳初、费孝通、林语堂、李卓敏、蒋廷黻、顾维钧、王世杰、杭立武、李四光、熊式一、蒋彝、杨振声、萧乾、叶君健、李约瑟、罗素、汤因比，等等，亦有助于从中寻觅那个时代国际政治交往和中外文化交流的"萍踪侠影"。

这一珍贵史料得以顺利整理完成，岁末之际，我愿向两位女士表达由衷谢意。一位是小滢，从开始整理，我俩（一老年，一中年）便开始了每天下午到晚上至少三四个小时如情侣般的微信密电往来，以至于大功告成之后，缺了微信的热络，小滢觉得十分失落。在家信尤其日记中，有大量的英文人名、地名、书名、电影名、机构名、广播剧名及专业术语，加之西滢先生英文书写十分潦草，难以辨认，我经常给小滢发微信截屏，向她讨教，以便作出大量注释。但对有些英文书写，小滢也无可奈何。因此，必须向另一位女士致谢，她就是英国莱斯特大学"口笔译研究中心"主任应雁老师。我十分敬佩应老师的神奇本领，每次向她讨教问题，她都又快又准地迎刃解决。毋庸讳言，这些注释本身亦属于手稿学学术研究的范畴。

至此收尾。这是写《岁末感言》12 年来走笔（敲电脑）最短的一篇。

2020 年 12 月 31 日

第三部分

书信

赵清阁致韩秀信

1. 1987年7月寄往美国纽约市

亲爱的小慧：

6月22日信收悉，知道你又在搞教学和研究工作，非常高兴！这会对你的写作有很大的帮助与促进。作家只有通过于古今作品的研究，汲引养料，吸取教训，方能使自己的作品更臻完善。当然这不是一个成功的捷径，而要付出艰苦的劳动。以你的智慧、执着，又正当风华正茂之年，我相信你，也祝愿你的成功！我是看着你长大的人，并希望也看到你事业的成功！只恐我老了，风烛随时都会熄灭的。但祈天赐我寿！

《红》剧最早的意图，就是要把复杂的故事情节加以概括，通过语言集中写出一些重要人物的人性、思想、感情，使之形象更清晰、突出，舞台效果也才更生动、强烈。那位"博士生"看出这点，总算我没白费心血。

红楼梦内容浩瀚，人物众多，小说可以充分表现，不嫌其繁，而戏要取其精，刻之深，不易！编剧不易，演出也不易！

　　我不愿学银幕上的影子戏，轻率地把一部红楼梦在两小时内全部演唱完，这是糟践。我的红剧宁肯永远坐冷宫，不能随波逐流！

　　你们研究吧，能得到夏志清教授指导，更好。就按照你的计划进行，剧本上的一切废话（序）你尽可删去。为了让你得到剧本的全貌，我即将最后的一个剧本《树倒猢狲散》（原名《禅林归鸟》）寄给你，无论是再出版，或演出，你都可斟酌作主。这不仅是为我服务，也是为曹雪芹服务，意义深远。

　　关于《皇家饭店》，最近湖南文艺出版社又要出版了，为此请告诉痖弦先生、林载爵先生，他们如不再出，就算了；如欲出，与大陆重复，是否可以。两岸同出一书的事例虽多，我无经验，请他们考虑。不过，我的《重印后记》不必要了，只作为他们依据40年代的旧版的重印，免得湖南有意见。

　　暑中你们没有出去度假吗？农农在美国抑日本？上大学了吧？小弟弟呢？很想他们。

　　天太热，冬夏对我都难过！

　　问候佐齐

　　　　　　　　　　　　　　　　　　　　　　　　　　　姨

　　　　　　　　　　　　　　　　　　　　　　　　　七.二十一

2010 年 1 月 18 日韩秀谨识：

　　这封信写于 1987 年 7 月下旬，我收到是 8 月初，回信则是 1987 年 8 月 11 日。

　　这封信谈到《红楼梦话剧集》1985 年出版。清阁先生在书写这个集子时有许多坚持，很得夏志清先生赞美。夏公一向厚待清阁先生。

剧本集出版，自然有许多"废话"，清阁先生嘱，在研究过程中全部删去！

《皇家饭店》本来经由痖弦先生找到林载爵先生（林先生是台北联经出版社负责人，也是台北国际书展基金会负责人，他主办 2010 年台北书展）。最后，还是交湖南出版了。一本书，台北、大陆各出一本，不是问题。我再三向清阁姨解释过。不过，她还是照顾了湖南方面的观感。

……（此处有删节。——傅光明注）

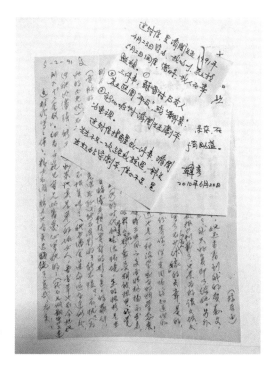

图 49 馈赠第一批信时，韩秀特意为每一封信写下"谨识"

2. 1988 年 8 月 8 日 [1]

小慧：

四月底来信收到，适我赴京，返沪等你迁居的新址，故缓复。今接七月函，得知已乔迁新居，为贺一二！

你们全家的照片拍得很好，孩子们都大了，农农已是"窈窕淑女"的大姑娘了！

今年盛夏，高温持续二十天，老年人不堪热浪袭击，死了不少。我也病了一场，因此搁笔已久，你代为痖弦先生约稿事迟迟未能报命，歉甚！你还约了些什么人？收效如何？痖先生不忘老朽，其情可感，便中代我致以谢忱。容有所感，当寄你转发。

我去年退休，但作家是"退"而不"休"的。虽然，也写不出什么东西了。今岁发表了几篇散文，以后只能写写散文了。（包括回忆录）

你近来写什么？还研究当代文学否？祝愿你硕果丰收！我相信你的努力定有成效。

五月间沈从文病故，老朋友越来越少了！

太热，不多写了，祝阖家安吉。

清 谷

88.8.8

1　清阁姨写这封信的时候是 1988 年夏天。当时，我们（我和先生、儿子）正忙着从曼哈顿搬回华盛顿。信中"迁居"一事指的就是这件事。当时，女儿留在纽约就学。——韩秀注（这里的"韩秀注"，均为韩秀"2012 年 5 月 4 日为傅光明所写小注"，下同。——傅光明注）

3. 1988 年 10 月 17 日

亲爱的小慧：

　　来信收到。

　　你们的约稿，拖延迄今才写成，歉甚！写的是一篇漫谈写作历程的散文[1]（限于篇幅只能写得概括些），不知适用否？请转痖弦先生斟酌斧正。收到盼即复我，以免挂念。前几天此间开过一次文史方面的会，香港[2]一位秦贤次先生来参加了，听说他与痖弦先生同事，也在沪约稿了，我未见到，不知你认识否？他已去北京，估计会找冰心老人，但她身体不好，恐难执笔。巴金也不写作了，你托作协转的信他会收到的。[3]

　　端木来信也谈及为"联合"写稿事。

　　我的画不足观，痖弦先生谬赞，不胜汗颜！匆祝

　　你和佐齐康乐

清　谷

十．十七

4. 1988 年 11 月 12 日

小慧：

1　指赵清阁 1988 年 12 月 27 日发表在台湾《联合报》副刊上的散文《砚田春秋》，同时，配发了秦贤次先生所写《用话剧诠释〈红楼梦〉的女作家赵清阁》一文。——傅光明注
2　"香港"为笔误，应为台湾。——傅光明注
3　巴金先生是否收到我的信，不清楚。但是，他还是与痖弦先生联络上了，所以，纪念沈从文先生的文章能够适时在《联合报》发表。——韩秀注

十一月十日信及痖弦先生信复件，均收悉。得知痖弦先生是豫人，"乡亲"，乡亲，能不备感幸甚！日前看到此间《团结报》转载痖弦先生一文，发现我们还有同好，都有收藏之癖。我很赞成他对古文物的观点和收藏态度——从那些千百年的古董了解历史，受到启迪，于是意识到人生的短促，人的渺小！我已不弹此调矣！

他要照片，寄去一张近影，黑白的；（你看我比84年又老多了）另一张是去年拍的，彩色，可以剪掉下半身，你挑一张给他吧。其实不用照片最好。痖弦先生对拙作的重视感愧交加，代转致谢！

入秋我一直闹病，先是美尼尔氏症，又发气管炎，最近冠心、胃肠齐发，抵抗力越来越差了！病中力疾编完一部近卅万字散文集子，这可能是我晚年最后的一个集子了。

你的小说写好没有？祝愿你顺利完成。你有才华，希望你能成为美国的乔治·桑[1]！

阖家安好

清 阁

八八·十一·十二

今天刚装上煤炉，上海冬天很冷。

5. 1989 年 2 月 21 日

亲爱的小慧：

---

1 清阁先生与痖公投缘，信中情绪欢快，颇难得。清阁先生偏爱女作家，其实，我喜欢的还是巴尔扎克、杰克·伦敦、狄更斯的味道。只是，不愿意与清阁姨争辩罢了。——韩秀注

寄来的信和剪报都收到，十分感谢你的热情相助。不过给你添了许多麻烦，于心不安。如果香港他们有人代转就好了。

　　关于《砚田》[1]，戏剧界反应，承老人们还记得我，非常高兴！而此间戏剧界早已遗忘了我，记得 84 年你曾问过我：为什么《红楼梦》话剧不予演出？我当时没有回答你，但我相信你会懂得"为什么"。由于你母亲的关系，你接触过他们那个圈圈，"圈"外人一向是被排斥、妒忌的（解放前也如此）。有趣的是美国周策纵教授日前来信告诉我，去年他在新加坡讲学看到那里演出我的一个《红》剧本《鸳鸯剑》，还不坏。（但他们没和我联系，我正想法搞点演出资料看看）听了这消息真有点啼笑皆非！《红》剧不是赔钱戏，可这里就是没人演。书出版后很快卖完，至今也未再印。最近两岸文化交流，大陆出版了台湾作家的书（琼瑶、三毛等），台湾也出版了大陆作家的书，日后他们或愿出《红》剧，我也乐意。（送你的那部不全，还少一个剧本，下次重印时即补进）。

　　出版界也很令人恼火，他们只着眼于经济效益，热衷于武侠、性爱作品。我 40 年代编了一本《现代女作家小说散文集》，都是二三十年代女作家专为我写的作品，是一本难能可贵的具有文献价值的书，87 年一家出版社要重印，由我写了《重印后记》（见附件），谁知去年排了版又认为没有经济效益而搁置，令人感叹！《后记》（发表于香港三联出版的《读书良友》）便中给痖弦先生看看，问他是否能为那些老一辈女作家们助一臂之力介绍出版？

1　即指《砚田春秋》。1989 年 1 月 27 日，痖弦致信韩秀："《砚田春秋》反应非常好，此间戏剧（话剧）界人士很多人都记得她。老舍，我不会把他跟清阁先生扯在一起。"——傅光明注

你母春节寄来一张贺年卡，我也回寄了一张。一年来没通过信，无话可说。为此，她一定很失望（她若知道我们通信，更气），但她应理解她的环境变了，我都不认识了，似不便通信。就写到这里，祝你们

阖家平安，吉祥！

清　谷
二.二十一夜

稿费如由你转，请扣除汇费，你代劳还要破钞，我心不安。[1]

又及

6. 1989年3月31日

小慧：

信和稿费支票，以及剪报两份，均已收到，谢谢你为我诸多费神。不单是为我，也为两岸的文化交流作出了可贵的贡献！

我再也想不到，一个我看着自幼长大的孩子，如今竟成了我的同行，我的小友！（记得我第一次看见你，才三四岁，[2]一晃四十几年了！）你使我感到欣慰，可又有些遗憾；遗憾的是，我们离开太远了，如果你在上海多好！真想念你，和你的佐齐，两个孩子。

《无题集》我留有一本精装的，特去向朋友要了一本平装本，决定仍寄你转（我正进行修订）。倘能重新问世，（痖弦先生既有

1　转寄大陆作家稿费从不扣除汇费、邮费。能为他们做点事，我很高兴。信中提到"无话可说""不便通信"等语，让我十分开心。清阁姨终于明白过来了。谢天谢地。——韩秀注

2　1948年9月，清阁姨在上海码头接船。那时，我两岁。——韩秀注

兴趣，就拜托他了。）书中两岸尚健在的女作家一定很高兴，即使已作古的，也会含笑九泉！所以我们的这项工作是意义深远的，至于湖南出版社今后还印不印，我就不管了。

关于《红》剧，集中出版的只有85年的四个版本，（即赠你的那本）而且经过修订，但当时还缺一个《禅林归鸟》（现改名《树倒猢狲散》）剧本未找到，后来找到了，86年在哈尔滨国际红学研讨会上，一位红学家要我修订交他编入《红楼梦戏剧选集》，可是他们至今未出版。我想如《红》剧有机会重印，即将此剧补进，因她是关系红剧整体的尾声，写贾府的崩溃，王熙凤的悲剧命运。如果台北愿出，我即寄你。《红》剧就用你的一本复印，免得再寄了。演出与否由他们定，我不了解那里的观众趣味。估计此剧不会赔钱。她不同于电视影剧，也不同于戏曲。你看着办吧，你可以做我的代理人，一笑！

《红》[1]剧虽非我创作，也耗费了我一生的心血。

秦贤次先生在"简介"中说我"以话剧诠释《红楼梦》"[2]，是他对我的过誉，但也切中道破了我的迂怀，深感知音！只是我做得还很不够。

痖弦要字，天冷手抖，稍缓即写，唯恐拙劣贻笑耳！先捡寄旧作小品"晚荷"一幅，文人画，一点情趣意境，留资纪念可也。他乃诗人，定能理会玩味。暂且打住。祝好

---

1 转寄红楼剧本与《无题集》全都做了影印件留底，原件寄台北。台湾出版无望，我却不敢丢掉这些影印件，大搬家十七次，未尝遗失。现在，《黄家饭店》早已在大陆出版，《禅林归鸟》也已经在傅光明手上，我可以放心，这厚厚的影印件也可以放手了。——韩秀注
2 指秦贤次《用话剧诠释〈红楼梦〉的女作家赵清阁》一文。——傅光明注

清　谷

三．卅一

去年写过一篇悼梁实秋的散文[1]，寄你一阅。（今天又收到 21
日"拜年"[2]稿费，勿念。）

7. 1989 年 5 月 28 日

亲爱的小慧：

十日、十八日来信收到。四月九日之信[3]恐已遗失，不知你写了
什么，大概是告诉我收到画事。字想必收到，博痖弦先生一笑耳。

关于《皇家饭店》版权问题，自然属于编辑人。眼下没有版
权法，也就很难严格保障权益。近来台北不少书大陆也出版，大
陆书台北也在出版，这也是一种有意义的交流。《皇》集能让台
岛读者看到，庶几不至失传。稿费处理，出版社一定有例可依，
不过这本集子的作家已故世的我看就算了，其家属颇难联系。暂
时尚无具体建议，等他们决定后再讲吧。我们还是听听他们的意
见为宜。你已与林先生[4]去信，甚好，看他如何回音。今后可能
仍须请你帮忙转信，烦扰之处，十分感谢！

台岛有人计划出版大陆作家小说集，由马小弥向我征稿，
（马乃译老舍之《鼓书艺人》，女作家罗淑的女儿）而我旧作收集

1　赵清阁《隔海悼念梁实秋先生》。——傅光明注
2　1989 年 1 月 27 日，台湾《联合报》副刊发表了《戊辰年岁末联副专题制作——大
陆作家隔海拜年（12—14）》三篇，为赵清阁的《春禧同庆》、辛笛的《新春祝愿》、李
元洛的《隔海的祝福》。——傅光明注
3　四月九日信只是迟到而已，里面还带着痖公热情的谢意。——韩秀注
4　指台北联经出版社发行人林载爵先生。——傅光明注

不起来，辞拒了。他们明确表示不要话剧本，由此感到话剧本不受欢迎，因而《红》剧不想再在台岛谋问世机缘了，前次之议作罢。我余年不多，一切都看得很淡，很淡！

　　祝愿你的小说写成功，也相信能成功。小说，重要是写人，"通过人"反映世态；包括人性的善恶，人情的冷暖。记得你说过：你的心里有一个小天平，这很重要！

5.28 夜[1]

8. 1989 年 9 月 19 日寄往美国华盛顿

小慧：

　　来信收悉，旬日前偶然发现乳腺问题，良性、恶性，须待手术后始知，已住院一周，后天即开刀，可能右臂术后致残（至少毛笔字无法写了）。为此先给你短简，以后暂时恐难执笔了。

　　我苦难坎坷一生，不期晚年还要罹此大灾，我一向体弱多病，不知能否承受得了这次大手术，倘不死，当再函告，请勿远念。

　　《红》剧及《皇》后事由你代为处理，有消息即告我，信仍寄家。

　　张兆和寄来《沈从文纪念集》，看到韩秀文章，写得感人！

　　临书神驰，不尽欲言。祝

　　合府康乐

清　阁
九．十九

1　此信没有署名。——傅光明注

2010 年 1 月 19 日韩秀谨识：

这封信写于 1989 年 9 月 19 日。

那天是我生日，清阁姨自己面临大手术，还写信来。

那时候，我们都期待着《红楼梦话剧集》和《皇家饭店》能在台湾出个好的版本。

张兆和，我也唤"姨"的，因为我唤沈先生"伯伯"。这纪念文集便是吉首大学沈从文研究室在 1989 年 4 月出版的那本《长河不尽流——怀念沈从文先生》。

内中文章多有流传，巴金之《怀念从文》便刊于台北《联合报》1989 年 2 月 28 日。我的小文也在那时刊于《联合报》。后来，收进《重叠的足迹》。

吉首这本书，只印了六百册。

这封信，清阁姨直用了"苦难坎坷一生"来说明自己的人生路。"临书神驰，不尽欲言。"是回答我的邀约。我一直希望她来美国静养，没有成功。清阁姨一直守在上海"倘不死，当再函告，请勿远念"。

9. 1990 年 1 月 3 日 [1]

小慧：

新年好！祝愿你们全家在 90 年代里幸福愉快，万事如意！

1　关于《浮生若梦》实在无话可说。关于"乱弹琴"，清阁先生是过虑了，多说也是不宜。她给谢冰莹先生信自然遵嘱照转，信中所提家宝，指的是万家宝（曹禺）。——韩秀注

我于 9 月 21 日开刀，是一次大手术，肿瘤切除，右臂淋巴也摘掉了，经化验，淋巴无恙，肿瘤尚未癌变，但有可能，为此做了预防性放疗，进行钴 60 照光。只照了十一次放射，反应已损害了我的身体，引起消化道、呼吸道、食道各种病患，白细胞降到三千，只好停止放疗，因我本来虚弱，如何经受得起这种杀伤性严重的放射？比开刀痛苦，手术是很好的，住华东医院，由外科主任手术。现在还在治疗反应后果，估计月之下旬可出院。总算又活过来了，岁进八秩，能再带病延年三五岁，把未完的工作干完，就满足了！这档子害你们惦记关怀，我最近才能渐渐执笔，但还不自如，所以未写信。(连吃饭都要人喂！)

痖弦也来信了，已能直接通航。听说海外有报纸报道我的病，不知你看到否？不会"乱弹琴"吧？我不愿我的病和将来的死有什么报道，我要保持默默地来去！（已写下遗嘱）洒脱些！（近来老人去了不少，很感慨！）

告诉你我去年结集的六十年来的散文《浮生若梦》(卅余万字)已出版（这场病与此书的高度紧张有关！），那本《无题集》（改为《皇家饭店》）也出版了，这是病中一大安慰。样书刚收到，等我出院再寄你，书太厚，医院里没法包装。

即此打住。附一张信（给谢冰莹的）请代发，因这里买不到寄国外邮票。（附一张无邮戳的美邮票能用否）费神，谢谢！写不动了。也写得很潦草。

清　谷

一九九〇年元月三日

亲爱的老友冰莹：

你的信搁置了许久，未复，又接到贺年片，真觉歉疚，好在你明白我病了近四月，（住院）近来才渐愈好，春节前可能出院。真快烦死了，至今右臂活动还不自如，半残废！想不到晚年生这么一场大病！真是菩萨不睁眼，虐我这个孤老太酷了！不期我在呻吟病榻之际，你竟遭天灾地震之殃！幸吉人天相，未致大伤。阿弥陀佛！

告诉你，我四十多年前为老一辈女作家编的一本《无题集》现改名《皇家饭店》已重印出版，费了不少周折，我已通知湖南文艺出版社你的地址，让他们和你联络，书中你的文章有关稿费问题如何处理可直接谈洽，我无力代办了。这本书将是文学史上的珍贵文献，香港去年有文赞赏过，书能印出我也心安了！（装帧不坏）样书他们会寄给你的。可惜照片和手迹都没有了，因印刷成本太大，此类书销路不畅。

这信写了三天，就此打住，给你拜晚年！

清　阁

一九九〇．一．三

家宝也病了，他八十一岁！

如果我俩能再活半世纪，（我们已是五十多年交了）那时我会再编书，你再为我写稿！一笑！

10. 1990 年 4 月 20 日 [1]

亲爱的小慧：

1　与某人早已无往来，清阁先生有时还会在信中提到两句，比方说其老伴病故之类。对于这样的"讯息"，我在回信中从不表示不同意见。——韩秀注

我出院后（2月26日）即寄你《皇家饭店》一册，距今已两月余，何以迄无回音？是未收到，抑遗失了？书乃保姆付邮，我忘了贴航空票，会不会作平信寄了？然寄费并未少付，何以故？寄痖弦的一本已收到了。

　　又担心你是否外出了？或其他缘故，盼告。

　　我回家已三日，仍在继续服药治疗，身体极弱，恢复甚慢，稍活动即冷汗淋漓。这次病使我吃够苦头。虽然经过根治，（手术、放疗）医生保证五年不会变化。但我体质本来就坏，这一折腾，更不如前，能够再活"五年"我没信心。当然也要争取，因为还有不少事未完。

　　你妈来过信，她老伴病故了。

　　我现在写封信要中断几次，脑力、精力都不济了。

　　有空给我信。问好佐齐。

清　谷

四．二十．九〇

11. 1990 年 5 月 15 日 [1]

亲爱的小慧：

　　五月二日信收悉。四月下旬一信亦收到。真担心《皇家》丢失了，因为印数不多，原以为无人看，不意已买不到。海内外反应都不坏，总算我为中国老一辈女作家做了点贡献，她们的作品

---

[1]　通信一直是正常的，并无丢失之虞，清阁先生却相当的紧张。我曾在信中劝慰她，请她放心。——韩秀注

湮没了四十三年后又得重新问世！但这也经历了不少坎坷，你是知道一些的。出版社不愿出版这种严肃的纯文学，认为是赔钱生意，为此作家们的稿费都改为买书，我只替海外几位女作家争取了一点微薄的稿费。没办法，这里出版界境况萧条也是事实，只有武侠、色情小说有销路，所以原《无题集》中的珍贵资料——照片、手迹都除没了，为了降低成本。不少朋友表示惋惜，我也是无奈！我虽稿费不取分文也不济事。

另外我的一本《浮生若梦》（回忆录）寄来几本样书，至今未见问世，原因可能同上。想见文学事业的不景气！我反正老病不堪，今后可能要封笔了！但愿你能坚持严正的风范，为现代当代中国文学事业写出优秀作品，作出研究成果！端木来信谈到你，他也希望你有可喜的成就。不要去赞羡那些"哗众取宠"的歪风，要忠实于艺术的良知！你是有才华的。

感谢你对我病的关心！出院后仍在继续治疗，预防复发，一向体弱多病，经此大手术，难免恢复慢。至今右臂、胸，还不能自如伸缩，僵木，医谓至少一年才能恢复。只好耐心疗养，休息，看书、报、电视，听广播，什么也干不了。（这次是我一生中真正的休息！）写封信都很吃力，有些信就请人代笔。我病幸而发现早，结果及时"根治"，医生保证五年不会复发，但我的免疫力、抵抗力太差，我自己不乐观。西洋参对我病确有好处，我半年来未断，有时炖汤，有时买进口"洋参丸"，（港品，服用方便）我也考虑过向国外买，但觉寄邮麻烦，不过质量好些。你如有便人来，托带些给我也好，只是此物昂贵，不忍让你破费。我又服量较大，因系治病，不是为补。（它乃凉性，有抗癌之功。）如买参片，寄达较便，价若干，盼告。(不要客气)花旗参价格每百克需多少？一定告诉我，我好有个比较，此间百克人民币约 200 元，国外买还要税款。

我将争取多活几年，我还想再看见你和佐奇！

努力写作，注意保健！

清　谷

五．十五

12. 1990 年 6 月 14 日寄往美国华盛顿

亲爱的小慧：

信和邮包先后收到。参丸已开始服，它蕴涵的情谊，兼有精神的疗效，感谢你和佐齐为我费神破钞。

参价确较国内低，加税款 130 元人民币，也很便宜。半年来，我每月服参丸 120 粒，即需 130 元人民币，参片则每月达两百多人民币，现在参丸每月只合四十多元人民币，节省不少。质量也不会比国内差。你寄来的够我服用到明年了，主要这半年能使我加强些免疫力，安全度过这第一关，（术后第一年最要紧，发病多是第一年内。）以后需要时再告诉你。由于我病发现早，又进行了大手术根治，大夫保证五年不至有变，能再活四五年已逾八秩，也满足了。丁玲、凌叔华（上月故）同病，也都活了八九十！只要不死，我将继续耕作下去。最近我已开始写短文和练毛笔字，作画。你听了一定高兴。

不过，参款以后我仍要还你，但你的情意是还不完的！

今天我给端木回信，谈到了你，我把你对他的谢意，和你向我的保证："一定在文学道路上努力下去，决不会为'票房'而放弃原则。"告诉了他，相信他也为你的正直、优秀的素质而高兴！

我的近六十年的散文集结《浮生若梦》已出版问世，书寄来后我想送你一本，但太厚，小邮局不收。（寄国外书籍很麻烦）稍缓托人代办。这本书与这场病有关，一年前为此书修订整编很紧张劳累，于是神经因素致病。

记得过去告诉过你我的电话，号码又改了，必要时你打来很方便。

《皇家饭店》近来颇有反响，已有几篇评介文章发表，为之欣慰。书中《落叶无限愁》一篇你能看出写的模特吗？

痖弦久未通信，因写信很吃力，总要写几天，手腕还未完全恢复，创口尚痛。又及

姨

六.十四

2010年1月19日韩秀谨识：

这封信写于1990年6月14日，大手术后，身体稍稍好转。练字很勤。手术之后，我们知道她需要西洋参，不是为了"补"而是治疗用的，量比较大，我们便从1990年上半年开始，寄大量参片和参丸给她，一直寄到1998年止。

在这封信末尾，清阁姨要我猜《落叶无限愁》之模特儿。我在7月16日回信中，"一猜就准"，那便是舒先生与清阁本人。

她一定开心，我一猜就准。

这篇《落叶无限愁》是唯一的文字，真实记叙这一段爱情。

13. 1990 年 8 月 12 日寄往美国华盛顿

亲爱的小慧：

两信先后收到。《生命之歌》收到即读了一遍，今天为给你回信，又细看了一遍，这是我第一次看你的作品，一个直感就是：作者有才华，作品新颖！类似题材我看过些，但你写得不落窠臼；平凡的人、事，写得有蕴藉，内涵；文字也相当精练，含蓄，看得出是经过周密的构思，不同于信笔随心的发挥之作。我喜欢这样的写法，我自己也是这样写的；我觉得描绘细腻固然也好，可太露了，会使读者感到没有思索余地，乏味！我不知道这是不是你的处女作，若然，则成绩很可喜！当然作品还存在不足之处，比如人物塑造稍嫌粗糙，用白描手法写人物是好的，但仍须给读者以血肉感；像"王大夫""高大夫"，就很成功，尤其"王大夫"，着墨不多，却勾勒出了她的思想、性格，感人！女主人公写得栩栩如生。也许因为我熟悉"她"，感到亲切。（应点明她的身份是学生，不点明，我能看懂，别人不一定懂。）相对的，"老关"就写得不够。此外，语言很简洁朴实，这非常重要，可能你受舒的影响，而他是受《红楼梦》的影响，无论写小说、戏，都力避赘辞废话。以后还应多锤炼。这就算我对你的一点希望吧！古人云"水到渠成"，又云"功夫不负苦心人"！你正当风华正茂之年，前途无量，勉之！你要我提意见，我只能恳挚而坦率地写几句，但愿不尽是废话！一笑。祝愿你再接再厉，多写！

悼念凌叔华的文章是苏雪林要我再给联副，她说可以转载，看来她不了解行情。而我还是慎重地又等于重写了一遍，唯恐有不妥之处。该报编辑组来信说明不转载，让我另写一文。随后痖弦先生寄来悼文复印件，但我已函请该报退还手稿。告诉痖弦先生请他不必介意，我理解个中困难。反正此间已发表，这也是我尊重老一辈女作家和哀思的一点心意。

现在写文章，一天写不了三五百字，心力不济，又不像端木，有耀群帮助他。但我还要写下去。

苏雪林还要我为她的纪念文集写一稿，但也有些顾虑，深恐写来欠妥。而且病后写作效率太慢，手臂上段还木，手腕已能执笔，不过有时仍不听话，得用左手扶持。也只能写钢笔，毛笔掌握不了，常有人索字，我都只好婉辞。手术一年了，恢复真慢！今夏特热，高温持续二十多天，简直无法执笔，这封信就写了几天。

就此打住。每服参丸即想起你！但还不能与25年前的小邮包相提并论，虽然情义一样。

清 阁

90.8.12

日前寄了一本《浮生若梦》，那是我近六十年的散文集结，其中写了我自己的一生苦难，也写了我敬爱的一些朋友。《落叶小析》你会看出它的内涵。《桃李春风序》是一篇"无声胜有声"的辨证，因为有人曾放厥词说那剧本不是我写的，谰言使我愤懑了许久！又及

2010 年 1 月 19 日韩秀谨识：

这封信是清阁姨 1990 年 8 月 12 日看了我的小说《生命之歌》后写来的信。这篇小说最终改名为《晨曦之歌》，在 2009 年

又一次收入文集。这次的书名是《楼上楼下》，小说多次修改，比较接近了清阁姨的期待。

清阁姨直指我的书写受舒先生影响，而舒先生受《红楼梦》影响。

悼念凌叔华的文章，阴错阳差，未能及时在台发表。但是，清阁姨还是很高兴国内发表了。其实，苏雪林教授很了解台北报纸。1990年，极欢迎大陆老作家的文章。

又及部分，谈及《落叶小析》之内涵，也愤怒提及《桃李春风》。

这封信最后一段提及"25年前的小邮包"。那是1965年，我在山西插队，日子过得苦不堪言，清阁姨寄了营养品给我，帮我撑了下去。我至今铭刻于心。

14. 1990年岁末寄往美国华盛顿[1]

亲爱的小慧：

9月22日信悉。知道几年来，你勤奋写作，成绩斐然，十分高兴！想不到四十多年前，我从上海码头接来的一个小姑娘，今天竟是一个作家！愿今后，你有更多更优美的硕果获收。

入冬两月来，我患感冒气管炎半月余，经中西医治疗，现已痊愈。昨天又去医院复查，（定期每三月一次）情况稳定，这是术后第四次复查，是最危险的第一年，总算没有病变。还要观察两年，能平安过关就好了。大夫仍为我继续免疫治疗，吃药打

1　此信写在"恭祝圣诞"的贺卡里。——傅光明注

针，帮助我增加免疫力。（服洋参也会起一定作用）唯左臂伤口处还有些痛，伸曲不太自如，但还能勉强写点小文，人总不能为活着而活着嘛！然否？

为雪林写的文章即在 1991 年 1 月号《香港文学》发表，我主要对她在中国文坛为女子文学的开拓贡献，给予高度评价，和重印《皇家饭店》一样心情，我不能让国内读者遗忘她。你能看到《香港文学》吗？为使大陆能看到这篇文章，所以决定香港发表，如给联合副刊，此间看不到。我想痖弦先生会理解的。

新年之际请代向佐齐、痖弦致意祝贺！

90 年岁梢清谷

2010 年 1 月 18 日韩秀谨识：

这是 1990 年贺年卡的内文。我在 1991 年 1 月 9 日作了副本寄痖弦先生，为的是清阁先生为苏雪林教授所写文章可以刊于台北《联合报》副刊。当年，痖弦先生刊载大陆老作家文章，致赠最高稿酬都是从我这里转。都很成功。台北《联合报》是两岸分治四十年之后，第一家报纸得以刊载清阁先生诸君文章。

另外，清阁姨是"四十多年前从上海码头"接我上岸的人，另一位是我外婆。在这封信中也提到了，正好是一个佐证。这封信的回复是 1991 年 1 月 9 日。

"清谷"是清阁姨常用的一个名字。

15. 1991 年 2 月 3 日 [1]

亲爱的小慧：

先后接到贺年卡和你们一家人的照片。这几天我一直念叨着你们，海湾战争对你们没有什么影响吧？作些防御措施还是必要的。农农回日本了吗？安捷要好好保护，总之，十分惦念你们！

看了照片，你显瘦了点，你母女合影的一张真美！农农已是大姑娘了，她漂亮、文静；小安捷比我案头玻璃板下的两岁安捷大多了，像个小男子汉了！这两个孩子我都爱，新春之际，祝他俩健康成长，也祝你和佐齐安吉如意！

《香港文学》看到否？如没有，我即复印给你。

谢谢你代我向痖弦先生致意，旷达如他，或不至有何误会。我不但尊重老一辈的女作家，也喜爱年轻的一代；女作家成功不易——要冲过荆棘重重；而到头来还要遭嫉，遭贬，乃至于无地始后已！三毛可悲！21 世纪依然是男性中心社会，女人永远受欺侮！

洋参吃完了，但不要再买，你目前太忙，以后再讲吧！反正大陆有卖的，当然贵些，再贵我也吃，这叫"不惜工本"保性命！一笑！

上函说你们可能"外放"，已定否？到何处？盼随时来信，

1　女儿农农自我们 1988 年离开曼哈顿之后便没有能够和我们再住在一起。我信中不谈。女儿来访，拍了美丽的照片给清阁姨也是为了让她放心。她自然是已经听到了什么，完全不放心的，有着许多的疑虑。我不愿在信中讨论，反而谈到了三毛，引出清阁先生一大堆议论。"外放"是很自然的事情，美国职业外交官在国内工作四年之后必然外放，只是 1991 年，尚未决定下一个驻节地而已。这些小事都让清阁姨紧张不已。——韩秀注

祝你体健、笔健！

清 谷

二.三.九一

16. 1991 年 3 月 7 日 [1]

亲爱的小慧：

除夕来信收到，谢谢你还记牵着我，也祝愿你们阖家羊年幸福，诸事如意。

海湾战争结束了，但已给多少人带来沉重的灾难呵！油田的烈火还在燃烧，希望能烧醒那些侵略成性的灵魂，以此停止杀戮！

剪报看到苏雪林的情况，为她不胜欣喜！现在她可能是文坛最高龄的寿星了，难得的是她思维清晰，不像有些八九十岁的人已经痴呆昏昏了！我写她的那篇文章，复印寄你，因《香港文学》只给了我一本。你看后意见如何？此文大陆已有人看到，他们是青年文学研究者，曾来访我，写了短文，这也是点滴反应，为之快慰。不过我思想上有准备，会招来非议，因为至今大陆还无人提及她。

你不要为我买参了，非常感谢，也很不安！但盼能告知所费数目，虽然情谊不是钱可比拟。只要我还活着，我会不辜负你对我病的关心，支援！

今天又要去医院复查，这是今年第一次，（定期三月一次）

1　这封信写在《隔海雪林贺寿星》（文末署 1990 年 10 月于上海）一文两页 A4 复印纸的背面。——傅光明注

此病或无变化，唯春节前又患慢性腹泻，可能需要作肠胃检查。身体虚弱，百病乘虚而入！

端木常来信，他也病病歪歪，计划两年写完《曹雪芹》。

前些天一位记者为我拍了照，寄你一张，看看我老成什么样了！（比你84年看见的我，变多了！）

我前年寄你的《红楼梦剧本》之四，你和研究工作者意见如何？最近新加坡寄来他们演出的"宝黛"和"二尤"资料，还不错。

三月七日上午

2010年6月20日韩秀谨识：

这，便是那千字文。背后还有1991年3月7日清阁先生的一封信。这些文字寄往华盛顿。我收到后于3月31日回了信。

17. 1991年4月23日

亲爱的小慧：

参信均收到，同时收到苏雪林的信，她还未看到我的贺寿文，很着急。不知为何香港不寄刊物给她？我只好复印了给她。另外我又写了篇谈"女子文学的开拓者"，《文艺报》刊载了，也是为的让文坛、文史家们不要遗忘前辈。友人说我这些年写了不少"为人作嫁"的文章，是的，但我心安理得！因为历史不能切断。复印一份寄你，你一定同情，我知道你和痖弦都是看重历史，尊重老辈的。这也是一种治学应有的科学态度！

四十多年前，我胆敢冒天下之大不韪，将王熙凤之多面性格揭示出来，也是想为王仗义执言，不忍见她在一些舞台上的形象长期被扭曲。我觉得剖析一个人物不能脱离她（他）的时代背景和生活环境，王的性格是在那个时代和环境里形成的，她目睹清王朝及贾府的形形色色的罪行，（贾赦的贪赃枉法，贾琏的荒淫无耻……）能不受影响？能不恨？不忧？（为她的女儿忧！）不设法自卫？不报复吗？（她与潘金莲命运有近似处，但她比潘强，能干！）如果她真是单一的坏女人，曹雪芹也不会把她列为"十二金钗"。细看，可窥见曹是怀着爱心写她的！（我不是做翻案文章。）

这封信写写停停，精力不济，脑力也有点迟钝了，哀哉，老矣！

手恢复得不坏，就是上肢疮口疤痕还痛，伸曲不自如。因此只写钢笔字，（也写不好）毛笔字正锻炼，没法子，因常有人索字。前天为你写了一张诗笺，是红楼梦的对联，我为不少文化人题写这两句，它有教人观察事物，体验生活之义，于写作者不无启发。未知你以为然否？留作纪念吧。（诗笺是 1986 年我在哈尔滨参加国际红楼梦研究会时买的，只剩这一张"葬花"了。）

告诉你新加坡已寄来演出我的《宝黛》《二尤》剧的资料，真有点讽刺，国内不屑一顾的剧本，国外竟演出了！颇感自慰。

参已服用，十分感谢！希望它能帮助我度过"五年"矣。（医生说三年内不发，可以活到五年！我不敢奢望，努力争取吧！）

照片看出我比 85 年你见到的老多了，自然规律！为此，盼你善自珍惜你的风华正茂的岁月，写什么不要太累。

我的电话改过后告诉你没有？留资备用。

问好佐齐，龙龙还在日本否？学业结束没有？念念。

清　谷
九一．四．二十三

2010 年 6 月 20 日韩秀谨识：

这封信，是清阁先生 1991 年 4 月 23 日写的，我收到，马上于 5 月 2 日回信，当时，我人在华盛顿。

三件事：1. 苏雪林及友人。2. 为王熙凤"平反"，或"翻案"。3. 新加坡对清阁先生剧本的重视。

这封信提醒我一件事，清阁先生不止一次跟我说过，舒先生起始写剧本，信心不足，是因为她的信任与鼓励，才写起来的。清阁先生的剧本一直被冷冻着，反而是新加坡有兴趣，是讽刺，当然也是悲哀。

这封信也交光明保存，在他的研究中，或许有助益。

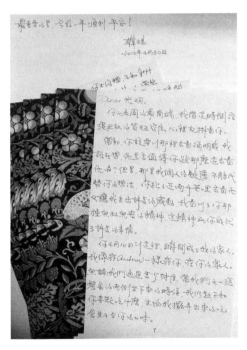

图 50　我在美国最南端的时候，韩秀给我写了满满七页的信

18. 1991 年 8 月 12 日 [1]

韩秀：

五月初来信收到后，上海进入酷暑，炎热不堪，影响刀口疤痕痒痛难受。两月来又兼洪水成灾，市内大楼虽未殃及，亦颇受干扰，故久未写信。幸病情稳定，第二季度复查结果无变，现仍中西药并服，合治，但愿能见效益，让我多活几年，再继续写写"未完"之作！

七月十五日"联副"发了我一篇《隔海寄雪林》，他们原说不转载作品，而此稿与《香港文学》之稿，文字虽有改动，内容基本相同，不知何故转载？我已函痖弦问询，并表示不愿取酬，即使付酬，也应减少。（嘱寄你）此来我有"一稿两投"之嫌，《香港文学》也必不容也。不知你了解否？岂痖弦独为我破格耶？甚感不安。

你们行止有变否？夏天出去避暑否？均在念中。

上函谈到王熙凤问题，你我看法相同，是乃"英雄"所见也！（一笑）关于潘金莲，她的"奴颜婢膝"态是她出身奴婢的惯性。她死，不值得同情，但作封建势力的替罪羊，也未免冤枉！

报上看到张爱玲近作《自传》问世，此人沉默多年，现在已引起文坛重视，实在有些太晚了！埋没一个有才华的作家，这是文学

---

1 台北《联合报》副刊发表清阁先生《隔海寄雪林》文，痖弦先生并没有为清阁先生而破例"转发"。事实上是一个苏雪林研讨会交给《联合报》的，属于一种比较特别的例子，完全是一片好心。痖公乐得成全而已。张爱玲也没有"沉默多年"，甚至成了许多华文小说家口中的"祖师奶奶"。清阁先生只是不知道而已。我从未见过张爱玲先生。甚至，也感觉着，自己为文也完全不必循着那条路子走。因为时代不同，际遇不同，而且，小说也是有着万千种不同的写法的。——韩秀注

事业的损失，所以我呼吁重视女子文学。你参加北美华人作家协会谈了这一课题否？张爱玲参加否？如有机会看到她，代我致意。

偶尔写写短文，寄张剪报你看，知道我还执着地没搁笔耳！

问好佐齐

九一．八．十二夜

19. 1991 年 9 月 15 日[1]

亲爱的韩秀：

八月二十二日信收悉，看到照片，无任快慰！你还是那么年轻漂亮！佐齐瘦了，已有些脱发，可能是太辛苦了！劝他擅自珍摄，保重身体，不要自恃年轻，疏忽大意。你也要掌握劳役，勿过累。小安捷的照片我放进案头的玻璃板内了，朝夕相对，望着他向我笑，十分高兴。农农还在日本吗？学什么？

痖弦来信云：写雪林的稿子，是台湾"研讨会"交联副的，他不太清楚。"稿费从优照发，仍由你转"，如收到，请勿汇来，留给你作参费。不足之数以后再讲吧！现在参片还没吃完，夏天我服的是参丸，质量似乎不及上次的，可能掺了假。上海海关查出香港参丸不纯，市上现已不卖。下次你再买参丸时要向老板提

1　其实，我对"女子文学"一向不怎么上心。文学即人学，无论男性作家或是女性作家，写来写去，都是人的故事。清阁姨不然，她总是在为女子抱不平。我了解她的心境，也不争辩，只是一味地书写自己喜欢的"中性"文学。

1991 年，女儿农农早已因故辍学。她在日本神户念书的时候正是我们驻节北京的时候，也就是 1983 年到 1986 年那段时间。那时候北京的国际学校尚没有高中，美国外交官的孩子便到神户的国际学校就读。清阁姨所得到的讯息过于离谱，我知道其来源，也就不多说什么，多说无益。——韩秀注

出，让他注意质量。(年内不用买了!)

你为女子文学的活跃、发展，贡献力量，不胜感奋!这是文学事业的一项新课题，"五四"以来一直未被重视；不仅在中国，也是世界性的；是没有女作家，抑女作家作品低劣?不!是社会对女性的畸形观念作祟，否则何以英国的 Emily Bronte 的《咆哮山庄》[1]直到她死后很多年才问世，才为后人承认是一部优秀的小说佳作，于是轰动全球!

不信，你还可以找到许多例子，为此我很不平；写那篇小文和写苏雪林、凌叔华都基于这种心情，1946 年我战后到上海，一看到张爱玲的作品，即不顾别人的非议在《大公报》上写了篇评介她的文章。女作家太少，有才华的尤其少。

我最近还好，友人为我在南京请了一位中医专家治疗，现已开刀整两年了，但愿能平安度过三年。

就写到此，祝你

笔健，身健!

清　谷
九．十五

20. 1991 年 10 月 15 日

亲爱的小慧:

九月十五日给你一信，随即收到你九月四日的来信，两信相左，否则你见了我的信，就不必再寄汇票了。(我八月十二日给你信上曾

1　现将英国小说家艾米丽·勃朗特的这部小说通译为《呼啸山庄》。——傅光明注

嘱：如联副寄稿费，切勿汇钱，留偿参费。你偏不听。）痖弦既付稿费，实在受之有愧；据他函告，那篇转载的稿子，何人所发，何人所改，他均不详。由于我的几篇文章提到苏老，已引起大陆读者的关注，《中国现代文学大系》的小说、散文卷都选了她的作品，我想这也是她晚年的一个安慰，也是我写该文的主旨，但被他们一改，改得我哭笑不得！仿佛我不是纪念她，而是非议她，真正冤哉！

白小琳女士还未来沪，我很想见见她，不知能来不？她来时我总在家。除了院里散散步，很少出门。

昨天又做了今年第三季度复查，情况稳定，勿念。但仍须中西药兼服，已经手术两年了，右臂伸曲还不自如，创口疤痕也未痊愈，恐需三五年才能恢复。无可奈何！

端木迁居事，我不知道，今春来信，他又病过，已愈。我们都又老八十了，风烛残年，活一天算一天！他还在写《曹雪芹》，我只能写"千字文"！可悲！

祝阖家安吉

姨

十.十五

21. 1991 年 12 月 6 日 [1]

小慧贤侄：

1　1991 年底，十分忙碌，准备搬家到高雄去，更重要的是，儿子安捷患病，让我惊惧不已，更不能与清阁姨提及，免她忧急。——韩秀注
此信首页另有韩秀附记："92 年 4 月 15 日复，并寄稿酬 50 元。"——傅光明注

十月十五日给你一信,不知收到否?念念。久不见回音,疑心是否外出了?望复为盼。

我上月患重感冒、气管炎、美尼尔氏症,住了几天医院,现已痊好,但更虚弱,散步不到十分钟就气喘吁吁!好在脑子还没坏,精神好时就写写"千字文"。最近应痖弦约,为他的专栏"人生观"写了篇短文,也许你会看到。稿费我仍让他寄你,希望切勿再汇我,钱数不多,存放在你处好了!

又快到新年了,没法出去买贺卡,寄一张旧作扇面画片留念吧!祝

阖家安吉

清　谷

十二.六.灯下

22. 1992 年 3 月 23 日 [1]

亲爱的小慧:

我们有两个多月没通信了,想必写作甚忙,祝愿丰收!我于春节后患重感冒,高烧多日不退,新年医院客满,住不

1　关于病,我只有问候再问候。

将画作捐给国家,其中想必有傅抱石先生的作品。怎样捐的?全然不知。1986 年以后,未曾见面,留给我的纪念品,也就无缘见到。倒是 80 年代当面送我一幅画,是她自己的作品,曾经被抄走,又被还回来,正是她所谓的劫后残余。2012 年 4 月傅光明访问华府,我把这幅画从镜框中拆出来送他。整整半个世纪,我实在高兴这幅画终于有了一个好的归宿。

关于农农,我真是心头滴血,无法提笔。好在搬家忙碌,也就只好等到以后再说了。——韩秀注

进，只好在家疗养，幸而医生是我的读者，很关心照顾。卧病半月余，现已痊愈，但恢复得慢，至今精神疲惫乏力。最近正进行内脏检查，结果如何尚待通知。岁近八十（今已虚度七十又九了），年前病中考虑到生也有限，余年不多；一生独立自主的我，绝不愿把身后之事让别人去随意摆弄。尤其那些贪婪的所谓"亲友"，他们想从一个孤老身上捞"遗产"。他们不知道我早看穿了一切，十年前就写好遗嘱，决定将一生珍藏的书画（即所谓财产）（劫后残余）捐献国家，也只有国家才能永恒的保存。于是新年前夕我处理了这件事，还将自己的早年画作分赠了关心、爱护我的人留作纪念。这样一来，落得两袖清风，一身轻松，活得洒脱荡然，不亦乐乎！捐画事原不要宣扬，但大陆和台湾都发了消息，"联副"的消息不知从何而来？在这之前痖弦约我写一篇短文谈人生的意义，我写了《生而有限·生也无涯》，不知你看到否？痖弦是聪明人，他能看出我的心情——在"有限"的岁月里，做点滴"无涯"的奉献。这也算是不虚此生吧！

最近感冒好了，又要忙检查内脏（肝、胆、胃），特别是感冒后怕引起肺部病变，明天去拍片子，但愿无恙。我的情况你和端木夫妇常通信，他们一定告诉你，他们都很关心我。我也常惦记他们，上月托人代我去看过他们，据说端木甚健，正写《曹雪芹》，所居舒适，为之欣慰！他有一位能干贤惠的夫人，是他的福气，无论生活上、写作上，她都为端木全力以赴的奉献！因此我觉得端木的成绩，与她的帮助分不开。相形见绌，我写篇"千字文"就很困难，这封信已写了多日，不是脑子问题，是精力不济！也为了等检查报告，让你了解情况，以免惦念。现得知没有什么病变，能稳定就好。只是仍须中西药并进，每天与药为伴的滋味真苦！

你近来好吗？有何新作？春节时接你母来信，附一张农农的照片，怀抱婴儿，难道她结婚了？很想念你们，盼望再见到你们。我要送你一点纪念品，留待他日睹物如睹人！

暂时写到此，盼信。

问好佐齐

清　谷

九二·三·二十三

23. 1993年1月6日 [1]

小慧：

许久不见来信，九月你母到上海，始知你们合家已在台湾。今接贺卡，不胜欣慰！

祝贺你们新年快乐，诸事如意，特别是写作丰收，笔下生花！

你在台湾对写作有益，出版发展也较方便。你正当风华正茂之年，又很勤奋，前途无量！

痖弦秋天回过大陆故乡，我自报上看到消息，可惜他未来上海。你们常见面吧？便中代为致意。

农农为何这么早结婚？不再念书了吗？而且她也做了妈妈，殊感意外。你母在沪见了两面，就匆匆去旅游了。

1　隔了将近一年，所提仍然是农农的事，我终于明白，某人无非是透过不知情的清阁先生来伤我而已。于是寄新书到上海，谈些别的事情。——韩秀注

去年我还好，只是身体虚弱，小病缠绵。今年已是虚岁八旬老人了，偶尔还写写小文，力不从心耳！比起苏雪林老人，我不如也！

佐齐新年好！

清　谷
九三.一.六

台湾能买到《香港文学》否？近一期有我一短文和画，也有端木短文。又及

24. 1993 年 9 月 11 日 [1]

小慧：

对不起，我还不习惯改称你的名字。我感到这名字亲切。

收到你的书和信已多日，（迟复为歉！）我患肺炎住院多日，现已出院，但尚未恢复，看来八十岁不大好过。

病中读完你的散文集《重叠的足迹》，很高兴，近年中你有卓越的成绩。你的散文使我感觉新颖，从形式到内容你都为女子文学，有所突破，你的勤恳、用功的成果，是二三十年代女子文学事业的继承和发展！

你将前途无量，祝愿你再接再厉！

痖弦近况如何？听说他去年到大陆来过。现在两岸交流频繁，可恨我老了，否则也去台湾一游。

---

1 《重叠的足迹》与女子文学何涉？但是，清阁先生老了，我不能也不愿与她争论。在这个时候，我尤其怀念舒先生。也想念着舒先生，我们在搭盖着一座小庙，里面供奉的是人性。仅此而已吧。——韩秀注

苏雪林在台南市，你见过吗？她已97岁了，高龄了！

想念你，希望还能见面。

问候佐齐和你的孩子！

清　谷

9.11

25. 1993年11月24日寄往台湾高雄

韩秀：

九月底收到《涛声》和《生命之歌》，当时我正在医院里为肺炎所苦，幸亏治疗及时，未引起其他病变。十月初做了全面体检，因近来常常头晕，血压高，又做了头颅CT检查，诊断动脉硬化，要防血栓。"文革"时，我小中过风，真怕重复。今年几个老友患脑溢血送命，倒也痛快；就怕不死不活的瘫痪，无亲无故谁照顾？现只有在家疗养，还写写小文，八十老人原想搁笔，又以欠债太多，加之自己也还有许多话要说。许多事"未完"！

我很喜欢你的小说，小说的语言使我嗅出一种熟悉的味道，看得出你受"舒公公"的影响不小，这是因为你读他的作品太多的缘故。他的语言特点是含蓄、幽默、自然，而不游离于人物性格、身份。这在今天的读者恐未必能欣赏。但你应该创造自己的风格，不须管别人如何感受。你的散文也有你自己的风格，简练、明快，也有种"欲说还休"的含蓄。才几年工夫，你已有这么丰硕的成果，可喜可贺，希望加倍努力，不要急于求成！

我在有生之年想再结集一本散文，是近年来发表而未结集过的作品和 20 年代的几篇作品，（被别人的《文学大系》等书选用过）但还未联系到出版社，此间把散文、诗歌目为"亏本货"。我打算自费印出来，可又无处经售。有人（萧乾、从维熙等）拿到台湾出版，我也想试试，你能代我问问否？书名暂定为《记往事·忆故人》。另外正编一本《友情的温馨》，作家给我的一些信，附简介、注释。此书有人感兴趣，尚未敲定。如健康许可，还想编一本话剧集、诗集。此后即封箱搁笔了！（也许全是空计划！）

再者，我给你那本《红楼梦话剧集》及《梦醒人去》，能否找一家出版社合并印成一册？此间对剧本也不欢迎。所以也想麻烦你为我考虑考虑，能否在台湾出？

愿上帝假我以寿，让我再活几年，把未了之事干完，也就心安了！不是为稿费，是不大甘心文坛对我几十年来的压制！（你会理解）

这封信写了两三天，很矛盾，又觉得还是洒脱点的好，一了百了可也！"文章千古事"，何必争一时之短长？！"得失寸心知"耳。唐人早有此悟性，吾当受教！

问好佐齐

姨

十一·二十四夜

（你的外婆我印象很深，她和我通过两封信。她是一个沉默的刚强人！）

2010 年 1 月 18 日韩秀谨识：

这封三页长信写于 1993 年 11 月 24 日的夜晚。我收到信后便回了信，寄上贺年卡。1993 年 12 月，圣诞节前便收到清阁姨寄来的贺年卡，上面有她 1966 年画的一幅画。

11 月 24 日这封信，有几个重点：①"无亲无故，谁照顾？"②80 岁了，想搁笔，但是"欠债太多"，而且自己"还有许多话要说"，许多事"未完"。③清阁姨喜欢我的小说，"小说的语言使我嗅出一种熟悉的味道"，而这味道是来自"舒公公"的。然后，清阁姨分析了舒先生的语言特色："含蓄、幽默、自然，而不游离于人物性格、身份。"④谈及想在台北出书的意愿。这件事，我透过痖弦先生与联经出版社接洽过。也直接找过三民书局发行人刘振强先生。三民书局当年的副总编辑黄国钟先生曾直接写信给清阁先生。但是，两边不投缘。此事没有成功。出剧本事亦然。清阁姨说，出书"不是为稿费，是不大甘心文坛对我几十年来的压制！"这句话令我非常震动，于是全力以赴。台北"副刊王"痖弦先生是河南人，对清阁先生极为敬重，为这位乡亲奔走不已。可惜，事情没有成功。

26. 1993 年 12 月 12 日寄往台湾高雄

银镶大地新，梅开报早春。九歌祈正气，孤舟访故人！祝贺圣诞、新年吉祥快乐。赵清阁题于 1993 年 12 月 12 日。时年八秩

2010 年 1 月 18 日韩秀谨识：

1993 年，清阁姨 80 岁。她是高兴的，寄了这张贺年卡来。贺卡上面的《泛雪访梅图》是清阁姨 1966 年的作品。那时，"文革"尚未开始。那是大风暴前夕的片刻安宁。

27. 1993 年 12 月 12 日 [1]

小慧：

信和照片均收到。照片上的你依然健美，佐齐也很潇洒，小男孩真可爱，漂亮、聪明，比起我案头玻璃板下的两张娃娃像，他长高了，大了！

你们的幸福也使我高兴，祝愿你们前程无量！

寄一张朋友为我祝寿印制的画片，那是"文革"时我刚被揪出，百无聊赖中作的，（香港印制的，很好，国内无此条件。）画出来我的向往，一点诗意。

散文集我正编辑中，书名拟用《往事如烟》，和《浮生若梦》对仗。约计七八万字，均未结集过，即使选几篇结过集的，也绝无版权问题。内容属纯文学作品，毫无政治意义，为此我也希望出版对方没有政治背景，最好是商办书局，而非官办。以免麻烦。痖弦的"联合"文丛能否接受？请你联系一下，然后告诉我。总之这本也许是最后的作品，只有委托你代为处理（包括与出版者签订合同）。

作品可以争取元月上旬寄出，但愿 1994 年能够问世，我希望看到它。

大陆老作家施蛰存、朱雯都在台湾出过古典诗论和翻译作品，我没有经历过。

1　版权绝不是问题，问题在于清阁先生所谓的"没有政治意义"并非实际情况，少文学而多政治才真是症结所在。这"最后的作品"耗费了痖公不少的时间，终于没有成功。——韩秀注

近来又发气管炎，身体一年不如一年了！

可悲！

清　谷

93.12.12 夜

28. 1994 年 1 月 22 日 [1]

小慧：

二日来信及剪报收到，而更巧的是我九日晨见信前夕，竟梦见小曼！岂冥冥中她真有所知否？

剪报文章是作者看过我《浮生若梦》中的一篇《陆小曼喜逢晚晴》一文，有所摘录。这样做也好，听说台湾文学界很关注她。还有巧者，上月 17 日我在《文汇报》上又写了一篇纪念她九十冥诞文章 [2]，寄你一阅，可以看出我们老一代人很重友情，尤其我。

痖弦迄未来信，我也寄他一张"访梅"画片，友人多喜欢这张画片，可惜真迹送人了。

、　散文集事正赶编中，如三民书局决出，就给他们，你可先问问。附暂拟篇目一份，包括卅年代至今作品。

清　谷

94.1.22

1　出版事难，至于陆小曼，也是很多人有看法的，只是大家不说穿而已。三民书局有一丛刊，许多名家撰文，只有篇名没有内文，也是很难说话的。痖公进行得不顺利，自然很难提笔写信。——韩秀注

2　赵清阁《绒线背心的联想——陆小曼九十冥诞纪念》，《文汇报》1993 年 12 月 19 日。——傅光明注

29. 1994年2月21日 [1]

小慧:

贺卡及会议文件均收到。年前岁梢我寄你一信及散文目录（还附有陆小曼的纪念文章）不知收到否？念念。

你与三民书局已否联系？他们愿接受出版否？我看了他们出书的目录，觉得都是严肃的纯文学，有不少朋友的作品。如果他们乐于出版我的作品，就决定给他们，书名暂拟为《往事如烟》。痖弦那里我也去信，估计他们"联经"稿挤，你问过没有？他与不少大陆作家有联系。

《联合报》举办的文学会议因指明"四十年"，有此时限，故会议可能研讨只始于卅年代，所以李女士就不谈苏雪林、冰心、凌叔华、冯沅君、袁昌英……，会令人不解的。虽是卅年代的女作家，也有所排斥，如谢冰莹、沉樱、陈衡哲……，何况小我？能被她承认的只有丁玲及四五十年代几个她的好友。这样的研讨会不是唯物史观的，而是派性作怪！由于时限关系，会议上恐不仅是对女性文学，男性文学也一样。你妄求公允、客观，未免天真！但看了你的讲稿，立论正确，实事求是的精神尤为可嘉！搞研究工作，必须如此，否则便失去史笔春秋的意义。不过李女士暴露出的问题，也值得我们反思。你在成熟，但还需增强涵养，你的文章有些火气，不

---

1 "会议文件"乃台北《联合报》系主持之海峡两岸四十年文学会议上李子云教授的论文以及我的讲评。八分钟讲评，谈不到做学问，追求公允客观应当是本分而非"妄求"，更不是天真。我在中国大陆的经验让我的性格里少有天真的成分。会议在台北圆山饭店举行，我坦率直言，获得广大文友的支持，没有错。所谓字里行间的"火气"，也不过是真性情吧。时间过去了近二十年，那一天的情景历历在目，我仍然没有如同清阁先生所期待的，"明白"过来。而且一如既往，绝不敷衍。人生苦短，哪有工夫敷衍啊。——韩秀注

是吗？搞学问是要深邃、冷静的！聪明的小慧，以后你会明白的。

我近来身体尚可，很想抓紧时间编好这第四本散文集，八十一岁的老人了，希望有生之年还能看到它的出世。

就此打住，盼来信。祝

全家安吉

姨

二.二十一夜

30. 1994 年 3 月 21 日 [1]

韩秀：

3 月 2 日信悉。谢谢你为我的出书事费神。黄先生的意见是我早就考虑到，也和你谈过，我知道其中难度，所以有顾虑。现决定放弃原计划，仍在大陆进行，即使自费也要以此结束文坛生涯。文学当商品交易，我还不乐意，可已有人在广州颈挂牌子在街头叫卖了，斯文扫地！为此我今年一定要搁笔！视力不济，也无法再写了。

痖弦处也不必问了。

你参加的文学会议是只限四十年，即不包括三十年代，因此李文也可成立，只是丁玲不是 30 年代吗？矛盾！李回来后在文汇报写过一文，有自我批评之味。承认她有偏见，知识不多。我估计与你的辩议有关。

---

1 对李子云教授，我毫无成见，对她那篇论文有意见是实话实说。她坦诚自己有偏见，那就很好。如果不是傅光明将这封信件公开发表，我是不会提起的。
令我惊讶的是清阁先生迅速缴械，不再试图境外出书。黄先生是三民书局主编黄国钟先生，他对清阁先生的回忆文章有意见，当然在意料之中。——韩秀注

下午去医院复查，白内障也要开刀，很心烦！

即此祝吉

姨

3.21

31. 1994 年 5 月 7 日 [1]

韩秀：

久不见来信，甚念。想必又在忙新作，你的勤奋定能带来成功的丰收，为你高兴。

前天农农不期而至，还带一位男友张家宝至，她是代表你母和你来看我，但你们事先没有告诉我，张君与她的关系也不了解，猜想或是恋人？！张君人很正派朴实，学历也不错，家庭情况如何，你知道吗？农农成大人了，过去记忆中的她还是七八岁、十一二岁的孩子，多么快，眨眼间她已做了母亲，你已当上外婆了，而我已是八十老人！因此，这次看见她十分高兴，只是没有好好接待他们，反而让他们为我破费，送给我礼物，受之不安，但给他们人民币又不能用，真是歉然！见到他们代我致意。他们为我录了像，你看我变了吗？

散文事，我已编就，正在大陆托人找出版处，即使不要稿

---

1 农农与张家宝到上海，我一无所知。吴兴路的地址我更没有告诉他们。我也没有见到任何关于清阁先生的录像。事后，农农也未提一字，我根本无从知道清阁姨的出书状况。1994 年我们一家三口——（我、佐齐和安捷）在高雄，1995 年返回华盛顿，1996 年驻节雅典。"听农农说你和佐齐可能再到北京"，这再到北京的话，便属子虚乌有，清阁先生白白地盼望我们了。我只好在后来的信中再一一加以说明。谎话连天的造访自然也是一锤子买卖，之后，便不会再有了。那录像呢？偶尔还会惦记。——韩秀注

费，也愿印出，这是我第四本散文集，争取今年面世，也就结束我的文学生涯了！台湾出版计划作罢，散文不同于古典作品和翻译作品，较困难。农农会告诉你。

听农农说你和佐齐可能再到北京，果而，则又可见面了。我期待着。

有空盼来信。祝

文思舒畅

阿　姨

九四.五.七，夜

32. 1995年5月30日

韩秀：

好久不联系了，但常在思念中。近况如何？又有什么新作问世了？当此风华正茂之年，祝愿你丰收再丰收！

日前接到台北三民书局萧及聪编辑来函，谈及你转去了我的散文集篇目，表示要看了文稿方能决定。记得去年你来信说过，他们可能对现实题材有顾虑，因此我未敢贸然寄稿。最近我整理旧作，觉得几本古典和传统的中篇小说，80年代曾是畅销书（印数达五十余万本），已十几年未印过，我如向上海文艺出版社收回版权，拟在台合并重印，共约卅万字，书名暂定为《杜丽娘及其他》（即《牡丹亭》），包括《白蛇传》《梁山伯与祝英台》，记得送过你一本杜丽娘，是傅抱石画的封面。这些书脍炙人口，民众爱看，台湾尚未看到，大陆现在也买不到了，我的存书也多送朋友了，现手头还有余书，我曾函黄国钟先生询问是否有兴趣？他们如有兴趣，我即将书寄去。此信他们可能未收到，萧及聪先生来函未曾答复。便中你为我问问。友人施蛰存的《唐诗百话》已在台出书。

散文集《往事·古人》，我再重编一下，复印了给他，但寄递真怕遗失。

听说你又要去欧洲了，不知已否成行？原希望你能再来大陆，我们还能见见面，真想你！我的电话你有吗？方便时给我个电话。

问阖府安吉！

我患目疾，视力只有0.1了，可悲！

清　阁

九五·五·卅

2010 年 6 月 20 日韩秀谨识：

这封信，清阁先生是在 1996 年 5 月 30 日写的，信末所署的年份错了。

我收到时，人已在希腊，于是再一次寄上雅典家中地址。清阁先生与三民书局两位副总编辑都不投缘，先是黄国钟先生，后是萧及聪先生。

文集重印事宜卡在意识形态的部分。非常无奈。

这封信不在那八封信之列，但是这封信有一定的代表性。所以，仍交光明保存，写作与出版，毕竟是清阁先生最重视的事情。

33.《联合报》稿费单

笔者按：细心的韩秀一直保存着《联合报》因发表赵清阁的

《隔海寄雪林》寄出的稿费 110 美元单据的复印件。

2010 年 6 月 20 日韩秀谨识：

千字文，110 元美金稿酬，在 20 年前，实在是很不错的。偶然发现，这一张副本还留着，《联合报》副刊署 80.7.3，是民国 80 年，（自 1911 年起以民国纪元）就是 1991 年。我于 1991 年 9 月 5 日将支票转寄上海。两岸不通，支票由台北而华盛顿而上海。

这种事，我从 80 年代做到 90 年代，顺利帮助了大陆老作家的稿件在台湾出版。

这编政组上面的字迹是副刊陈义芝先生的笔迹。他是诗人，痖弦先生退休后，义芝担任《联合报》副刊主任。

此类凭证现在大约不容易找到了，也交光明保存。

34. 1997 年 7 月 29 日寄往希腊雅典

韩秀：

有两年不通信了，执笔如同隔世！去年，接到你一信，知即将离美，现想已定居新址。

我去年因患肾功能不全病住院八月之久，一度严重，经治疗，病情稳定，今年春出院，在家疗养。虽不见大好，总算还能起坐，又给你写信了。不过岁逾八旬，也衰老不堪了，写作已停，视力、体力不济，写信也很维艰！为让你知道我还活着，勉强书此短笺。以后可能联系少了！

你近年来写作丰收，有长足的进步，十分为你高兴。谚云

"功夫不负苦心人"，以你的执着精神，定会有更大的成就！我为你们全家祝福！

清　谷
97.7.29

2010年1月19日韩秀谨识：

　　这是我收到的最后一封来自清阁姨的信。

　　她只是要告诉我，她还活着。

　　在此之前，我看到一本大陆出版的《女作家传记》，里面有四页谈清阁先生，并说她"1984年入党"。我便写信告诉清阁姨，我看到了这本书。

　　我震惊，因为1984年，我人在北京，是与清阁姨来往最多的时候。我完全不知情，也不知是何原因，她竟要"入党"。

　　她在1997年7月29日这封信中没有回答我。于是，我明白，我并不真正了解这位长辈的现世处境。心里的痛楚无以言说。

　　之后，也便像她所说，"以后可能联系少了！"无论我写信、寄书、寄照片、寄参片，她都不再回信了。

赵清阁致端木蕻良信

赵清阁致端木蕻良（1989 年 12 月 20 日）

端木蕻良：

好！前些时的来信，收到。蒋雪岚之女若萍到我家去，因我在医院，她留下的条子（塞进门缝里）我也看到，真谢谢你和耀群对我的关心。

住院至今已多时，动手术也已有一个多月了。情况还算好，缓了一些天之后，又进行了术后治疗，却不料反应很大，而暂停。现针对此种不良反应在采取相应措施。看来问题不大，请放心。

相反，你因身体不适住院而令我不能放心，很是牵挂。不知是何病因，望尽快来信告知，并请安心养病，珍重再三。

另外，有便告诉美国朋友，我的情况已有好转，十分感谢他们的关心。

匆此，顺颂

冬安

赵清阁（袁绍发代笔）

一九八九年十二月二十日

2010年6月20日韩秀谨识：

洪铃文章中，曾提及90年代清阁先生断绝了与境外友人的联络。

这封清阁先生致端木先生的信正好是一证明。清阁先生自己不写信，却郑重请端木先生"有便告诉美国朋友"云云。

端木先生直接将这封信寄了给我。（当时，我在华盛顿。）

这封信，并非清阁先生的字，而由袁绍发代笔。这袁何许人也？为何需他代笔？1989年下半年，清阁先生遭遇了什么？都是疑问。这封信，我回了端木先生。之后，也回了清阁先生。都只是问病而已。

短短一信，其内情却颇为复杂，交光明保存，研究。

与痖弦通信

1. 韩秀致痖弦（1988 年 10 月 24 日）

尊敬的痖弦先生：您好！

我们终于等到了清阁阿姨的稿子，她希望文章刊出后得到两份剪报（见复信）。也许，她想寄朋友。

"文革"之后，清阁阿姨的身体糟透了，手几乎不能拿笔。但她一次又一次试着拿东西，由大到小，终于又握紧了笔杆。她不仅是作家，也是农工民主党成员 [1]，用一切可能的机会为知识分子请命，为创作自由呼吁，她不仅是作家，也是画家，画出她追求一生的自由、祥和。

---

[1] 1988 年，我还以为清阁先生仍然只是民主人士，完全不知世界上还有交叉党员这一说。所以，会有这样热情的推荐文字。我是在 90 年代才知道部分真相的。——韩秀注

她是硬骨头作家、画家和为自由而战的斗士，记得，三年困难时期，当局说不写剧本不给工资（没有工资就更没有饭吃），到底，她也没写他们要的掩饰现实的"歌德"剧本。

　　我非常尊敬这位老人，希望一向受冷落的她能在七十高龄时拥有新的读者群——《联合报》的读者群。

　　她的信中，还有些别的信息，一并寄您。

　　祝

编安！

韫　慧
10/24/88

2. 痖弦致韩秀（1988 年 11 月 3 日）

韫慧：

　　赵清阁女士来稿收到，不久就会刊出。你处有没有赵女士的照片，希望配合文章发表，更有意义。

　　我对赵女士文章创作十分熟悉，远在抗战时代就知道她的名气，如今能为我敬仰的大作家做编辑上的服务，感觉无比的高兴与荣幸。

　　为配合赵女士文章发表，我已请秦贤次先生为她写一生平简介，一并刊出。

　　请代我向赵女士致敬，她是文

图51　台湾著名诗人，青年时代的痖弦先生

坛前辈，也是我的河南乡长！

　　祝福

痖　弦

77.11.3[1]

3. 赵清阁致痖弦（1989 年元宵节）

痖弦先生：

　　大函敬悉。承约稿为贵刊补白，并由此结识乡亲，快慰良深！苟有一天沪滨把握幸会，更是了何所云？！盼盼。

　　今乃元宵节，隔海千里共婵娟，祝愿您阖第团圆，康乐吉祥。

　　日前香港古剑先生托王辛迪友人转来贵刊"拜年特辑"一张，想必您已得到。他很热心，愿为我与苏雪林女士沟通联络。故人阔别四十余年，她能看到报上拙文，亦聊以告慰矣！朋辈凋零殆尽，台湾梁实秋、沉樱去年先后谢世；沉 82 年曾回国小聚过，梁则竟已永诀！唯冰莹尚通鱼雁，她亦八旬，恐也难能相见了！

　　匆匆不一，顺颂春祺

赵清阁

己巳灯节

4. 韩秀致痖弦（1989 年 1 月 31 日）

尊敬的痖弦先生：您好！

1　此处落款时间为民国 77 年。——傅光明注

昨天晚上，从波多黎各（Puerto Rico）回来，接您 24 日信，谢谢。您给清阁女士的信，今晨已转上海，勿念。

　　今天，接您编辑部寄来的一些剪报（共九份），上刊有十一位大陆作家的拜年短文[1]，邮包内未有附言，想必是要我转寄。

　　其中，从维熙、端木老、袁可嘉三位先生处，我今天发出剪报，勿念。

　　此外，许杰、古华、施蛰存、柯灵、萧乾、雁冀、叶延滨、李锐，八位作家的通讯处，请便中寄我，当马上将剪报寄他们。

　　再有，作家有八位，剪报却只剩下六份，其中两位，可否寄影印件？如不妥，请再寄两份剪报给我。

　　就此打住。

　　祝

好！

韫　慧
1/31/89

5. 痖弦致韩秀（2010 年 3 月 4 日）

韩秀：

　　"八封信"内中谈到联副和我的几个地方都不必改动，当时是那个样子的。第三页第二处打√的地方有"该报编辑组来信说明不转载"，原因是限于社方的规定，规定所有来稿都是第一次

---

[1]　1989 年早春，与清阁先生有关的《隔海拜年》剪报，我手上居然还保留着两份，送给光明，留个纪念。——韩秀注

发表。你如认为这句话前面有必要加上"限于社方规定不登转载稿"也行，不加也没有关系。

　　清阁先生是我同乡，我对她老人家的为人风格和文学成就极为敬重，希望台湾读者有机会接近这位"五四"人物，所以为她的作品在台湾出现而奔走不已，可惜有些事没有办成，十分遗憾。

　　傅光明先生好像在我主编联副时也通过信。为老舍先生立传是有意义的事。你写信给他时便中代我致意。

　　清阁先生是编剧家，我也演过话剧，饰演过孙中山先生。

　　两张剪报，寄你笑笑。

　　祝

好

痖弦上

2010.3.4 温哥华桥园

韩秀致董桥信

韩秀致董桥（2010 年 1 月 20 日）

存爵先生：您好。

元月七日大函、洪铃文章、苹果日报《星期天饮茶》版妥收。感谢不尽。

早先，我已经在您的专栏上看到这个电子邮箱的邮址，但是我想，您是不会喜欢 E-mail 的。所以，我仍然写信给您。收到这些邮件，看您嘱我使用电邮，非常惊讶。我生怕从今往后就再也见不到您的亲笔了。E-mail 除了快捷实在是一无是处，它让人们很快就生分了。

洪铃所提供的讯息里，只有 1950 年那一段，我完全不知道。但是，洪铃为文的态度却是极好的。我很高兴，清阁姨身边有这样好的一个人。我认识洪师母，极娟秀、极和蔼、极温暖的。我小时候看到她，她最常跟我说的一句话是，"你吃饱了没有？再吃一点好不好？"剥龙眼的技术还是她教给我的。

其实，在清阁姨的晚年，她并没有完全中断与境外的联络。她给我的最后一封信是1997年7月，那时候我们在雅典。我是在那一年的春天，偶然看到一本大陆出版的有关女作家生平的书，里面有四页写清阁姨和她的创作，并且写到她1984年入党。我在给她的信里，只提了一句，告诉了她，我看到了那本书。然后，我便收到了她最后的这封信，没有谈这件事。信里面满是对我的祝福，信里面满是悲伤、无奈、绝望。她瞒了我十五年，心里的感觉，当然是凄楚而复杂的。我是她的小友，是那个跑来跑去为她传递信件的最为可靠之人，是那个将她的作品带至境外发表的小帮手，是那个在自己的文字中充满着她熟悉的她喜欢的味道的小写手。我们曾在1984年、85年、86年联床夜话。我知道那《落叶无限愁》的来龙与去脉。

我没有把这封信看作最后一封信，还是写信给她，热情如昔，还是寄新书给她，还是寄参片给她（不是为了滋补，而是她的医生嘱咐她长期服用，治病用的。我从1990年开始寄她，到1998年底是最后一次，我相信那数量够她服用到最后）。但是，我没有再收到她的信。她把自己完全地封闭了起来。两年多之后，她走了。我一直想念她。

最近，我花了两天时间，翻印清阁姨的八封信件[1]，详细写了注释给一位大陆的学人。这些信件是从1987年到1997年十年间，直接谈到舒先生的八封信。信中分析了舒先生在文学创作上

1　这八封信已作为附录，收入《书信世界里的赵清阁与老舍》，傅光明著，复旦大学出版社2012年3月版。——傅光明注

的传承，信中也提到往事，提到友情与无望的纯真的爱情，语气是诚恳而欣慰的。清阁姨走了，我这个小友，应当帮助她将深深压在心底的愤怒与痛苦释放出来。我能够肯定的是，她的愤怒完全不是针对舒先生的。她的愤怒针对的是几十年来对她的压制。

您的序文，好得不能再好。余教授一定欢喜，读者也一定喜欢。

倒是充和姨这本诗书画选，我怎样能够收藏一本呢？可不可以请您的秘书给我一个指示，我应当怎样去购买。先谢了。

庚寅年平安、顺遂。

韩秀　拜年

2010 年 1 月 20 日

Jeff 嘱问候。他还记得我们从雅典赶到 Vienna[1]，购买上好的西洋参寄往上海。他很喜欢清阁姨，喜欢和她聊天，也喜欢她的字和画，说是非常迷人。

1　奥地利首都维也纳。——傅光明注

老舍致赵清阁信

笔者按：这里的四封信援引自赵清阁编《沧海往事—中国现代著名作家书信集锦》，上海文艺出版社 2006 年 10 月第 1 版。信中注释为赵清阁先生原注，补注均为史承钧先生所注！

（一）

珊：[补注1]

快到你的寿日了：我祝你健康，快活！

许久无信，或系故意不写。我猜：也许是为我那篇小文的缘故。我也猜得出，你愿我忘了此事，全心去服务。你总是为别人想，连通信的一点权益也愿牺牲。这就是你，自己甘于吃亏，绝不拖住别人！我感谢你的深厚友谊！不管你吧，我到时候即写信给你，但不再乱说，你若以为这样做可以，就也请暇中写几行

来，好吧？我忙极，腿又很坏。匆匆，祝

长寿！

克

一九五五年四月二十五日 [补注 2]

果来信，不必辩论什么，告诉我些工作上的事吧，我极盼
知道！

注释：

[补注 1]：此信开头的称谓和结尾的署名，赵清阁先生抄录时
改成"清弟"和"舍"，现据原信改回。据赵清阁先生说，"珊"
和"克"是她据英国小说家勃朗特的《呼啸山庄》改编的剧本《此
恨绵绵》中的两位主人公安苡珊和安克夫的简称，40 年代至 50 年代，
她和老舍在通信中常以此相互称呼。

[补注 2]：原信仅署"二十五日"。赵先生曾用毛笔注上"五五
年五月"，原稿为赵先生亲自抄写，该作"四月二十五日"。据内
容从原稿，因赵之寿日为五月九日（农历四月十五日）。

（二）

清弟：

我已回京月余，因头仍发晕，故未写信。已服汤药十多剂，
现改服丸药（自己配的，不是成药），头部略觉轻松。这几天又

忙，外宾甚多，招待不清。

家璧来，带来茶叶，谢谢你。

昨见广平同志，她说你精神略好，只是仍很消瘦，她十分关切你，并言设法改进一切。我也告诉她，你非常感谢她的温情与友谊。[1]

你的剧本怎样了？念念！

马上须去开会，不多写。

北京市文联已迁至：北京西长安街三号。

祝健！

舍

一九五六年十月二十日

注释：

[1] 1956年继"文艺整风""思想改造"运动之后，开始进行"反右"运动[补注]，这期间，许广平以人大副委员长身份到上海视察，她的任务是了解知识分子问题。她为了我的工作不对口，在一个座谈会上提出了意见，不久"上影"就恢复了我的编剧职务。

［补注］：这儿有笔误，似应改为"整党"和贯彻"百花齐放，百家争鸣"方针。因为"反右"在第二年六月才开始，大批回应"双百方针"并热心帮助党整风的知识分子被打成"右派"。

（三）

清弟：

近日想念甚切，因王莹由南返京，说在沪没见到你。我甚不放心，也不敢写信，怕你或在积极学习中。昨得函，始悉你又病了。我前日给家璧函，提到我的关心，叫他去看你。切盼你病况急速好转，好多服务。

谢谢你提的意见。[1] "上甘岭"是一时疏忽，早已改正，改为东线，因那里时时下大雪，正合李[补注1]所言也。

"反特"未能突出，因系讽刺剧。反动分子未能写好，因材料多，不易概括。详细写他，即不易讽刺；顾了讽刺，而不能多写他。况且，还给正面人物留出两幕三场戏。顾此失彼，技术不高。

"活报"不正确。戏虽没写好，但是新尝试，此种戏尚无前例。对干部们的讽刺不够，正因为它是新喜剧——与古典讽刺文学不同。古人可否定一切，故讽刺深入。我们不能那样办。我们必须讽刺坏的那一部分，而不能全盘否定，以至使人有反对或怀疑我们的社会制度的感染，那不行。此剧极难写，但给创作上开辟了一条道路，它也许像"活报"，但是一种新的"活报"。

栗到中南海受训，而又做了官，剧中已交代清楚。

忙，不多写。盼你新春快乐！祝你健康！

舍上
一九五七年二月七日

已见抱石，他身体很好。

注释：

[1] 1957年，老舍先生奉命写了一个"新喜剧"《西望长安》，虽是讽刺喜剧，但读来缺乏幽默感。而他的作品之吸引人，就在于这一特色。不过1950年代正是极"左"思潮泛滥的时候，写喜剧不易，讽刺更难！我直率地提出了意见。我说《西望长安》像"活报剧"（活

报剧乃抗战时期的一种街头宣传剧，简短明确，随时随地在街头巷尾向民众演出，宣传抗日救国），老舍先生不同意我的看法，作了解释，只承认是"新活报剧"。也坦直地说出了他的难处与顾虑。可读者不理解，私下颇有议论。我想今天读者看了这封信，就会明白了，明白那年月写作任务的艰巨性，也明白了老舍先生对新中国、社会主义的爱心。"文革"中，"四人帮"诬蔑他反动，置他于死地，岂不冤哉枉也？！

[补注]：应为 1955 年下半年，此剧 1956 年 1 月在《人民文学》发表并在报上连载，1956 年 3 月由作家出版社出版。

[补注 1]：李，指李万铭（1927—1992），诈骗犯。曾伪造证件，冒充共产党员、战斗英雄等，1954 年底伪造某高级将领的亲笔信和紧急电报，谎称调其回部队任军参谋长兼师长，在西安被揭露。1955 年 10 月被捕。1956 年 8 月北京市中级人民法院以政治诈骗罪判处有期徒刑 15 年。1957 年 7 月第一届全国人民代表大会第二次会议上，公安部部长罗瑞卿在工作报告中介绍了李万铭诈骗案，并希望有人把它写成讽刺剧。老舍自告奋勇接受任务，创作了话剧《西望长安》。剧中骗子栗晚成的原型就是李万铭，此信中将两者混用了。李（栗）谎称作家在朝鲜东线任团参谋长，见《老舍全集》第 11 卷第 112 页。

（四）

清阁：

　　昨得家璧兄函，知病势有发展，极感不安，千祈静养，不要着急，不要苦闷。治病须打起精神去治，心中放不下，虽有好药亦失效用！练练气功，这能养气养心，所以能治病！韫如等赴沪演出两月，已动身矣。前者，舒绣文[补注]在沪时，曾有名医为她诊治。她亦将赴沪，请向她打听。我回京即大忙，精神不够用！匆匆！祝吉！致敬！

舍

一九六四年十一月十八日

注释：

[补注]：应为舒绣文（1915—1969），著名戏剧、电影演员，"文革"中遭残酷迫害致死。

石文珊致韩秀信

.

纽约圣若望大学石文珊教授致韩秀信
（2010 年 10 月 11 日）

亲爱的韩秀女士：

收信平安！猜想您去了台湾参加海外华文女作家的年会吧？
希望此行顺利，收获良多！多谢您不吝寄上《现代中文学刊》
2010 年第 4 期，也恭喜《折射》进入大陆文坛！

我立刻拜读了"现文"后面几篇有关赵清阁女士的大文。这
几篇文章整合地看，抽丝剥茧，把时代推远复拉近，把一场文学
与人生的情缘，在书信往返与文本注识交错印证之间，有如侦探
爬梳证物、推敲人性世故、复原第一现场，最后精彩呈现令人低
回感叹的往事真相，还遗留一些无法尽知的谜。一口气读罢，觉
得很震撼、感伤！

这是文学还是人生，是历史还是艺术虚构？！大时代里的人

生比戏剧更戏剧!

有学者不懈的探究、推敲固然可喜,有您多年来如侦探保存、爱惜第一手信息并加以信实的注解更是澄清往事真相不可或缺的关键。八封信表达了好多人生故事。

我对赵女士的作品完全不熟悉,只是记得她的名号不断出现在文学轶事、史料里,是大时代中无数明珠之一,文坛的奇女子,又与老舍有这么一段凄美情缘,若是能把她的作品稍作整理,发表介绍,就更能展现她的个人独特性及时代的代表性。傅光明先生处理材料的谨慎、尊敬,令人感到他的笃诚、理解。您与他的交会、结缘,让世人有幸看到一些生命的真相,一些人性的伟大,爱情的高贵持久,还有人性回应政治的谜团。您是小说家,长时间浸淫在观察、解析复杂的人性、社会各面向,因着您的引领、提示,赵清阁的面貌得以清晰地呈现出来。这也是她的幸运吧!更是我们读者的幸运!

我冬季又要教中国现代散文的课程。三年多前初开这门小课时曾受您的帮忙来到我们人丁稀少的课堂上跟我们讲述您的写作。今年我又将您的作品选一篇来给学生阅读。您说得多好,"其实,真正能够感动人的,就是一些简单、真诚、温暖的东西。我一向认为低回远胜呐喊……也永远相信爱比恨强大得多。"这几年,我还在学习了解您看似简单的这些话语。这些话,除了陈述一种哲理,还是一种道德的信念。我要让学生能理解文学里所包含的道德信念。祝平安!

文珊

11/10/10

附

录

落叶无限愁

赵清阁

胜利给人们带来了希望，也带来了绝望！

把胜利比作天亮的人们，却忘了紧跟着还有一个漫漫的黑夜！

从来严肃而又沉郁的邵环教授，胜利这天居然也轻松快活了一次！他像年轻了许多，他像回到了大学生的时代，他把唇上的一撮不大修饰的小胡子剃了，他写了一封很美很热情的信给灿，他告诉她：一切的一切都该开始新生了！尤其是他们的爱情。

但是一个月以后，邵环得到的回答是与"新生"背道而驰的毁灭——她已经悄悄地走了。

"应该新生的是你们，不是我们！"

"所以你要追求真正的新生，必须先把所有旧的陈迹消除了。"

"为了这，我决定悄悄地离开你，使你忘了我，才能爱别人，忘了我们的过去，才能复兴你们的未来！"

"我不希望你因为我的走而悲伤，更不希望我们会再见。"

"就这么诗一般，梦一般地结束了我们的爱情吧：天上人间，没有个不散的筵席！"

邵环哆嗦着一字一字地念完这封信：他宛如从万丈的高空坠落到无底的深渊！他茫然地晃了晃脑袋摇了摇身子，他意识到他已经死了一半！没有悲伤，没有恨，只是惶惑与心悸！

三天三夜，邵环不能恢复他以往的平静，他不再像从前想得那么多、那么周到、那么世故了，一个直觉的概念支配了他，使他失常、使他发狂、使他不暇顾及名誉地位，不暇顾及妻的吵闹，和孩子们的哀求！这概念便是至尊的爱，一种超过了上帝的力量，至尊的灵魂的爱！它仿佛一股清风，吹散了千头万绪的现实生活中的纠纷；又仿佛一溪流水，冲淡了常常苦恼着他的那些理性上的矛盾；更仿佛一支火炬，燃烧起埋葬了许久的热情，而导引着勇敢的他迈向诗一般的境界、梦一般的宇宙！

第四天的晚上，邵环向学校递上了辞呈，回到家，把所有的薪金交给妻，不言语，纳头便睡。黎明之前，他轻轻地爬起来，只吻了吻酣寐中的两个孩子，连看也不看一眼有着一副凶悍面孔的妻。蹑手蹑脚走出房门；走出关闭了八载的枷似的天井；走出数十级石坡坎坷的巷子；走出蜿蜒如带的嘉陵江；走出重庆；走出雾！

邵环的身心随着飞机翱翔于高空，他第一次感到犹如行云那么轻快、那么飘逸，活了四十余年的生命，遽然得着一种升华的超脱，化为袅袅青烟！俯瞰地面的山、水、树木、城镇、人群，都渺小得可怜，而只有爱是伟大的！爱是神圣的！爱能变成鸵鸟！变成凤凰！爱能把他驮向乐园，驮向天国！他不屑于再回顾一眼那留在后边的景物，他的一双眸子放光地直注射着前方一块光朵似的彩霞，彩霞上幻现出一个美丽的灵魂！

不记得翻过了多少峻岭、渡过了多少大川，终于，暮色苍茫中飞机停落在高楼大厦的丛林里，旅伴们欢呼看到了上海，邵环盲目地跟着旅伴们踏进这恢复了自由的土地上！

除了身上穿的一件破旧的呢夹袍以外，只带着一只皮包，里面有极少的零用钱，和些讲义稿子，一本小小的"亲友簿"。邵环在亲友簿上面查出以前灿写给他的永久通讯处，他按着地址雇了一部人力车驶向林森路，驶向复兴路，驶向陕西路，但怎样也找不到亨利路亨利花园三十三号。他怕是车夫故意捉弄他，便开消了车子，一个人徒步边走边问着。谁知越问越糊涂，他不懂别人的话，别人也不懂他的话。渐渐天黑了，他彳亍于烦嚣的马路上，他的心开始忐忑了！忽然他发现一位北方口音的警察，于是才打听明白原来路名全改了，亨利花园就在杜美路的东首拐角处。这么一来，他怀着兴奋的精神，借了霓虹灯的光辉，重新又去寻访了，真的，"踏破铁鞋无觅处，得来全不费工夫"，几个转弯，亨利花园便显现到面前。

邵环停在三十三号的门外伫立了一会儿，尽力先让自己镇定，然后郑重地去按着电铃。一次，二次，三次，四次……都没有回音。他连忙抬头眺望这幢孤立而高大的楼房，黑暗无光，一株株树木，宛如一个个幽灵蹒跚在一座寺院前。这时一阵秋风，吹落了几片叶子，打在他的脸上，他不禁悚然惶恐起来！"搬家了吗？可是，灿告诉过他：这宅子是自己的，绝不可能迁移。已经睡觉了吗？但从来没有十二点以前安憩的习惯。那么，就是出去应酬了。"这样想，他又平安了！他便利用这个时间去找了一家旅馆，草草地吃了一顿晚餐，躺在床上呆呆地看着表。曾经有个可怕疑虑闪进脑海，他猜：灿会不会到别处去了呢？他沉思了一会儿，又很快否认了，他记得灿有一次向他发誓地说："一旦胜利，第一件事必须回到八年阔别的家。"因此，他判断灿绝对在上海。

一点钟一点钟地过去了，邵环一次两次地再访亨利花园，楼房照旧没有灯。夜深了，秋风更紧，马路上行人稀少，只落叶沙沙地飞扬着！他再也不能忍耐了，他不断地按电铃；不住地喊着灿的名字；他的声音由清脆而涩哑；由平静而颤栗；像深谷里的狮吼；像幽林中的鹰叫；像孤鸿哀鸣；像杜鹃啼血……

"灿！灿！灿！灿！"

响彻云霄；响彻夜空；响彻漫无边际的原野！宛如沙漠里西北风的哨子，回荡着；回荡着，从月出，到月落！

这一夜亨利教堂的钟声仿佛没停止过，在萧瑟的秋风旋律里凄切地断续铿锵着！几次把昏睡中的病人从梦乡唤醒，几次她抬起了身子；耸起了耳朵；疑问地凝视窗外，凝视明月，凝视床头的圣母像！

"圣母，是谁在叫我哩！是谁在叫我哩！"病人喃喃自语着。

惊动了一旁看护的老人，忧惧地连忙把病人按到被子里，一边吻吻她的额，一边安慰着：

"好好地睡吧，孩子！没有人叫你。"

"不，我听到有人在很远，又像很近的地方叫着我的名字！不信你听，爸爸！"

老人果然也迷茫地耸起耳朵，向太空谛听。

"没有呀，那是教堂的钟声，孩子，你听错了！"

"你才听错了咧，爸爸！明明有人在叫'灿'，你再仔细听听看！"

灿固执地坚信着，并要推开窗子去瞧个明白。老人以为她是烧糊涂了，惶恐地喊了大夫来给她安眠药吃，强迫她又入了梦乡。

第二天的早上，灿一睁开惺忪的眼睛，就看见床头站着一个熟悉而又亲切的人。她不禁怔了怔，然后揉揉她那双乌黑的眸子，再定神地注视着。

"灿！"又是昨夜的呼声！

灿恍然地笑了起来，两手抓住了她已经认出的人，眶内闪着泪光！

"灿，我找得你好苦呵！我的腿快跑断了，我的喉咙也快喊哑了！"

"我听见了！我听见了！"灿狂热地吻着她紧握着的手。

"你听见了？你不是不在家吗？"

"是的。我就在这里听见的，这里离我家不太远。要不，就是圣母把你的声音从风里带到我的耳边！好几次，我在梦中被你唤醒，我告诉我的父亲，他不信！噢，爸爸，你现在该信了吧？就是他在叫我！"灿说着向老人胜利地微笑。

"你对了，孩子，刚刚我回家的时候，邵先生还在叫你，据他说一夜都没有住声。"老人有些抱歉的样子。

"真的吗？环？那你不是一夜没睡觉吗？"

"岂止'一夜'？从你走后，我已经许多夜不曾闭过眼了！"邵环坐在床沿上，脸上的喜悦掩没了疲惫。兴奋地继续说："总算我又找到你了，找到你了！"

"什么时候来上海的？"

"昨天下午。"

"你家里知道吗？"

"没告诉他们。"

"为什么？"

"我已经顾不了许多！"

"你勇敢了！"

"爱的力量！"

他们拥抱了！心贴着心，灵魂吻着灵魂！

老人悄悄走出去，感动地叹了口气！

"你病了？"

"是的。离开你，是一个严重的痛苦；看见父亲又是一个太大的快乐；两种极端的感情刺激，我经不起！因此，到了上海就病倒了，父亲为了治疗方便，把我送到这所教堂的医院里来。环，现在我觉得已经好啦！明天我就可以起床了。"灿说着，振奋地用手撂开两肩披散的长发。

"上帝保佑你永远地健康，永远地像一枝雪山上的红梅，孤高而芬芳！"环神往地沉吟着。

"上帝也保佑你永远地年轻，永远像伴侍红梅的翠竹，坚强而儒雅！"灿的两颊袭上了一层温情的微笑。

有二十多个黄昏，那铺满了梧桐落叶的马斯南路上，经常徜徉着一双俪影，男的穿一身藏青色的西装，女的穿一件绛紫色的旗袍。遇到有月亮的夜晚，俨然是一片雪光，普照成银色的大地，一枝红梅倚着一杆翠竹，天然地构成了一幅美丽的冬景图。

"你真的健康了！"

"你也真的年轻了！"

他们彼此颂扬着，踏着落叶，蹒跚在暮秋的斜阳里。忽然，灿想起什么，止步在一排梧桐的尽头。

"不过，我总担心，有一天我又会病起来，你又会老起来。"

"为什么呢？"邵环转动着疑问的眼珠儿。

"因为那些足以伤害我健康的，和阻碍你年轻的细菌都还存在，而且也许还正蔓延着。"灿的声音有些忧郁。

"不要想那么多，灿！横竖我已经决心什么都放弃了，临走的时候，我把教授的聘书退还学校，并且附去辞呈。我把所有的薪金也都留给家了，还有这些年来的书物，以及故乡的一点祖产的契约，全部在妻的手里，我估计她和孩子的生活绝无问题，他们可以回到故乡去安居。我对他们已经尽了我的责任。"邵环沉着而坚定地说，表示胸有成竹的样子。

"你认为这样就解决了问题吗？你以为这样就算放弃了他们，他们也放弃了你吗？不会的，环！他们可以什么都不要，只要你！他们不会轻轻放弃妻、儿的权利！书物和祖产都不能够满足他们！除非形式上你永远属于他们，实际上你也永远为他们尽责任。"

"我没有卖给他们。"邵环不服地辩驳着。

"可是法律将你卖给他们了。"

"法律的职能是帮助人们幸福，我不爱妻，法律不能强迫我忍受永劫不复的痛苦！"

"法律容许离婚！"

"她不肯，她拿赡养费要挟我，而我没有钱。"

"因此，眼前就要发生不幸！"

"我不愿考虑这些。让我们想法子逃到遥远遥远的地方去，找一个清静的住处，我著书，你作画；与清风为友，与明月作伴，任天塌地陷，我们的爱情永生！"

"假如有一天你的理性苏醒，你会懊悔的。"

"为什么你还这样不信任我？"

"因为一个中年人的感情，本质是世故的，偶然的天真，不可能持久！即如你不爱你的妻，可你会爱你的孩子！"

"不要说这些，我明白，灿！将懊悔的不是我，是你！因为你不甘于为我牺牲你的名誉，你的地位，以及你的青春！你需要一个很理想而美满的婚姻，和我在一起，你觉得是一种耻辱、苟合。所以你矛盾。"

"我不否认，我有'矛盾'，但这矛盾不是你想的那么简单，这矛盾包含了情感与理智、自私与道德的种种错综的关系！我可以克服这矛盾的心理，不过你未必可以克服那矛盾的现实。因为我们是活在现实里的，现实会不断地折磨我们！除非我们一块儿去跳江，才能逃避现实，才能克服矛盾。"

"……"

邵环不再言语了。他的心随着斜阳沉下去！落叶打着他的脚，使他感到犹如一块块石头阻碍着他的行进，他踟蹰在十字路口了，他该怎么办呢？

一个细雨淅沥的早晨，邵环接到朋友转来妻的电报，通知他：明天就到上海。于是依然像离开重庆时的心情一样，他毫不思索地立刻去找着灿。

"答应我，明天跟我一道离开上海！"邵环武断地说。

"哪里去？"

"先到北平，然后再继续展开我们海阔天空的旅行。"

"……"

灿沉默不置可否。她从邵环的脸色上，看出她先前所料到的不幸已经来临了！

"一言为定，我去交涉飞机票，晚上来看你。"

邵环不容犹豫地说罢就走了。灿也不暇考虑地悄悄决定了自己的路。

又是秋风萧瑟，又是夜阑人静；又是孤鸿哀鸣无反应；又是杜鹃啼血空自悲嗟！

孤立在黑暗里的楼房，上了锁，细雨象征了爱神的眼泪！

"灿！灿！灿！灿！"

圣母黯然！教堂的钟声忧愁地回答着：

"她已经走了！她向大自然的境界去寻觅春的消息，她把她的生命献给了至高无上的艺术了！"

"灿——"

邵环倒在泥泞中，落叶寂寞地埋葬了他的灵魂！

三十六年于春申江上

(《落叶无限愁》，选自《皇家饭店——现代女作家小说散文集》，赵清阁主编，湖南文艺出版社 1989 年 10 月版，第 275—287 页。)

《落叶》小析

赵清阁

　　《落叶无限愁》是 1947 年我写的一篇短篇小说，先收在我编的《无题集——中国现代女作家小说集》里（晨光公司出版），后来又收进我的短篇小说集《落叶》里（商务印书馆出版）。

　　在这篇小说里，我塑造了两个我所熟稔的旧中国知识分子——女主人公画家和男主人公教授。他们曾经同舟共事于抗日战争的风雨乱世，因此建立了患难友谊，并渐渐产生了爱情。但在大敌当前、爱国救亡第一的年月，他们的恋爱只能是含蓄的、隐讳的。他们仿佛沉湎于空中楼阁，不敢面对现实，因为现实充满了荆棘。直至抗战胜利，和平降临了，画家才首先考虑到无法回避的现实；她知道了对方是有妇之夫，而且是有了两个孩子的父亲；他们不可能结合，也不适宜再这样默默地爱下去；于是她毅然决然地远走高飞，逃遁现实；她以为这便结束了他们的诗一般、梦一般的爱情，尽管很痛苦！

教授已届中年，他狂热地追求画家，他明白自己的处境艰厄，妻和孩子像枷锁似的缚住了他。他想解除枷锁，妻向他索取大量赡养费，他拿不出；如果坚持离婚，妻会和她闹到学校，闹到法庭；社会与舆论压力大，旧中国的法律不可能予以合理解决；最后势必闹得自己身败名裂，还要连累画家。那么，难道他就只有守着妻子，放弃画家吗？不行！他爱画家，他需要一个志同道合、旨趣相投的伴侣。因此，他踌躇再三，终于下了破釜沉舟的决心，将所有的财物留给妻、子，急急匆匆悄悄地跟踪画家而去。

教授和画家又重逢了，他们又陶醉在诗一般、梦一般的爱情中，他们又摆脱了现实的磨难。但是好景不长，不到一个月的光景，教授的妻、子就找上来了。可以设想，由于教授乃知名人士，找到他是很容易的。这一下教授又陷入现实的苦恼里了，他慌忙之中不假思索，立即买了两张飞机票，打算和画家一同逃避现实，开始他们海阔天空的旅行。

然而画家的头脑很冷静，她经过情感与理智，自私与道德的矛盾斗争；觉得现实是冷酷的，人既生活在"现实"里，"逃避"不可能！而且她认为教授的一些不现实的想法，只是暂时的天真，暂时的感情冲动；一旦理智苏醒，便会懊悔，这是中年人的性格特点。于是她想：与其将来大家痛苦，铸成悲剧，不如及早刹车，自己承担眼前的痛苦，成全他们的家庭。虽然她也爱教授，可她有一颗强烈的事业心，她相信事业才是永恒的。她宁愿今后把身心寄托在崇高的精神境界，把爱和智慧献给艺术。这样想定了，她就毫不犹豫地斩断情丝，又一次不辞而别地走了。

秋天的落叶，从此埋葬了教授和画家的诗一般、梦一般的爱情！

　　三十四年前，我写这篇小说的心情是企图对那个旧时代的旧社会，和一些人的形形色色的自私自利的旧思想，进行一番揭露和抨击；可是我的抨击却显得晦涩无力，这也许和小说的基调有关；因为我是试着用抒情散文诗的笔致，描述一个很有诗意的恋爱故事；用白描手法，写了两个不太现实的人物；于是故事和人物也都显得佗偬简略。过去不少读者来信提出：小说似乎未完，问我教授后来怎样了？画家结局如何？为什么不写下去？记得我曾答复读者：倘若换个方式写，这一短篇小说可能写成中篇；有些情节还可以发挥，有些细节也还可以铺陈。但我宁愿到此为止，留有余味，不必一一交代。我深信读者会作出符合历史逻辑的结论，包括对主题意义的评价。当时我是这样看，今天依然这样看。

　　最近《中国现代女作家短篇小说选集》选了我这篇幼稚的旧作，编辑同志还要我写点创作体会，感到非常愧怍，惶恐！上面粗浅地谈了我写这篇旧作时的想法，和现在的看法，希望能稍稍有助于读者对她的了解和批评。

一九八一年十二月

（《浮生若梦》，赵清阁著，华岳文艺出版社 1989 年版，第 567—570 页。）

《富贵浮云》修订后记

赵清阁

  《富贵浮云》是我取材《红楼梦》原著后四十回（高鹗续作），改编的《红楼梦》话剧系列之五。原题《禅林归鸟》，发表于一九四六年《文潮》月刊；与另外三个剧本：《诗魂冷月》（后改为《贾宝玉与林黛玉》）、《雪剑鸳鸯》、《流水飞花》均由名山书局出版。当时我曾在"前言"里写了这样几句话：

  此剧正如一个国家的缩影，一个国家腐朽，可以导致国亡；同样，一个家庭混乱，失于管理，可以导致家破，这是真理。《红楼梦》原著以高度艺术表现，阐明了这个道理，因此成为具有伟大文学价值的杰作。

  时隔四十年后重读此剧，感到上面所写的剧本主旨还是确切的。它从贾府的崩溃反映了清王朝中叶，乾隆年间的昏聩腐朽；而这种封建腐败的必然趋势，今天仍有其现实意义。不仅是中国，全世界也一样。因此，此剧或不无少许借古惜今的作用。

此剧和另外改编的几个剧本，故事情节是有机地联系而顺序演进的。此剧原应并入我的《红楼梦话剧集》，成为完整的系列剧全豹；可是不幸我在二十年前的"文革"浩劫中，也遭到了"抄家"之难；所有文物书画散佚殆尽，"文革"后只找着了残缺的三个剧本，即《诗魂冷月》《雪剑鸳鸯》《流水飞花》；（《流水飞花》还是一份清样）《富贵浮云》甚至 1982 年才好不容易搞到一份发表本，因而未能及时收入集子。1986 年在哈尔滨召开"红楼梦国际研讨会"，邂逅红学家胡文彬，谈及此剧，他愿编进他的《红楼梦戏剧集》，使此剧劫后又重新问世，感幸奚似！只是旧作粗糙，为之汗颜耳。

这次修订此剧，作了些文字上的加工润色，内容结构未动，只在末尾稍有改动，亦即改动了高鹗所作贾宝玉结局的处理。我觉得高鹗写贾宝玉婚后应试中举，还有了尚未诞生的孩子，最后被一僧一道点化出家，这与曹雪芹笔下的贾宝玉性格言行不甚统一，有损于贾宝玉艺术形象的完美。因此，我仍遵循前八十回贾宝玉的一贯性行思想，写他由于对林黛玉始终不渝的爱情和对功名利禄的厌恶，在目睹家破人亡之后，万念俱灰，毅然主动出家为僧，而略去了应试中举、薛宝钗怀孕，以及僧道点化出家的一些情节。

此外，剧中除去贾宝玉，主要人物即王熙凤。这里写的是早期的王熙凤，我也是遵循前八十回里王熙凤的性行脉络，随着故事情节的发展而变化。王熙凤是一个性格多面的人物，早期的王熙凤，有精明强干的一面；有狡狯泼辣的一面；有尖刻凶残的一面；有贪婪自私的一面；也有风趣可人的一面；她的形象可佩，可憎，可怕，也可爱。这些在贾府鼎盛时代都描绘得淋漓尽致，栩栩如生；又因这些颇富戏剧性，所以曾为不少戏剧、电影取材改编；使她的早期形象更加突出地定了型，给人们留下深刻的印象。而贾府衰败时代王熙凤一蹶不振；病体支离，心拙力竭；任劳任怨，忍辱负重；至于悔恨而死的情景，可怜复可悲的形象，却被人们忽略了，而且从未在舞台、银幕出现过。人们心目中似乎只有她早期的形象，这就势必影响到对她的评价失于片面。我为了弥补这一缺陷，便集中后四十回有关王熙凤的素材，在剧本里写了她可怜复可悲的一面。我无意于替她辩护，只是想让人们透过她后期的不幸际遇，看到促使她早期丧失理性的罪恶根源，以便认识历史。相信这也是符合曹雪芹旨意的。第五回太虚幻境演唱的红楼梦十二支曲中的"聪明累"，就是印证。曹雪芹对王熙凤亦贬亦赞，亦叹惜，亦哀悯，正如曲子里上半阕唱的："机关算尽太聪明，反送了卿卿性命！生前心已碎，死后性空灵。家富人宁，终有个家亡人散各奔腾，枉费了意悬悬半世心。"是多么剀切中肯的评语！下面又唱道："好一似荡悠悠三更梦，呼啦啦似大厦倾，昏惨惨似灯将油尽；呀！一场欢喜忽悲辛，叹人世，终难定。"这半阕也恰写照了贾府崩溃的末日景象，真个是如泣如诉！难怪脂批云："见得到，是极！过来人睹此能不放声一哭！"从脂批也可看出，这些显然都是曹雪芹早已伏笔的，惜乎他自己未能写下去，而由高鹗续写了，高鹗还是依据曹雪芹的伏笔而写的。至于我的剧本是否体现了原著精神，还望学者读者们论证。

《富贵浮云》修订中颇多感触。这是取材《红楼梦》最后章节改编的剧本，亦即《红楼梦》的尾声。虽然《红楼梦》的内容丰富，还有不少素材可供改编，但我已老迈，无能为力了！四十多年来，我先后改编过五个《红楼梦》多幕话剧本；除了《晴雯赞》乃1980年的新作外，其余都是旧作；限于水平，难免谬误之处。而《红楼梦》的研究是长期的，改编工作也将延续不绝；优秀的《红楼梦》话剧本日后定会涌现出来，我当拭目以待。

清阁一九八六年九月于沪

想起老舍

董　桥

认识韩秀很多年了。不说话是个亮丽的西洋女子，一说话一口北京国语飘起胡同口五月槐花的香韵，谁听了都惊羡。住高雄那几年林海音先生早上一到办公室爱给韩秀打电话，聊上几句高兴极了："听到你这一口京片子，整个儿一个大晴天！"林先生说。韩秀英文姓名是 Teresa Buczacki，1946 年生在美国纽约市，父亲是祖籍荷兰的美国人，母亲是无锡人，韩秀两岁到中国，中文本名赵韫慧。她在北京读小学，1958 年保送进入北京十二女中，1961 年进北大附中，1964 年得优良奖章毕业，家庭成分不好不得升学，上山下乡，插队在山西省曲沃县林城公社林城大队落户，1967 年转去新疆生产建设兵团农三师四十八团五连，1976 年回北京。韩小姐 1978 年回美国，在国务院外交学院当中文讲师，编制中文教材。80 年代初在约翰·霍普金斯国际关系学院兼教中文和中国文学。1982 年与美国外交官 Jeffrey Buczacki 结婚。
1983 年开始在台北用笔名"韩秀"发表文章，小说、散文、传
记、评论，出过许多中文书，长篇小说《折射》和小说集《生命
之歌》部分译成英文出版。

　　韩秀说，1948 年 9 月她两岁从美国坐船到中国，船到上海，
接船的是她的外婆谢慧中和外婆的远房侄女赵清阁。从此，在老
舍和赵清阁的感情纠葛里，韩秀说"我必然地站在清阁姨一边"。
老舍原名舒庆春，韩秀从小叫他舒公公。1959 年，韩秀跟外婆住
北京，上海来的快信说上影逼赵清阁写一部剧本歌颂三面红旗，
不写要停发工资。韩秀带着那封信到舒家，伺机等到跟老舍一起
浇花的时候悄悄把信递给他。老舍告诉太太胡絜青说韩秀外婆病
了，他去看看，转身进屋加了一件外衣拉着韩秀出门了。老舍先
到储蓄所关掉一个活期存款账号取出八百元人民币，见了外婆马
上掏出那笔钱请外婆寄到上海给赵清阁。外婆那天直呼老舍的名
字舒庆春骂了他一顿："你骗了清阁，让她以为能够有一个归宿，
要不然她早就走了，也不会吃这些苦头！"老舍无语，一脸悲戚。
韩秀说 1964 年夏天她到山西插队前最后一次见到老舍。老舍很
难过，要她再念普希金的诗给他听，他不懂俄文却喜欢听俄语。
韩秀那天念的是普希金的《欢乐》："舒先生老泪纵横。'吃饱穿
暖'是他最后送给我的四个字。"

　　我刚读完韩秀前几天寄来的一叠书稿。是傅光明整理编写的
《书信世界里的赵清阁与老舍》，写他跟韩秀通信里所追所忆的赵
清阁与老舍情事，附录赵清阁给韩秀的八封信。傅光明是现代文
学馆研究员，跟上海复旦大学陈思和教授做博士后论文，出版过
几部研究老舍的专书，去年年尾开始跟韩秀通信，说他正在写长

篇传记《老舍：他这一辈子》。韩秀陆陆续续在信上告诉他赵清阁和老舍的许多旧事。这些事我也陆陆续续从韩秀口中和信上知道了一点，几次劝她应该整理出来。韩秀今年三月给傅光明的信上说："当初我跟董桥先生说我将这些信交给了你，他说应该发表，不然就埋没了。我没有跟你提起，因为我相信水到渠成的道理。时候到了，事情就会顺利进行。"真是旧派人的襟怀，韩秀似乎不想刻意追念这些旧人旧情，宁愿慢慢让时间冲淡哀愁、抚平伤痛，留剩一点痕迹。多年前读《太平湖畔的孤影》我已然体会她的心情。

少年时代我读遍老舍的作品，三十之后在英伦图书馆里还读了一些写他的论文，一边读一边找出他的旧作重温记忆中的情节和文句。那时期著名导演胡金铨正在写老舍传记，每到伦敦我总是陪他在亚非学院书库里找资料，印资料。金铨说老舍读了不少狄更斯的小说，受了点影响。我不知道老舍读的是原作还是中文译本，也不知道老舍的英文修养够不够揣摩狄更斯的文字。毕竟是中国新文学筚路蓝缕的启蒙时期，老舍涉猎的西方文艺作品滋润了他笔下的旧京小说是事实，经营几个长篇的情节他往往有些迟疑、有些彷徨，也有迹可循。一位早年在剑桥读文学的老留学生江先生告诉我说，老舍对西方文艺思潮只能说是浅尝，确然丰富了他作品的内涵也削弱了他作品的本性："沈从文没有经历这样的熏陶，沈先生的小说于是比老舍纯净三分！"韩秀给傅光明的信上有这样一句话："至于写作，沈先生认为自己与舒先生不相同，是乡下人与京城人的不同。"说起老舍和沈从文的婚姻和家庭，韩秀说他们两位倒有一个共同点："他们都是随时准备逃家的男人。"

我很羡慕韩秀有过不少机缘近距离观察这两位前辈的哀乐。那是珍贵的一份洞悉。她给傅光明的信上隐隐点破了许多玄机，将来出版删削多少将来才晓得。老舍投湖前后舒家老少的一些举措韩秀信上也记了一些见闻，她说汪曾祺先生在沈先生家里说起老舍自尽的后事："当时，沈从文非常难过，拿下眼镜拭泪水。"她说沈先生向来很感谢舒先生，不忘念叨"文革"前舒先生在琉璃厂看到盖了沈先生藏书印的书一定买下来亲自送到沈家。三十几年前老留学生江先生带过我到大英博物馆附近一家旧书店搜书，他说他在这家店里买过一本石版印刷的旧小说，钤舒庆春私章，该是老舍离英前后遗漏出来的藏书。那家旧书店我后来也常去，中文旧书不少，从来遇不到舒庆春，钤熊式一图章的书倒见过一次，还有王统照签名送人的文集。江先生常说老舍其实是个忠厚人，一手字也四平八稳："他对赵清阁的感情是真心的，在美国那几年想离婚娶她也是真心的，回国感受家庭压力他的悔痛更是真心的！"老舍先生满心是传统读书人的怯懦，卷进两难的深谷中他一边忍受那份缺陷一边祈盼一份圆满，最终注定的是缺陷越陷越残缺，圆满越盼越难圆。幸亏赵清阁是旧派闺秀，天生花好月圆的慈悯心肠，画一幅小小花鸟都画得出那份怜惜，眼前老舍无告的抱恨她不会陌生，也不无遗憾，更不惜宽宥。老舍沉冤，她告诉韩秀是造反派拿死讯来消遣她她才知道，从此晨昏一炷香，牵念三十年。

（原载香港《苹果日报》2010 年 5 月 2 日；《书城》2010 年第 9 期。）

墨色疏朗

韩　秀

　　到底是什么缘故，让 25 岁的青年学者傅光明在 1990 年相中了凌叔华四十年前的英文作品 *Ancient Melodies*，一部有着自传色彩的小说，将之翻译成中文。这本《古韵》1991 年出版，出版者是台湾的业强出版社。封面设计颇为秀雅，还用小字刊出了当年英文作品面世之时英国《泰晤士报·文学增刊》的一段书评。之后，又出版了大陆版本。手中这一本，则是第三种版本，正文之外，增加了傅光明一篇长长的序文《凌叔华的文与画》，除了凌叔华为这本书绘制的插图之外，还添加了她的精彩画作以及珍贵的照片。

　　二十年后，2010 年 7 月，傅先生在签名页上很客气地说，当年他译得很用心。我也知道，萧乾先生很赞赏他的译笔，曾经说过，译文比原作更漂亮。

　　凌叔华成名于 20 世纪二三十年代，之后，她远离中国，居住在英伦、加拿大、新加坡等地。她的作品很少，一共五本。批评家们都认为她的才情未能得到更好的发挥，无论是在文字方面还是在绘画方面。在许多墨色疏朗的生动故事和优雅画面之后，忽然看到了一张照片，这位才女在临终前由女儿、外孙陪护着躺在担架上返回北京史家胡同五十四号的老家，看了最后一眼。那一天是 1990 年 5 月 18 日，数日之后，她便辞世了。傅光明就是在这个时候开始翻译这位艺术家的英文作品的。我想，译者与原作者之间何止六十余年与千山万水的时间与空间的巨大间隔，还有更深刻的阻隔。

凌叔华的丈夫是陈西滢，一点不错，正是那位将"闲话"写得有声有色的西滢先生、那位很看不上鲁迅杂文并与之开过笔战的西滢先生，那位曾经代表"中华民国"驻节巴黎的西滢先生。在 1949 年以后的官式书写中，西滢夫妇曾经处在一个什么样的位置上，我们都能够想象。但是，这样的阻隔并没有影响到年轻学者傅光明对凌叔华作品的观感。

凌叔华出身于官宦之家、书香世家，少年时曾经东渡日本，婚后又早早便移居欧洲。她与饱经忧患的许多大陆作家有着全然不同的生活体验。她的作品不但与左翼文人大相径庭，就是与她的老同学苏雪林教授也有着很明显的不同。凌叔华的做人与作文是独特的，英国小说家维琴妮亚·吴尔芙发现了这种独特性，英国诗人维克托瑞亚·韦斯特与译者傅光明都感觉到了这种独特性。有了这样的理解、关怀与悲悯之心，凌叔华的英文作品与中译本才能以这样出色的样貌问世。比较起凌叔华，张爱玲的英文作品就没有这样的幸运。

风度翩翩的英国青年诗人朱力安·贝尔是这一章出版传奇的关键人物。1935 年，他在武汉大学教授英国文学，深深爱上了大他八岁的文学院院长夫人凌叔华。而且，这段恋情并非贝尔的单相思。他写了许多热情洋溢的信向母亲与姨母报告。两年之后，他不但回到英国更加入了国际纵队在马德里保卫战中英勇牺牲。简直就是 20 世纪的拜伦爵士！我们可以想象，贝尔的母亲与姨母是怎样地珍惜着这 29 岁的年轻生命。这位姨母正是鼎鼎大名的吴尔芙夫人，天才的小说家和卓越的出版家。如此这般，1938 年，凌叔华与吴尔芙的通信就是再正常不过的一件事情。在通信中，吴尔芙，这位并不快乐的小说家深切体会在战乱中的凌叔华是更加不快乐的，如何自处，唯有工作，用英文来写自己的故事便是这样一件有意义的工作。于是，有了这些并没有留存底稿的文字。待得 1947 年叔华定居英伦，吴尔芙去世已经六年。吴尔芙的老友韦斯特与叔华结识之后，热心地通过吴尔芙先生的帮助，从维琴妮亚的遗物中找到这些书稿。1952 年，凌叔华完成了这部作品，隔年顺利出版。想想看吧，那是韦斯特甚至可能是吴尔芙夫妇润饰过的文字。出版社正是那出版过吴尔芙作品，出版过艾略特名诗《荒原》的 The Hogarth Press，经营者是吴尔芙先生。这本书大受欢迎的原因更是因为其内容十分的迷人。一个十分机灵、眉清目秀的小姑娘，母亲是父亲的第四房妻子，之后又有了第五和第六房，自然会有些饮泣的情事发生。小姑娘是家中第十个女儿，自然也不会受到太多重视。但是，这小姑娘极有天分，六岁就在花园的粉墙上画山画水气宇非凡，引起亲友赞叹，于是拜名师学画，家中又请了老师教诗。老师贲先生赞叹，这小姑娘的脑袋就像个留声机似的，简直是过耳不忘。不但有欢快的文字，还有可爱的插图，老夫子坐在书案前，手捧书卷，梳着羊角辫的小姑娘站在原地当中，摇头晃脑正背诵得起劲，端得是和乐融融。插图的标题《我和贲先生》也让读者莞尔。这贲先生有这样聪明的学生实在高兴，学生做完功课，会放她出去游玩。学生自然也是得意的，那种得意带着几分的俏皮。凌叔华这样写，傅光明的译文更是传神。

如此这般，一个英国读者从未见识过的中国就从一个聪明孩子的眼睛里呈现出来了，这个大家庭住在北平的大宅子里，早饭以后，保镖马涛就把小姑娘扛在肩上，带她出去逛。花匠老周还会带她去隆福寺买花，义母会糊漂亮的大风筝，"碰上好天气"，义母便带她出门放风筝。

当年的英国读者被迷得晕陶陶，今天我们这些华文读者还不是又喜又忧。老北平的大宅子在凌叔华笔下何等雍容。我也曾经在一所大宅子里住过十多年，与凌府一墙之隔，时间晚了半个世纪。后花园是没有了，铲成平地盖了一些简易的水泥楼房，大宅院里住着几十户人家。"文革"一起，天翻地覆，大宅门的风仪荡然无存。当年的凌府也早已变成了民居，变成了托儿所、幼儿园。

然而，我们有凌叔华给我们留下的墨色，那种无声无息却会让"草渐青，树渐绿"的文字与绘画（苏雪林教授语）。于是我们看到了风华绝代的老北平。甚至，身为北京人的傅光明还让我们听到了略带京味的乡音，让我们感觉到北平人的客气与周到，让我们看到那些满含善意的笑脸。于是，老北平便在这疏朗的墨色之中，栩栩如生。

（原载美国《汉新》月刊 2011 年第 1 期。）

后 记

　　对我，这完全是一本写作计划外的书，纯属意外惊喜的收获，而且，它是那么的别致、特殊得由冥冥之中的一种缘带来。在这个意义上，能写这样一本书，也是一种荣幸！

　　若把我个人的老舍研究从1993年实非有意识、自觉地以口述史田野作业的方式"实录"老舍之死开始，算作时间原点，距今居然快20年了。我也由一个未及而立的青壮年，变成一个经历了些许沧桑的中年人。这期间，以老舍为题做了博士论文《老舍之死与口述历史》，做了博士后研究报告《老舍与中国现代知识分子的命运选择》。

　　因此，可以聊以自慰的是，我始终没有失了一个读书人的身份与本分。

　　也因此，《老舍传》的写作便一再拖后。或许这又有另一层意味，那就是，现在才真正该动笔写《老舍传》了。不是吗？因为正是到了这个时候，缘是自然地来了。

　　再因此，我首先要感谢人民文学出版社的王培元先生，他以那份书生气的执着约我写作《老舍传》，并与我商定了一个意味深长的书名——《老舍：他这一辈子！》老舍写过中篇小说《我这一辈子》，那"他这一辈子"呢？我不妨来试一试浅薄。

更要感谢培元兄的是，他介绍我与韩秀通信，使我们俩从老舍与清阁先生交往的话题切入，随着话题深入，时间推移，继而成为横跨太平洋的忘年莫逆，推诚相与。书里有相当一部分是我们通信中的内容。这或也是本书文体上的一个特色。

如上说，写此书是意外，写起来却那么自然。其实，初衷只有一个，即在我与韩秀超过百封的彼此电子邮件和书信来往的文字里，呈现两位先人——赵清阁与老舍——的"世界"，他们在这个世界里留下了一些（或许是许多）难解的谜一样的美好与凄婉。我想，我们也都力求在"书信"里把这样的"世界"毫无矫饰地传达出来。

同时，"世界"里必定要有那两个与这一"世界"相关的通信者——韩秀与我。从 2009 年 12 月 9 日我给韩秀发出第一封电子邮件，至 2011 年 1 月 31 日我写完《2010 岁末感言：我见世间人》，几乎整整一年，本书恰是从这两个时间起首与落幕。

这一年，我被一种"简单、真诚、温暖的东西"深深感染，并为之感动。这是作为一个作家的韩秀始终坚持强调的，她以为，在这个世界上"真正能够感动人的，就是一些简单、真诚、温暖的东西"。正是这样的东西，使我不再去在意这东西以外的一切浮云。

本书也算对此的最好诠释与纪念，因为我们正是这样"简单、真诚、温暖"地交往、交流着，有信任、有友谊、有爱，一切都是那么自然、平和、宁静。如果说写这本书在自然的初衷之外还有一点点的冲动，那便是想把深深感染和感动了我的这份"简单、真诚、温暖的东西"，传递给读者。我当然希望读者能喜欢！

我要深深而诚挚地感谢韩秀。其实，这样的感谢在语言上颇显无力。本书有它特定的史料及学术价值，均来自韩秀所馈赠的清阁先生写给她的十二封书信和"韩秀谨识"，以及清阁先生的佚文《〈富贵浮云〉修订后记》，自然还包括韩秀写给我的信和其他附录，除了老舍写给清阁先生的四封信，还有台湾《联合报》副刊曾任主编痖弦先生和纽约圣若望大学石文珊教授写给韩秀的信，以及董桥先生的散文《想起老舍》。我也要一并谢谢他们。是所有这些，构成了一个完整的"书信世界里的赵清阁与老舍"。但我不知道，又得有多少还在这个"世界"之外。

还要特别感谢我的博士后指导老师陈思和教授再次欣然命笔赐序。他的上篇序文是为《老舍之死口述实录》所写。他一直鼓励着我的老舍研究，关心着我的学术成长。

以上是 2011 年 3 月 30 日，我为"复旦版""书信"一书写的"后记"。

此时，再为这个"东方版"《写信的人：老舍及其他》略记几句。以"写信的人"为书名，最主要原因是，韩秀是一个写信的人，这本书由她缘起。我不由想起英国艺术史家贡布里希在《艺术的故事》里所写那句极富历史洞见的名言："日期是不可或缺的挂钩，历史事件的花锦就挂在这个挂钩上。"而"老舍及其他"，正是挂在时间上的历史花锦。

再来致谢。

第一，感谢韩秀，没有她，不可能有这本书的诞生。我们从2009年开始通信，交往至今，已是第16个年头。我对她的感激之情，以下一段文字，可略表一二：

> 日子多快啊！这是我认识您以后，您的第四个生日了。光阴的流逝总是这样无情，我们却用文学将人性中的永恒温暖，捕捉、留存。这便是上天赐予的荣耀。谢谢您给予我圣母般的爱，我珍惜铭记于心，幸运的是，现在，可以时时与莎翁相伴。是您带给我一个如此博大精深、丰富异常的莎翁世界。

这是2013年9月11日，我写在寄给她的生日贺卡上的祝福语。很快，收到她寄来的与丈夫Jeff联名的节日信卡，她写下这样一段情暖深处的话：

> 无论你的来信如何避重就轻，我们知道你的工作量有多大，知道你的心理负荷有多重。我们只有一个愿望，你能够健康、顺利地完成莎翁乐府之新译。

听着我酷爱的亨德尔，立刻给韩秀回复邮件：

> 收到您寄来的信卡，喜欢极了，三枚吊挂枝丫、闪着银

光的小叶子，便是春之声，便是降临的天使，便是命运的祝福！

听着亨德尔的圣乐给您回复邮件，谢谢您和Jeff，一想起遥远的维也纳小镇有您俩，我就相信这世上有真诚、有爱。

第二，感谢思和老师：感谢他2011年6月26日在其"鱼焦了斋"所写的原序，感谢他在我于2012年9月开始新译莎翁之后所给予的始终如一的巨大支持。

第三，感谢慨允附录书中作为"花锦"，"挂在时间上"的师友们。

第四，感谢东方出版中心，特别感谢付出辛劳的责任编辑冯媛女士。

最后，感谢即将分享此书的读者朋友们，套用韩秀喜欢的话，祝福你们在"简单、真诚、温暖"之中"健康、平安、快乐"！

2025年3月